RANPO

陰獸

江戸川亂步 ┃ 攝於昭和四年（1929）

目錄

出版緣起

永恆的江戶川亂步，全新的亂步體驗

／獨步文化編輯部

江戶川亂步出生於一八九四年，一九二三年以〈兩分銅幣〉躍上日本文壇後，之後創作不輟，直到一九六五年去世。在將近五十年的創作生涯中，亂步是小說家、是評論家、是毫不吝惜以自身影響力提攜後進的前輩、是團結了整個日本推理小說界的中心人物；而他的作品所留下的影響痕跡直到如今仍舊散見於各種創作當中。最有名的例子當推不論是否讀推理小說，但你一定聽過江戶川柯南和少年偵探團的大名；或者若你是日劇、日影愛好者的話，絕對也看過不少改編自亂步作品的日劇和電影；又或者如果你是日本搖滾粉絲的話，很可能知道有一支超酷炫的重金屬樂團就叫「人間椅子」；極端一點來說，日本男性所喜愛的官能小說的起源甚至能夠推至亂步在他後期的通俗小說中，所熱中描寫的怪人綁架名門千金的設定。從這些例子，可以清楚看出亂步的作品確實以各種形式影響著日本一代又一代的各種創作。

獨步文化從二〇一〇年起曾經推出了一系列包含了亂步從二次大戰前到二次大戰後，從小說到評論的作品，獲得了許多讀者的好評。今年（二〇一六）適逢獨步文化創立十週年，在這十年內，我們除了固定向讀者推介許多精采的推理小說之外，也不斷嘗試新的出版方向，期待能夠讓更多讀者和獨步介紹的作家、獨步出版的作品相遇，從中邂逅那位（本）改變一生的作家（品）。而這次將要以全新風格，再次新裝上市的江戶川亂步作品集，便是我們這番期待的具體呈現。

這次獨步文化嚴選出亂步在二次大戰前到戰中的作品和理由，分別如左：

一、《陰獸》：亂步從偵探小說轉型創作通俗懸疑小說的轉捩點。
二、《人間椅子》：亂步最奇特、最詭譎的短篇小說均收錄其中。
三、《孤島之鬼》：代表長篇作品，亂步自認生涯最佳長篇。
四、《D坂殺人事件》：日本推理小說史上三大名偵探之一的明智小五郎初次登場。
五、《兩分銅幣》：以出道作〈兩分銅幣〉為始，亂步的偵探小說大全。
六、《帕諾拉馬島綺譚》：另一代表長篇，亂步傾全力描寫出內心的烏托邦，既奇詭又美麗無雙。

這六部作品涵蓋了亂步喜愛的所有元素，亂步創作生涯中最出色、精粹的作品盡在其中。可說是亂步以詭異與怪誕為養分澆灌出來，長滿了各式奇花異草的絕美花園。為了讓許多對亂步只聞其名，還未曾實際讀過的讀者嘗試接觸亂步，並將亂步奇詭華麗的世界具體呈現於讀者眼前，我們特地邀請了長期活躍於日本漫畫界第一線的中村明日美子繪製新版封面。中村明日美子筆下自然散發著壓抑的情色感、自在遊走於艷麗官能與青春爛漫間的獨特風格，都與亂步不分年齡性別的魅力不謀而合。而一直想以自己的風格詮釋亂步作品的中村，在接到邀請後，也乾脆地一口答應，替台灣的讀者帶來了她和亂步的精采合作。同時，我們也邀請日本新生代的推理小說研究者諸岡卓真為尚未接觸過亂步的讀者撰寫全新導讀，藉由他的深入導讀，帶領讀者理解這位日本大眾文化史上的巨人最精采、最深刻的作品。

正如開頭所言，江戶川亂步在日本大眾小說史上留下了巨大的腳印，至今仍對日本的創作者發揮著難以估計的影響力。獨步文化也非常希望能透過這次新裝版的作品集的上市，讓已經熟悉亂步的讀者以新的角度認識亂步，尚未接觸亂步的讀者也能夠進入這座詭麗花園，悠遊其中，獲得一讀便難忘的閱讀體驗。

敬邀「亂步體驗」

／諸岡卓真（准教授，亂步研究者）

一、前言——敬邀「亂步體驗」

接下來將初次接觸江戶川亂步的讀者真令人羨慕——當我為了撰寫這篇導讀而複習亂步作品時，我打從心底這麼認為。亂步的作品深深地刺激了人類對於觀看恐怖事物的慾望。他為我們帶來的體驗很強烈，有時甚至令我們感到暈眩。特別是在第一次閱讀時，會留下深刻的印象。

在日本，談論到江戶川亂步時，會使用「亂步體驗」這個詞彙。關於這個詞彙是誰首先提出的，並沒有定論，它的定義也模糊不清；在筆者的認知中，它是指初次接觸江戶川亂步作品時，所產生的終身難忘的經驗。奇特的是，在談論其他作家的時候，不太常出現這種說法。比方說在談論松本清張或東野圭吾的作品時，很少人會使用「清張體驗」或「東野體驗」這種說法。換而言之，「亂步體驗」這句話本身正顯示出在讀者的認知中，閱讀亂步作品的經驗是如此特異——特異到只能以「亂步體驗」來形容。據聞本作品集是針對台灣年輕讀者而編，想必對這些讀者來說，閱讀本作品集必定會成為他們終生難忘的「亂步體驗」。

二、一九二〇年代至三〇年代的江戶川亂步

江戶川亂步是日本最知名的推理小說家、評論家以及引薦人。優質的小說自不待言，其評論也對後世產生重大影響，此外他還設立日本偵探作家俱樂部（現為日本推理作家協會）、並創辦江戶川亂步獎，活躍而多面的表現令推理界欣欣向榮。如今日本出版眾多推理作品，擁有廣大讀者群，但若少了江戶川亂步這位絕代人才，恐怕難有此盛況。

亂步雖展現了如此多樣化的活躍表現，然而本作品集的編纂重點，是要讓讀者了解他身為小說家的面向。本作品集收錄作品，多數為亂步一九二三年出道以來至一九三五年為止發表的

作品（第四卷收錄之〈兇器〉（一九五四年）、〈月亮與手套〉（一九五五年）例外）。首先我想概談亂步到這個時期為止的軌跡，同時介紹幾篇小說。

江戶川亂步本名為平井太郎，一八九四年生於三重縣名張町（現為名張市）。據說孩提時代母親為他朗讀報紙連載小說，是他對小說產生興趣的契機。就讀早稻田大學期間，他接觸了愛倫．坡與柯南．道爾的作品，因而立志赴美成為推理小說家。然而因為資金不足，只能放棄出國，此後他換了數個工作，度過一段沉潛的時光。

亂步作品初次問世是在一九二三年，他二十八歲時。出道作〈兩分銅幣〉（收錄於獨步新版亂步作品集第五本。另，此後凡收錄於本作品集的作品，收錄卷數皆以[ ]表示）於雜誌《新青年》四月號刊載。此時亂步仿照其敬愛的美國作家愛德格．愛倫．坡（Edgar Allen Poe）之名，取了筆名「江戶川亂步（Edogawa Rampo）」。〈兩分銅幣〉這部作品本身，也帶有愛倫．坡〈金甲蟲〉影響的痕跡。〈金甲蟲〉被認為是世界第一篇暗號小說，而暗號也是〈兩分銅幣〉中重要的主題。但亂步設計出日本特有的暗號，峰迴路轉的結局也值得一讀。當時日本的輿論不認為日本人有能力創作西方國家那種知性的偵探小說，〈兩分銅幣〉正是打破這種「常識」的作品。

此後的亂步接二連三發表作品。尤其到一九二六年為止這段期間，論質或論量，他的執筆速度都堪稱驚異，〈D坂殺人事件〉[04]、〈心理測驗〉[04]、〈紅色房間〉[05]、〈天花板上的散步者〉[04]、〈人間椅子〉[02]（以上，一九二五年）〈帕諾拉馬島綺譚〉[06]、〈鏡地獄〉[02]（以上，一九二六年）等傑作陸續問世。此後執筆速度雖略為趨緩（即使如此還是創作了許多作品，不如說是從出道至一九二六年這段期間比較特殊），依然留下了〈陰獸〉（一九二八年，[01]）、〈孤島之鬼〉[03]、〈帶著貼畫旅行的人〉[05]（以上，一九二九年）等名作。

補充說明一下，一九二〇年代至三〇年代的日本推理作品有個特徵：比起邏輯性的推理，將焦點放在陰森氣氛或異常心理的作品要來得多。我們可以說亂步的作品也有這個傾向。亂步作品中算是含本格推理描寫的作品寥寥可數，僅有〈一張收據〉（一九二三年，[05]）、〈D坂殺人事件〉、〈黑手組〉（一九二六年，[04]）、〈何者〉（一九二九年，[04]）、〈火繩槍〉（一九三二年，[05]）。多數作品則傾力描寫罪犯或沉迷於異常興趣的人物心理，諸如〈紅色房間〉或〈天花板上的散步者〉、〈帕諾拉馬島綺譚〉、〈鏡地獄〉等。透過亂步所留下的評論，能看出他對描寫邏輯性推理的作品有深刻造詣以及憧憬；但以亂步本人的創作天賦來說，他遠遠擅長刻劃異常或陰森的事物。此外就像當時社會上流傳的說法「色情、獵奇、荒唐」所象徵，這也是個色情與獵奇事物膾炙人口的年代。

論及具體呈現亂步這種天賦的作品，絕不可錯過一九二九年發表的〈芋蟲〉[02]（刊載於雜誌上的標題為〈惡夢〉）。該作品描寫了一名因戰爭被迫截斷四肢，還失去說話能力的傷兵與妻子間異常的生活。其中沒有偵探登場，也沒有推理橋段，僅細膩描寫夫妻之間心理的擺盪。這部作品在當時引起諸多迴響，令江戶川亂步聲名大噪。而此時期的亂步，也逐漸被公認為足以代表「色情、獵奇、荒唐」時期的作家之一。

此後亂步著手創作以《怪人二十面相》（一九三六年，未收錄於本作品集）為首的少年偵探團作品，廣受歡迎，二戰後也在推理界積極挑起引薦人的任務，引介高木彬光與山田風太郎等頗具實力的作家出道。亂步於一九六五年去世，重新回顧他創作史上的表現，一九二〇年代至三〇年代期間，仍然可以說是他最鼎盛的時期。所以本作品集也可以說是濃縮了小說家亂步最極致的部分。

此外，二〇一五年適逢亂步歿後五〇周年，配合二〇一六年起版權公開，在日本也接連發表了各式各樣的活動企劃。如動畫《亂步奇譚》開播，出版社延請動畫《龍貓》與《神隱少女》的導演・宮崎駿，為亂步的《幽靈塔》（一九三七年，未收錄於本作品集）繪製插畫，與書同捆發售。而《推理雜誌》（二〇一五年九月號）與《EUREKA》（二〇一五年八月號）等雜誌也製作了專題報導，令人感受到亂步的支持度至今未減。二〇一六年起，依故事內時間順序所收錄的明智小五郎作品集《明智小五郎事件簿》全十二冊（集英社）也將開始發售，作品新版持續發行，看來熱潮還將繼續延燒。

三、當代的「亂步體驗」

如同上一節開頭所述，江戶川亂步是日本最有名的推理作家。但此處的「有名」未必是來自於他在推理小說領域的高知名度。亂步的「有名」，在於連對推理毫無興趣的人也知道他的名字。

真正的名人，就算人們不知道他做了什麼，最少也會聽過他的大名。舉例來說，不懂音樂的人也知道披頭四，對籃球沒興趣也該聽過麥可・喬丹。真正的知名人物就像這樣，連沒興趣的人都曾聽聞。也就是說，一個人的存在必須如此稀鬆平常，才有資格稱為真正的名人。

江戶川亂步在日本，正是這種定義下的名人。筆者在日本數間大學講授日本文學課程，每年總會在上課時以修課學生為對象，實行與推理相關的問卷調查。其中一項是測驗江戶川亂步的知名度，今年（二〇一六年）在三百一十四名作答者中，共有二百四十八名表示他們知道江戶川亂步。知名度高達七九・〇%，以結論來說，亂步比夏洛克・福爾摩斯系列作者柯南・道爾（七二・三%）或赫丘勒・白羅系列作者阿嘉莎・克莉絲蒂（六一・八%）更為知名。

只不過知名度雖高，學生們也未必十分了解亂步。筆者在講解亂步的經歷或作品時，時常聽到學生表示「我現在才知道亂步做了什麼」、「我想藉著這個機會開始讀亂步作品」。也就是說，對日本年輕人而言，江戶川亂步就是個「只聽過名字」的存在。

令學生特別感到訝異的，是亂步對日本推理界影響之巨大。根據蔓葉信博〈江戶川亂步與新型獵奇娛樂作品〉（《EUREKA》二〇一五年八月號），近年VOCALOID（註）樂曲中也出現了受亂步影響的作品；但在受影響作品中，現代日本年輕人最常接觸的，還是不得不提漫畫與動畫受到全國愛戴的《名偵探柯南》（青山剛昌）。

《名偵探柯南》在台灣據說也廣受歡迎，知道的讀者應該不少，作品中可見許多承襲江戶

註　VOCALOID為雅馬哈公司所開發的電子音樂軟體，可藉由輸入旋律與歌詞，讓電子語音演唱歌曲。不少網友透過該軟體創作歌曲，逐漸形成獨特的次文化。以該軟體創作的歌曲即為VOCALOID樂曲，其中一些知名樂曲也成功打入主流樂壇。

川亂步之處。光是主角・江戶川柯南的名字便是取自亂步，毛利小五郎也是源於亂步筆下的名偵探・明智小五郎。柯南就讀的小學有個小孩組成的團體叫「少年偵探團」，這也是取自亂步作品。此外，柯南的對手・怪盜基德也近似怪人二十面相，還有一些更加刁鑽的致敬，例如工藤新一母親的假名與明智小五郎夫人名字同為「文代」。

其實在前述的問卷調查中，有個項目要作答者回答他們第一次接觸的推理作品與年齡。最多人回答的作品是《名偵探柯南》（不區分漫畫或動畫），較早約在三、四歲時接觸，晚一點的人也在十歲左右認識這部作品，達成與推理作品的初次接觸。這是現代學生的典型樣貌。正因為學生們有這樣的背景，也不難明白為何他們得知江戶川亂步的事蹟以後會感到訝異。畢竟他們這才發現，自幼如家常便飯般接觸的作品，竟然也受過亂步的影響。換言之，藉由了解「亂步」這個源頭，他們開始能以其他角度看待自己以往接觸的作品。

筆者也有類似的經驗。一九七七年出生的筆者，自然無法在第一時間同步追蹤亂步作品。但在我沉迷於以綾辻行人《殺人十角館》（一九八七年）為首的「新本格」推理作品時，我發現亂步的名字三不五時會出現；實際觸及作品，調查亂步經歷的過程中，我逐漸得知他的各種事蹟。在此我同時了解到亂步對日本推理影響之巨，也赫然發現，透過我以往接觸的推理作品，我已經大量體驗過具有亂步風格的創作。

在這種意義下，現在的「亂步體驗」已不僅只是閱讀作品所受的衝擊。藉由閱讀亂步，甚至能大大轉變讀者對過往所閱讀的推理作品的觀點。我們很遺憾地無法同步享受亂步作品。但另一方面，我們生活的世界存在著許多受他影響的作品與事物。正因如此，了解亂步這個「源頭」，在自其衍生的潮流整體意義產生變化那刻，讀者即可享有眾多體驗。

筆者曾在本文開頭說過：「接下來將初次接觸江戶川亂步的讀者真令人羨慕。」理由不單只是因為他們能在沒有預設立場的情形下首度品味亂步作品。他們接下來能體會到的樂趣，也包含讀過亂步後對推理小說改觀的體驗，才是真正「令人羨慕」之處。這想必會是終生難忘的「亂步體驗」。

聽說現在台灣積極引進日本推理，還有因此步入文壇的作家。想來其中也必定能瞥見亂步的身影吧。我極為期盼閱讀本作品集的體驗，能進而轉變諸位台灣讀者對推理小說的觀點，成為最棒的「亂步體驗」。

引用與參考文獻

權田萬治著，新保博久監修，《日本ミステリー事典》（東京：新潮社，2000）。

蔓葉信博，〈江戸川乱歩と新たな猟奇的エンターテインメント〉，《ユリイカ》（東京，2015.8）：170-176。

野村宏平《乱歩ワールド大全》（東京：洋泉社，2015）。

本文作者簡介

諸岡卓真

一九七七年在福島縣出生。專精文學研究，畢業於北海道大學後，現任北海道情報大學准教授。二〇〇三年，以推理評論〈九〇年代本格推理小說的延命策〉入選第十屆創元推理評論獎佳作。著作多冊，包括《現代本格推理小說研究》（二〇一〇年），並與人共編《閱讀日本偵探小說》（二〇一三年）。

推理大師・江戶川亂步的業績

（編按：此文為二〇一〇年舊版亂步作品集所附之總導讀，由文藝評論家傅博所撰寫）

●編輯《江戶川亂步作品集》緣起

筆者於二〇〇三年，策畫過一套《江戶川亂步作品集》，欲與江戶川亂步著作權繼承人平井隆太郎商量在台灣出版事宜時，日本傳來江戶川亂步在中國的簡體字版版權有糾紛，暫時不宜談台灣之繁體字版版權，於是這問題一時擱置。到了〇八年夏，這問題才獲得解決。

這年九月，筆者訪日時，拜訪過亂步孫子平井憲太郎，談起往事，希望授權筆者在台灣編輯一套台灣獨特之《江戶川亂步作品集》，獲得允許。今（〇九）年四月，再度訪日時與獨步文化總編輯陳蕙慧，再次拜訪憲太郎，提交並說明我們的策畫內容，包括卷數、收錄作品的選擇基準與內容、附錄等。獲得肯定。

卷數為十三集，這數字是取自歐洲古代的緩刑架階梯數之十三。在歐美、日本之推理小說裡或叢書卷數，往往會出現這數字。

江戶川亂步的作家生涯達四十餘年，創作範圍很廣，推理小說的比率相當高，為了讓讀者了解江戶川亂步的全業績，少年推理與評論等也決定收入。但是與其他作家合作的長篇或連作，約有十篇，視為亂步之非完整作品，不考慮收。

收錄作品先分為戰前推理小說、戰後推理小說、少年推理小說與隨筆、研究、評論等四類。戰前推理小說再分為短篇與極短篇，一共有三十九篇，全部收錄，視其類型分為三集。中篇只有四篇，合為一集。長篇有二十九篇，選擇七篇分為五集，其中兩集是兩篇合為一集的。

戰後推理小說不多、只有兩長篇、七短篇而已，從其中選擇一長篇、五短篇合為一集。少年推理小說長篇共有三十四篇，選擇兩篇分為兩集。隨筆、研究、評論等很多難計其數，選擇三十九篇為一集。

以上為全十三集的各集主題。除了正文之外每集有三件附錄。每集卷頭收錄一幅不同時代的肖像。卷末收錄三十多年來，在日本所發表之有關江戶川亂步的評論或研究論文之傑作一篇，以及由筆者撰寫之「解題」。這種編輯方針是在日本編輯「作家全集」時的模式，目的是欲讓讀者從不同角度去了解該作家與作品。可說是出版社對讀者的服務之一。

《江戶川亂步作品集》共十三集的詳細內容是：

01、《兩分銅幣》：收錄一九二三年四月發表處女作，至二五年七月之間所發表的本格或準本格推理短篇和極短篇共計十六篇。包括處女作〈兩分銅幣〉、〈一張收據〉、〈致命的錯誤〉、〈二廢人〉、〈雙生兒〉、〈紅色房間〉、〈日記本〉、〈算盤傳情的故事〉、〈盜難〉、〈白日夢〉、〈戒指〉、〈夢遊者之死〉、〈百面演員〉、〈一人兩角〉、〈疑惑〉以及出道之前的習作〈火繩槍〉。

02、《D坂殺人事件》：收錄江戶川亂步筆下唯一名探明智小五郎之系列短篇八篇。包括〈D坂殺人事件〉、〈心理測驗〉、〈黑手組〉、〈幽靈〉、〈天花板上的散步者〉、〈和者〉、〈凶器〉、〈月亮與手套〉。

03、《人間椅子》：收錄一九二五年九月至三一年四月之間所發表之本格與變格推理短篇十五篇。包括〈人間椅子〉、〈接吻〉、〈跳舞的一寸法師〉、〈毒草〉、〈覆面的舞者〉、〈飛灰四起〉、〈火星運河〉、〈花押字〉、〈阿勢登場〉、〈非人之戀〉、〈鏡地獄〉、〈旋轉木馬〉、〈芋蟲〉、〈帶著貼畫旅行的人〉、〈目羅博士不可思議的犯罪〉。

04、《陰獸》：收錄一九二八至三五年間發表的變格推理中篇四篇。包括〈陰獸〉、〈蟲〉、〈鬼〉、〈石榴〉。

05、《帕諾拉馬島綺譚》：收錄一九二六年發表的較短的長篇兩篇。包括〈帕諾拉馬島綺譚〉與〈湖畔亭事件〉。

06、《孤島之鬼》：原文約二十二萬字長篇，一九二九至三〇年作品。

07、《蜘蛛男》：原文約二十一萬字長篇，一九二九至三〇年作品。

08、《魔術師》：原文約十九萬字長篇，一九三〇至三一年作品。

09、《黑蜥蜴》：收錄較短的長篇兩篇。包括一九三一至三二年發表的〈地獄風景〉、一九三四年發表的〈黑蜥蜴〉。

10、《詐欺師與空氣男》：收錄一九五〇至六〇年發表的五篇短篇與一篇長篇。包括〈斷崖〉、〈防空壕〉、〈堀越搜查一課長先生〉、〈對妻子失戀的男人〉、〈手指〉、〈詐欺師與空氣男〉。

11、《怪人二十面相》：第一部少年推理長篇，原文約十三萬字，一九三六年作品。

12、《少年偵探團》：第二部少年推理長篇，原文約十二萬字，一九三七年作品。

13、《幻影城主》：收錄非小說的傑作三十九篇，分為三部門，自述十六篇、評論十一篇、研究十二篇。《幻影城主》是台灣獨特的書名，江戶川亂步生前曾以幻影城的城主自居。

每卷除了收入上述作品之外，卷頭收入一張不同時代的亂步肖像或家族照。卷末選錄一篇有關亂步的評論或研究論文。亂步逝世至今已四十多年，這期間由評論家、研究家以及推理文壇外人士所發表的評論、研究、評介達數百篇之多。本作品集收錄的十三篇是從這群文章中挑選出來的傑作。

●江戶川亂步誕生前夜

江戶川亂步是日本推理文學之父，名副其實的推理文學大師，其作品至今仍然受男女老幼讀者喜愛的國民作家。

為何江戶川亂步把這麼多榮譽集於一身呢？其答案是：時勢造英雄、英雄再造時勢的結果。話從頭說起。

日本自從一八六八年的明治維新之日本文化的全面西化以後，以文學來說，最先是從翻譯或改寫歐美作品做起，大約經過二十年時光，才出現模仿西歐之創作形式的作家，之後，才漸漸理解歐美的文學本質、創作思潮、寫作原理學。而至大正年間（一九一二—二六年）才確立近代化的日本文學。

這段期間，明治維新以前之江戶時間（一六〇三—一八六七年）的庶民之通俗讀物，到了明治以後，雖然漸漸有所改良，基本上還是保留傳統的寫作形式與內容。到了大正年間，才與純文學同步，步步確立新的大眾文學。

日本之近代大眾文學的原點是一九一三年，中里介山所發表的大河小說《大菩薩峠》。當時還沒有「大眾文學」這個文學專詞，稱為「民眾文藝」、「讀物文藝」、「通俗讀物」、「大眾讀物」等。

「大眾文藝」或「大眾文學」之名詞普遍被使用是，一九二六年一月創刊之雜誌《大眾文藝》，以及於一九二七年，平凡社創刊之《現代大眾文學全集》以後之事。

當初的大眾文學是，指以明治維新以前為故事背景，具有浪漫性、娛樂性的小說，又稱為時代小說（狹義大眾小說）。但是，後來把當代為故事背景，具有浪漫性的「現代小說」以及「偵探小說」也被歸納於大眾文學（廣義的大眾小說）。之後至今，時代小說、現代小說、偵探小說鼎足而立。

「清張（五六年）以前」的偵探小說包括奇幻小說和科幻小說。現在三者雖然鼎足而立，其關係很密切，合稱為「娛樂小說」，而偵探小說於「清張以後」改稱為推理小說，現在兩者並用。

話說回來，對日本來說推理小說是舶來文學，但是從歐美引進推理小說的時期很早，明治維新十年後之一八七七年，由神田孝平翻譯荷蘭作家克里斯底邁埃爾之《楊牙兒之奇獄》為始，比柯南道爾發表「福爾摩斯探案」早十年。

之後，明治期三十五年，翻譯作品不多，而黑岩淚香為首的「翻案（改寫）推理小說」成為大眾讀物之主流。此外，也有些作家嘗試推理小說的創作，但是除了黑岩淚香之〈無慘〉具有文學水準之外，沒有什麼收穫，可說推理創作的時期還未成熟。

進入大正年間，時期漸漸成熟，幾家出版社有計畫地出版歐美推理小說叢書，其數約有十種。

又因近代文學的確立，大正期崛起的谷崎潤一郎、芥川龍之介、佐藤春夫等幾位作家的取材範圍，比以往作家為廣，其某些作品就具有濃厚的推理氣味。又，戲劇作家岡本綺堂於一九一七年，開始撰寫模仿福爾摩斯探案之「半七捕物帳系列」，共計六十八話，是以明治維新以前之江戶（現在之東京）為故事背景，推理與人情、風物並重的時代推理小說，當時卻不被視為推理小說，被歸類於時代小說。

至於一九二〇年一月，明治大正期之兩大出版社之一的博文館，創刊了綜合雜誌《新青年》月刊，主要內容是刊載鼓勵日本青年向海外發展的文章，附錄讀物選擇了在日本開始被讀者接受的歐美推理短篇。而且也同時舉辦了推理小說的創作徵文，雖然於四月發表第一屆得獎作品，其品質與歐美作品比較還有一段距離，其最大理由，就是徵文字數限定於四千字，作品不能充分發揮其才能。

《新青年》雖然不是推理小說的專門雜誌，卻是唯一集中刊載推理小說的雜誌。翌年八月，主編森下雨村編輯出版了「推理小說特輯」增刊號，獲得好評。（之後每年定期發行推理小說增刊二期至四期，內容都是歐美推理小說為主軸。）

在這樣大環境之下，機會已成熟，一九二三年四月，《新青年》刊載了日本推理小說史上的里程碑，江戶川亂步〈兩分銅幣〉。

●江戶川亂步確立日本推理小說之後

江戶川亂步：本名平井太郎，另有筆名小松龍之介。筆名江戶川亂步五字是從世界推理小說之父愛德格．愛倫．坡的日文拼音以漢字表示而來的。一八九四年十月二十一日生於三重縣名賀郡名張町，父親平井繁男，為名賀郡公所書記，母親平井菊。兩歲時因父親轉換工作，全家移居名古屋市。

七歲進入白川尋常小學，識字後便耽讀巖谷小波之《世界故事集》。十一歲進入市立第三高等小學，二年級時開始閱讀押川春浪的武俠小說，黑岩淚香的翻案推理小說。十三歲進入愛知縣立第五中學，因為討論賽跑和機械體操，時常曠課。亂步的推理作家夢，萌芽於此時，他對於現實世界的歡樂不感興趣，喜一個人在黯淡的房間，靜靜地空想虛幻的世界。

一九〇七年，父親開設平井商店做生意。二年中學畢業，平井商店破產，亂步放棄升學，六月亂步跟家族移居朝鮮，八月單獨上京，於本鄉湯島天神町之雲山堂當活版排字實習生。之後，考進早稻田大學預科，但是為了生活，很少去上課，其間當過抄寫員、政治雜誌編輯、圖書館出租員、英語家教等，但是都為期不久。

一九一二年春，外祖母在牛込喜久井町租屋，亂步搬去同居，因此不必去打工，可專心上學。八月預科畢業，進入政治經濟學部。翌年春，與同學創刊回覽式同仁雜誌《白虹》，醉心愛倫．坡與柯南道爾之福爾摩斯探案，亂步堅信純粹的推理小說，必須以短篇形式書寫這種創作思想。爾後，他在自己的作品實施。亂步為了研究歐美推理小說，除了大學圖書館之外，還去上野、日比谷、大橋等圖書館閱讀，這年把閱讀的筆記，自己裝訂成書，稱為《奇譚》。

一九一五年，父親從朝鮮回來，定居於牛込，亂步搬去同居，這年撰寫推理短篇〈火繩槍〉，為亂步之實際上的推理小說處女作。翌年大學畢業，計畫到美國撰寫推理小說賺錢，但是欠缺旅費，只好留在日本找工作，這年到大阪貿易商社加藤洋行上班，翌年五月辭職，之後數個月，到各地溫泉流浪。回來後在三重縣的鳥羽造船所電氣部上班，之後改為社內雜誌《日和》編輯。此後五年內更換工作十多次，如巡迴說書員、經營古書店、雜誌編輯、市公所職員、新聞記者、工人俱樂部書記長、律師事務所職員、報社廣告部職員等。

一九二三年，撰寫了〈兩分銅幣〉與〈一張收據〉兩篇推理短篇，最先寄給曾經發表過推理文學評論的文藝評論家馬場孤蝶，請他批評並介紹刊載雜誌，但是，一直沒有回應，亂步索回改投《新青年》，主編森下雨村閱讀後，疑為是歐美作品的翻案，請當時在《新青年》撰寫法醫學記事的醫學博士小酒井不木（之後也撰寫推理小說）鑑定。

於是一九二三年四月，〈兩分銅幣〉與小酒井不木的推薦文同時被刊出，獲得好評，繼之七月，〈一張收據〉也被刊載，從此，亂步的人生一帆風順。

亂步的登場，證明了日本人也有能力撰寫與歐美比美的推理小說，由此，欲嘗試的挑戰者或追隨者相繼而出，不到幾年，以《新青年》為根據地，在大眾文壇確立一席之地，與時代小說、現代小說鼎足而立。

但是，《新青年》所刊載的推理小說，以現在的眼光分類，非屬於本格推理的為多，如重視結尾的意外性的準本格，現實生活中的非現實奇談等等，這些作品有其共同特徵，就是故事的耽美性、傳奇性、異常性、虛構性、浪漫性。

話說江戶川亂步，一九二四年因工作繁忙，只在《新青年》發表兩篇短篇，十一月為了專心推理創作，辭去大阪每日新聞社工作，翌二五年一共發表了十七篇短篇與六篇隨筆，為亂步最豐收的一年，也是亂步在大眾文壇確立不動地位之年。

之後，亂步執筆的主軸，從短篇漸漸轉移到長篇，而於三六年開創長篇少年推理小說。四〇年至四五年日本敗戰之間，日本政府全面禁止推理小說創作，亂步只發表了合乎國策的三篇冒險小說。

戰後，亂步的創作量激減，其活動主力是推理作家的組織化，培養新人作家與推理文學的推廣，而確立了戰後推理文壇。例如：

二次大戰結束，因戰後疏散到鄉村的作家紛紛回京，翌四六年六月十五日星期六，亂步主持了一場在京推理作家座談會，向在場作家講述了時達兩小時的〈美國推理小說近況〉，介紹了美國推理小說的新傾向，勉勵大家共同為戰後之推理小說邁進。

這次聚會之後，決定每月第二個星期六定期舉辦一次聚會，稱為「土曜會」（星期六在日本稱為土曜日）。

一年後，土曜會為班底，成立「偵探作家俱樂部」，選出江戶川亂步為首屆會長。五四年十月，偵探作家俱樂部與關西偵探作家俱樂部合併，改稱為「日本偵探作家俱樂部」。六二年，由任意團體組織改組為社團法人（基金會），改稱為「日本推理作家協會」。

偵探作家俱樂部成立時，為了褒獎年度優秀作品，設立偵探作家俱樂部獎，之後跟著組織的更名，獎的名稱也更改，現在稱為日本推理作家協會獎。

一九五四年十月三十日，慶祝江戶川亂步六十歲誕辰會上，亂步為了振興日本推理小說，向日本偵探作家俱樂部提供一百萬圓日幣為基金，設立了江戶川亂步獎，最初兩屆頒獎給對日本推理文壇的功勞者，從第三屆起更改為長篇推理小說徵文獎，鼓勵新人的推理創作。

亂步除了推行這些組織性的活動之外，還積極地撰寫介紹歐美推理作家與其名著，以及推理小說的理論與研究文章。前者結集為《海外偵探小說作家與作品》，後者的代表作為《幻影城》與《續・幻影城》。

江戶川亂步對日本推理文壇的貢獻，日本政府於一九六一年十一月，授與「紫綬褒章」。一九六五年七月二十八日，亂步因腦出血而逝世，享年七十一歲。日本政府再度授與「正五位勳三等瑞寶章」紀念其功勞。

二〇一〇年一月七日

本文作者簡介

傅博

文藝評論家。另有筆名島崎博、黃淮。一九三三年出生，台南市人。於早稻田大學研究所專攻金融經濟。在日二十五年以島崎博之名撰寫作家書誌、文化時評等。曾任推理雜誌《幻影城》總編輯。一九七九年底回台定居。主編《日本十大推理名著全集》、《日本推理名著大展》、《日本名探推理系列》以及日本文學選集（合計四十冊，希代出版）。二〇〇九年出版《謎詭・偵探・推理——日本推理作家與作品》（獨步文化），是台灣最具權威的日本推理小說評論文集。

陰獸

一

我時常思考一事，我認為所謂的推理小說家有兩種：一種姑且稱為罪犯型吧。這類作家對犯罪特別有興趣，縱使正在撰寫以推理為主軸的小說，若不能好好描述犯人的殘酷心理便無法盡興；而另一種可稱為偵探型，這類作家的心理極為健全，僅對理智的推理過程有興趣，並無意著墨罪犯的心態。我接下來描寫的推理作家大江春泥屬於前者，而我自己恐怕屬於後者。雖然我的職業與犯罪息息相關，但從事此業純粹是我熱愛偵探的科學性推理，絕非因為我是壞人。不，恐怕沒有人像我對犯罪這麼敏感吧。善良如我，會與這起事件扯上關係，說來都是事件本身的錯。若是我在道德上再多一絲絲遲鈍，或者我身上有一丁點壞人的素質，或許現在不用這麼後悔，也不必沉溺在如此可怕的疑惑深淵中。不，不僅如此。說不定我現在已經有個美嬌娘，坐擁萬貫家財，在某處過著幸福快樂的人生哪。

事件結束後，我也度過了一段不算短的歲月。那駭人的疑惑雖尚未消解，但遠離了歷歷在目的現實，反倒教人懷念起往事。所以，我才想撰寫這份帶有紀錄性質的篇章。同時，我也在想，若能將這份紀錄寫成小說不知多有趣啊！但就算順利完成，我恐怕也沒有勇氣立即發表。因為，構成這份紀錄中重要部分的小山田離奇死亡事件，猶然留存於世人的記憶之中，不管以什麼化名替代，用多少言詞潤色，恐怕沒有人會把這部小說當成單純的幻想小說吧。在廣大世間之中，難保不會有人因這部小說受到傷害，若真的發生這般事態，我自己亦會感到羞恥與不快……不，這些都不是真正的理由，老實說，我很害怕。不只是事件本身像白日夢般難以掌握真相又可怕至極，我也對自己在面對這起事件時所產生的妄想感到害怕。就算現在，只要一想到這起事件，彷彿晴朗藍天突然烏雲滿布，接著下起午後雷陣雨，耳中響起隆隆大鼓聲，眼前一片黑暗，整個世界彷彿不對勁起來。

所以，我目前仍然不想發表這篇紀錄，但總有一天打算以此篇紀錄為基礎，撰寫一部我最擅長的推理小說。這篇紀錄可說僅是一篇關於事件的筆記，一篇稍過詳細的心得。因此，我拿出一本只在開頭記錄正月時期、其餘空白的舊日記本，抱著在上頭記下一篇篇冗長日記的心情，將整起事件記錄下來。

在記述這起事件之前，我想先詳細說明一下事件的主角，推理作家大江春泥的為人、作品風格及其怪異的生活方式，或許比較方便。但事實上，直到這起事件發生為止，我對他的了解也僅透過他的作品。雖然曾與他在雜誌上作過辯論，不過與他並無往來，對他的生活亦不清楚。事件發生後，經過一名姓本田的男子說明，才對他稍有了解。況且，在此直接寫下從本田處多次詢問而來的事實似乎也不妥，理當依照事發順序，先交代我被捲入此樁怪異事件的情況，由最初開始下筆才是最自然的形式。

那是去年秋天十月中旬的事。某日，我心血來潮想觀賞古佛像，便來到上野帝室博物館（註一）。在昏暗空曠的各展覽室踮起腳尖信步觀賞，室內寬敞而杳無人跡，稍有聲動即引起驚人的回響，害我不僅躡手躡腳，連喉嚨不適也不敢隨意咳嗽。展示室內一個人也沒有，令人懷疑博物館為何總是這麼不受歡迎。陳列櫃的巨大玻璃綻放著寒光，鋪上亞麻油布的地板不落一片塵埃，挑高的天花板好像佛寺正殿，整棟建築物彷彿位於水底般，闃靜森然。

正當我站在某室的陳列櫃前，忘情地欣賞古意盎然的木雕菩薩像那夢幻般的性感曲線時，背後傳來踮腳走路的腳步聲與細微的絲綢磨擦聲。

我感覺有人朝我走來，不自覺地寒毛豎了起來，直盯著玻璃上的倒影看。一名身穿黃八丈花樣裌衣（註二）、梳綁著高雅丸髻的女性站在我背後，恰好與陳列櫃裡的菩薩姿影重疊，正專心注視著我欣賞的菩薩像。

說來羞愧，我當時表面上佯裝欣賞佛像，其實不時忍不住偷窺這位女性。她是如此地引人注意，有一張青白色的臉蛋，我未曾見過如此美好的青白色，這世間若真有人魚存在，想必人魚的肌膚就像這位女性般優雅豔麗。她的臉形就是古典美女的瓜子臉，無論眉毛、鼻子、嘴巴或頸子，一切的線條看來是那般弱不禁風、纖細柔軟，就像古代小說家所形容的，稍一碰觸便消失無蹤。即便現在，我依然忘不了她那纖長睫毛下夢幻般的迷濛眼神。

究竟誰先開口的，如今已不記得了，大概是我藉故先開口吧。我和她針對該處的展示品三言兩語地交換心得，並藉著這緣分巡繞了博物館一圈，接著從上野的山內一同走到山下。在這段不算短的時間內，我們有一句沒一句地聊了許多事。

註一　現位於上野公園的東京國立博物館，明治五年設立於神田．湯島，明治十四年轉移至現址。明治二十二年名稱改為帝國博物館，明治三十三年改為東京帝室博物館，昭和二十二年改稱為國立博物館，之後又在昭和二十七年改稱為東京國立博物館。表慶館於明治四十二年開館，於關東大地震中失去本館，昭和初期有段時間僅開放表慶館。本館於昭和十三年以鋼骨結構重建而成。

註二　一種有內襯的和服，通常適穿於秋天至春天。

聊過天，我覺得她的美似乎更增添了幾分風情。特別是當她笑的時候，那種略顯嬌羞又柔弱不堪的美感，讓我彷彿見到了古老油畫裡的聖女像；也讓我聯想到蒙娜麗莎的神祕微笑，不由得耽溺在一種異樣的感受中。她的犬齒又白又大，笑的時候，唇緣靠著那雙犬齒，形成一種謎樣的曲線；而右頰肌膚上那顆大黑痣呼應這條曲線，形成一種難以言喻、既溫柔又惹人憐愛的表情。

倘若我當時沒發現她頸子上那些奇怪的痕跡，恐怕對她的印象也僅止於一個高雅溫柔又柔弱、彷彿稍一碰觸便消失的美女，並不會如此強烈地吸引我的心靈。她藉著和服的衣領，巧妙地遮掩那些痕跡，然而在行走於上野山內時，被我無意間發現了。她的脖頸上有一條條如紅色胎記般細長又紅腫的血痕，其範圍恐怕深及背部，看起來既像與生俱來的胎記，又像近日造成的傷痕。在那青白滑嫩的肌膚上；在那形狀姣好、柔軟羸弱的脖頸上，有著彷彿無數條紅黑色粗毛線般的細長腫痕，其殘酷性反倒形成一種不可思議的情色感。原本覺得她那夢幻般的美感，在傷痕的襯托下反而更加鮮明地向我襲來。

在談笑中得知她是合資公司碌碌商會的出資者之一——實業家小山田六郎的夫人小山田靜子。令人高興的是，她是推理小說的愛好者，其中又特別喜歡我的作品，經常讀到不忍釋手

（我至今仍難以忘懷聽到這件事時，高興到全身起雞皮疙瘩的感覺）。而這層作家與書迷的關係，自然而然將我與她結合起來，也讓我不需忍受與如此美人兒僅相遇一次就永別的痛苦。透過這次的機緣，我們培養出書信往來的關係。

靜子身為年輕女子，卻對杳無人跡的博物館有興趣，這一點令我欣喜，也對於她喜歡推理小說中算是最理智的我的作品感到欣慰，我可說是完全對她著了迷。每每寄出一些毫無意義的信件，她卻慎重又不失女性可愛本色地一一回覆我。對於獨身又怕寂寞的我而言，能得到一位高雅穩重的女性朋友，是多麼值得高興哪。

二

小山田靜子與我在這之後持續了好幾個月的書信往返。不可否認地，在反覆的往來中，我戰戰兢兢，卻有意無意地在信中蘊藏著某種情感；或許是我的錯覺吧，靜子在信中除形式上的客套，似乎也隱藏著一股暖暖情意。實不相瞞，說來令人羞愧，我在這段期間的書信往來中，處心積慮套出靜子丈夫的底細，最後讓我得知她丈夫小山田六郎不僅年紀大了她一截，外表更比實際年齡蒼老，頭頂也童山濯濯，不殘一髮。

後來，大約在今年二月左右，靜子的信開始出現一些奇妙之處，她似乎非常害怕某事。

她在信中寫道：

「近來發生一件令人極度擔憂之事，時常於夜半驚醒。」

短短兩句，但是在文字背後，靜子處於恐懼中的戰慄情狀躍然紙上，彷彿歷歷在目。

「不知老師是否與同爲推理作家的大江春泥先生相識？如果您知道他的住址，能否告訴我？」

她在信中寫了如上之事。當然，我對於大江春泥的作品可說是十分了解，但由於春泥這個人十分討厭與人交往，從不出席作家聚會，因此在個人層面上並無往來。況且，他在去年年中已停筆並搬家，不知搬往何處，地址也無人知曉。我如此回答靜子，但一想到她那時的恐懼很可能與大江春泥這個人有關，便覺得心情不甚舒服。

不久，靜子捎來一張明信片，寫道：「有事盼與老師一晤，不知是否方便前去拜訪？」我雖隱約猜到她想「一晤」的內容，但後來才知道事實如此可怕，遠超乎我的想像，而我竟然還愚昧地感到樂不可支，妄想與她二度相會的種種情景。靜子一收到我「靜候光臨」的回音，當日隨即前來拜訪。然而，當我到玄關處迎接時，她的面容竟是如此憔悴，甚至令我大感失望。而她所謂的「有事一晤」，其內容又是足以沖散我先前種種妄想的異常事態。

「我苦思良久，卻又無法想到解決方法，實在迫不得已才來找您。因為我覺得如果是老師的話，應該願意聽我訴說這件事……但，對近日才相識的老師傾訴這些難以啟齒的事，似乎又太失禮了……」

此時，靜子露出她那和犬齒與痣搭配得恰到好處的孱弱笑容，輕輕抬頭望著我。時值寒冬，我在工作桌旁放了一個紫檀的長火爐，她則端莊地坐在火爐對面，雙手靠著火爐邊緣。那玉指纖細羸弱，彷彿象徵著她的全身，但絕非枯瘦如柴；膚色雖然青白，卻無不健康之感；那手指彷彿緊緊一握便消失無蹤，卻充滿著一股微妙的彈力。不僅手指，她整個人就是給我這般印象。

看到她苦惱的模樣，我也不由得認真起來，打包票說：「儘管說吧，如果我幫得上忙的話……」她回答：「這真的是一件很駭人的事……」於是，以這段對話作為開場白，配合少女時代所發生的往事，她述說這起異常事件。

若將靜子當時述說的身世以極簡單的文字記錄下來，情況大概如下：她的故鄉在靜岡，她畢業於女校（註）前的生活可說是十分幸福。唯一不幸，在女校四年級時，她受到一個名叫平田一郎的青年誘惑，兩人發展出一段短暫的戀情。若問為何不幸，只因為她當時不過是一時興起，學其他姑娘談戀愛，絕非真心喜歡平田。這一方雖非真心談這段感情，另一方卻動了真情。接著，她開始閃躲苦苦糾纏的平田一郎。她越閃躲，青年的執著就越深。最後，每到深夜，靜子家的圍牆外總有黑影蠢動、內容令人不舒服的恐嚇信也一封封寄到家裡。花樣年華的少女面對一時興起招致的恐怖報復嚇得不停發抖，雙親見到女兒反常的模樣也很心疼。

就在這個節骨眼，她們一家遭逢巨大的不幸，但對於靜子來說毋寧算是幸運吧。當時，財經界掀起大地震，她父親欠下了巨額債務，於是草草收起正在經營的生意，靠著彥根的朋友幫忙，漏夜潛逃，隱姓埋名躲了起來。靜子也因此不得不中輟學業。對她而言，突然搬家得以逃離平田一郎的執念，反而鬆了一口氣。

她父親遭逢變故後臥病在床，不久辭世。之後，靜子與母親相依為命，度過一段悲慘的生活。不過，不幸並沒有持續太久，很快地，出身於她們隱居村莊的實業家小山田出現了，向她們伸出援手。小山田對靜子一見鍾情，請媒人上門提親。靜子也不討厭小山田，兩人雖然相差十歲以上，但她對於小山田沉穩的紳士風度抱著某種崇敬感。婚事順利進行，小山田帶著靜子之母，將靜子娶回東京的府邸，迄今經過了七年歲月。在他們結婚的第三年，靜子的母親病故，在這之後不久，小山田身負公司的重要職務，前往海外旅居兩年（於前年年底回國，那兩年期間，靜子每天學習茶道、花道、音樂等等，以慰藉獨居之寂寞）。除此之外，這一家無甚大事，夫妻間的相處也極為圓滿，每天過著幸福快樂的日子。丈夫小山田為事業努力打拚，七年間家產逐漸累積，如今在業界建立起難以撼動的地位。

「說來真是羞愧，我在結婚時對小山田說謊，隱瞞了平田一郎的事。」

靜子的細長睫毛因內心羞愧與悲傷而低垂，雙眸噙滿了淚水，以氣若游絲的聲音述說著。

「小山田不知從哪打聽到平田一郎的名字，開始懷疑起我與他的關係。我堅決表示除了小

註　在第二次世界大戰前，日本政府實施女子教育的學校，又稱為女紅場，學生需修滿五年才能畢業。

山田以外不曾與其他男人有過親密接觸，隱瞞了與平田之間的關係。這個謊言至今仍持續著。小山田越來越懷疑，我不得不隱瞞。所謂的不幸，是否正躲在某處等著呢，七年前的謊言，當初絕非惡意，誰料到今日竟然以如此可怕的姿態來凌虐我。一思及此，真教人害怕啊。連我自己都忘了平田之事，沒想到平田突然寄了那些信給我。剛開始看到寄信者署名平田一郎時，我一時之間還想不起那是誰呢，當真完完全全忘了此人的存在。」

靜子說完，拿出平田寄來的幾封信給我看。後來，這些信件就交由我保管，現在也還在我手上。為了方便理解事情的來龍去脈，我想在這裡附上最初的信：

靜子小姐，終於找到妳了。我想妳應該沒發現吧，再次遇見妳之後，我就跟蹤妳，由此得知妳現居的府邸，同時也得知妳現在姓小山田。妳該不會忘了我平田一郎吧？應該還記得我是個多麼惹人厭的傢伙吧？在被妳拋棄之後有多苦悶，薄情的妳恐怕不解吧。苦悶復苦悶，深夜徘徊於君之府邸外圍不知有幾回。但，我的熱情越燃越旺，妳卻益發冷淡。迴避我，害怕我，最後竟還憎恨起我。妳豈能了解受愛人憎恨的男人心情？吾之苦悶變作悲嘆，悲嘆化爲憎恨，憎恨凝成復仇之念，豈非理所當然耶？妳趁家庭變故之便，一聲招呼也無，逃也似地從我面前消失，我數日茶飯不想，鎮日茫然坐於書房之中。於是，我發誓要復仇。那時我還太年輕，不知有何法子得以尋覓妳的蹤跡。妳父親有許多債主，爲了不讓任何人找到行蹤而躲了起來。我不知何時能再與妳相遇。但是，我將復仇視爲終身事業，不信花上一輩子都找不著妳。

我很窮困，爲了塡飽肚子必須工作。那是妨礙我四處尋找妳的一個重要因素。一年兩年，日日月月如疾箭般飛逝，我必須不斷地與貧困交戰。其疲累，也讓我忘卻了對妳的恨。我一心一意只爲了塡飽肚子奮鬥。但約莫三年前，出乎我預期的好運來了。在所有職業上失敗、沉滯於失望的谷底時，我寫了一篇抒發怨懣的小說。不料，這篇小說卻爲我帶來機緣，成就了我靠搖筆桿度日的身分。既然妳現在還是喜歡閱讀小說，想必聽過大江春泥這個作家吧。他已經有一年沒撰寫新文章，但世人仍忘不了他。這位大江春泥正是在下我。妳以爲我會耽溺於小說家的虛名之中，忘記對妳的仇恨嗎？否，否！我那些血腥的小說正是內心深處藏了深沉恨意才得以產出。那種猜疑心……那種執著……那種殘虐……在在都是由我執拗的復仇心所衍生的特質。我的讀者恐怕無人不爲蘊藏其中的妖氣顫抖吧。

靜子小姐，總算獲得安定生活的我，只要金錢與時間許可，便毫不間斷地努力找尋妳。當然我並不抱持奪回妳的愛如此遙不可及的願望。我已有妻子。是爲了解決生活不便而娶的，形式上的妻子。但，對我而言，妻子與愛人是完全獨立的兩樣事物。即使我已有妻子，也未曾忘卻對愛人的怨恨。

靜子小姐，如今我終於找出妳來了。我因狂喜而顫抖，多年的夙願終將得償。我花了很長的時間，以構築小說劇情般欣快地編織對妳的復仇手段。我深思熟慮，思考最能讓妳痛苦、讓妳害怕的方法。終於，實行這個方法的時機來了。妳應該可以從文字中感受到我的歡喜吧。

妳無法靠著向警察求助來妨礙我的計畫，我已做好一切準備。這一年來，新聞採編、雜誌採編都在傳聞我的下落。他們不知道這是我為了向妳報復的行動，只當是我討厭與人為伍與喜好祕密行動的低調作風。這個料想不到的反應倒是幫了我一個忙，我可以更周密地向世間隱瞞行蹤，也就能更隱密地進行對妳的復仇計畫。

想必妳迫切想知道我的計畫。但我不能透露計畫的整體，恐怖必須漸漸地逼近才能產生效果。但如果妳無論如何都想知道，我也不吝惜洩露整體計畫的一角。譬如，我可以立刻說出發生在妳家及妳身邊的大小瑣事，無一絲差錯。

晚間七點到七點半之間，妳倚在臥室中的小桌閱讀小說。妳只看完了廣津柳浪（註一）短篇集《變目傳》中的〈變目傳〉。七點半到七點四十分之間，妳命令女傭端來茶點，吃了兩個風月（註二）的紅豆餅，喝了三碗茶。七點四十分前去如廁，約五分鐘後回房。到了九點十分左右，一邊編織一邊沉思。九點十分，妳丈夫回家。九點二十分至十點過後，妳陪丈夫喝點小酒、閒聊。丈夫向妳勸酒，妳喝下半杯的葡萄酒。那瓶葡萄酒是新開的，杯中掉進一小片軟木塞碎片，妳以手指撈出。小酌結束後，妳立刻命令女傭替你們鋪床。兩人如廁後就寢。之後到十一點兩人尚未睡著，妳再次躺回床上時，家中時間稍遲了的大立鐘恰好報時十一點整。

看到這份有如火車時刻表般忠實的紀錄，妳還不覺得恐怖嗎？

致　從我生涯奪走愛情的女人

復仇者

二月三日深夜

「我從很久以前就聽過大江春泥這個名字，但做夢也沒想到竟然是平田一郎的筆名。」

註一　（文久元年～昭和三年）小說家，本名直人。硯友社同人作家，代表作為〈黑蜴蜓〉（蜴蜓即蜥蜴，與亂步作品《黑蜥蜴》無關）、〈今戶殉情記〉等。兒子廣津和郎也是作家。〈變目傳〉為柳浪擅長之深刻（悲慘）小說之一，發表於明治二十八年。內容敘述一男子因燒傷而毀容，卻愛上一名女子，因而犯下殺人罪，遭到處刑。

註二　應是影射月堂。寶曆三年（西元一七五三年）月堂作為日式糕點專門店於京橋南傳馬町開業，明治五年分家，掌櫃米津松造於兩國若松町開分店。兩國的這間月堂為日本最早的西式糕點專門店，製造餅乾、糖果、巧克力、鬆餅、薄餅等，明治十年於京橋南鍋町（現在的銀座六町目）又開設一家法國料理店，受到許多文人雅士喜愛。

靜子面露不快地向我說明。事實上，知道大江春泥本名的人，在作家朋友之間也是少之又少。就算是我，若沒從常來找我的本田口中聽過他的本名及傳聞，恐怕永遠不知道平田這個名字。他就是一個這麼討厭人群、不肯露臉的男人。

平田的威脅信除此之外還有三封，其內容大同小異（郵戳均由不同郵局所蓋），均在復仇的詛咒話語之後，鉅細靡遺地記載了靜子某夜的行為，還附上正確時間。特別是對於她臥室裡的祕密，不管多細微，均描述得清晰且令人羞赧。然而不論是令人臉紅的舉止或某些輕言細語，用詞都極為冷酷。

我能體會靜子把這些書信拿給別人看會有多害羞與痛苦。但她寧可忍受這些羞恥與痛苦，選擇我作為她商量的對象，我當然必須非常謹慎回答。這件事一方面顯示她多麼害怕讓丈夫六郎得知過去的祕密，也就是她在婚前已不是處女的事實；另一方面，也證明了她對我的信賴感多麼深厚。

「我除了丈夫那邊的親戚，沒有半個親人；至於朋友，也無法商量這種事。請原諒我如此無禮，因為我總覺得只要誠心誠意拜託，您很樂意教我該如何處理……」

聽她這麼說，一想到自己受這個美麗女人如此倚賴，便高興得怦然心動。我想，她之所以會找我商量，和我與大江春泥同為推理作家——至少在小說，我們同為以推理見長的優秀作者——不無關聯。但，若不是她對我具有相當程度的信賴與好感，也不會找我商量這種羞於見人的事吧。

不消說，我即刻答應靜子的要求，承諾她願盡棉薄之力。大江春泥為了掌握靜子如此鉅細靡遺的行動，不是收買小山田家的僕役，就是自行潛入府邸，躲在靜子身旁；再不然就是與上述兩種相差無幾的惡意行為，除此之外別無可能。因為由其作品風格看來，春泥難保不會做出此類怪異的舉動。於是，我根據上述的想法詢問靜子是否察覺一些不尋常的跡象，但不可思議地，似乎完全沒有異狀。家中僕役彼此熟識，長年住在館內，而小山田又比一般人更注重府邸大門與圍牆的保全，防範十分嚴謹。縱使大江潛入府邸內，欲躲過僕役的眼線進入府邸深處的靜子夫婦房間，幾乎不可能。

但說實話，我打從心底瞧不起大江春泥能有何執行力。他只不過是個寫推理小說的，又有何能耐做到這些？頂多也是寫寫最擅長的文章來嚇唬靜子，不可能做出超乎於此的惡行。至於他是如何打探出靜子如此詳細的行動，的確有些不可思議。但這對他來說也沒什麼，我當時輕率地認為，他應該是運用魔術師般的機智，花不了多少工夫就打探出這些事吧。因此，我以上述想法來安慰靜子，畢竟這樣做比較輕鬆。我極力向靜子保證會找出大江春泥，將盡我所能勸告對方停止如此愚昧的惡作劇，然後請靜子先回家。與其對大江春泥的威脅信作種種無謂的揣測，還不如全心全意以溫柔言語安慰靜子更有意義。當然了，對我而言那也比較愉快。靜子離開時，我還對她說：「這件事最好別告訴妳先生，這並不是什麼大不了的事，不值得為此犧牲妳的祕密。」愚蠢如我，當時只想盡力延長與她分享連她丈夫也不知情的愉悅感。

但是，關於大江春泥的下落，我倒是很積極尋找。一直以來，對於這個行事作風與我相反的春泥沒有一絲好感，每每見到他反覆驅使著充滿女人般腐爛猜疑心之譫語，得意洋洋地接受變態讀者喝采之行徑時，一把無名火便油然而生。因此如果進展順利，或許還能揭發他陰險的非法行為，令他哭喪著臉懊悔不已。當時的我，萬萬沒想到探出大江春泥的行蹤竟是如此困難。

三

誠如信中所言，大江春泥乃是四年多前，從文壇不同的領域中突然現身的推理作家。他一發表處女作，在當時幾乎沒有日本人自創推理小說的文壇便給予他極大的喝采。說得誇張一點，他一躍成為文壇寵兒。春泥的作品不多，不過他倒是會利用各種報章雜誌發表新作。每一篇都是十分血腥、陰險邪惡、令人一讀即寒毛豎立、既可怕又令人忌諱的作品。但這些特質反而成了吸引讀者的魅力，使得他人氣始終不衰。

我幾乎與他同期出道，從原本擅長的青少年小說轉換到推理小說的領域，在作家不多的推理小說界也稍有一點名氣。大江春泥與我的作品風格可說是完全相反，他的風格灰暗、病態而嘮叨；我的作品則是光明且合乎常識。於是理所當然、彷彿彼此較勁似地，我們在寫作上展開競爭，甚至還針對彼此的作品互相批評。難以啟齒的是，開口批評的通常都是我，春泥有時也會反駁，但大體上總是超然地保持沉默，繼續發表駭人的作品。我雖不停止批評，但也不禁受到其作品中蘊含的妖氣所迷惑。他的作品隱藏著一種不可名狀、彷彿燃燒不全鬼火般的熱情（若說這是來自他在信上所道出對靜子的執著，確實頗具說服力）。他的作品具有一種難以言喻的魅力，深深擒獲讀者。說實話，每當他的作品受到喝采時，我總會有一股無以形容的嫉妒，甚至抱持著一種幼稚的敵意，想戰勝他的念頭不絕地蟠踞於我的內心深處。但從一年多前開始，他突然不再寫作，從此銷聲匿跡。並非人氣衰減，就連雜誌採編也到處尋找他的下落，但不知為何，他就這樣失蹤了。我雖然很討厭他，但當他就這麼消失之後，反倒覺得寂寞。用孩子氣一點的說法，我失去了一個優秀的競爭對手，反倒不滿足了。只是沒想到與我有這段淵源的大江春泥，竟會出現在小山田靜子帶來的奇特消息中。說起來有點可笑，在這麼奇妙的情況下，一想到能與過去的競爭對手相會，我依舊忍不住欣喜了起來。

仔細想來，大江春泥會轉而執行自己構築的故事情節，或許也是理所當然。就連世間人也普遍如此猜測。某人曰，他是一個「空想犯罪生活者」，如同殺人魔般，憑藉與之相同的興趣、感動，在紙上經營其犯罪生活。讀者在閱讀過他的作品後，恐難以忘卻其中潛藏的森然鬼氣吧，以及作品中總是充滿著不尋常的猜忌、神祕性和殘虐性吧。他在某本小說中，甚至流露出如下的恐怖話語：

「看哪！終究無法滿足於小說的時刻來了。他厭煩於這世上的乾澀無味與平庸，享受著至少將異常的想像抒發於紙上之樂趣，這就是他撰寫小說的最初動機。但是對現在的他而言，連小說也厭煩透頂。在這之上，究竟還有何刺激等著他？犯罪，啊，只餘犯罪而已！在做盡一切的他面前，只餘下甜美犯罪的戰慄！」

就一名作家而言，他的日常生活也相當奇特。他的孤僻與行事神祕傳遍了同行友人與雜誌採訪編輯之間。採訪者極少能進入他的書房，不管多有成就的前輩，碰上他也只能吃閉門羹。加上他經常搬家，一年四季掛病號，因此從未出席過作家的聚會。傳聞他不管白天晚上，終年躺在床上，就連吃飯、寫作都在床上進行。大白天也關上遮雨板，特意點亮五燭光的燈，在昏暗的房間裡描繪一流的恐怖妄想，蟄居於陋室之中。

在他停筆之後，我也曾偷偷想像他會像小說中所說的，巢居於淺草一帶垃圾滿地的巷道中，將其妄想付諸實行。豈知想像竟然成真，半年不到，他果真成了一名妄想實行者，出現在我面前。

我認為要找到春泥的下落，應該去問問報社文藝部或雜誌社的採編最快。春泥的日常舉止十分怪異，若非必要，絕不見來訪者。雜誌社這邊也早就查過他的行蹤並無斬獲，若非交情與他極好的採編，恐怕無法提供任何線索。幸虧在我熟識的雜誌採編中，已有滿足需求的人選；那就是向來以熟稔此道聞名的博文館採訪編輯本田（註）。他可說是所謂的「春泥專員」，去

註　博文館為實際存在的出版社。本田應該是影射本位田準一，他生於明治三十六年，為江戶川亂步於鳥羽造船廠服勤時的後輩，後來靠著亂步的關係到東京，擔任博文館等出版社編輯。

曾有一段時間專門負責向春泥催稿。除此之外，身為一名採訪編輯，包打聽的手腕可說是不容忽視。

於是，我打電話請本田來家中一趟，首先就我所不了解的春泥生活型態展開詢問。結果，本田以彷彿在談論酒肉朋友般的輕佻語氣說：「您說春泥嗎？那傢伙很不像話喔。」

本田那張財神爺般的臉堆滿笑容，爽朗地回答我的問題。

據他所言，春泥剛開始寫小說時，在市郊的池袋租了一間小房子，後來隨著名氣變大、收入增加，逐步搬到更大的房子（大多是大雜院）。牛込（註）的喜久町、根岸、谷中初音町、日暮里金杉等等。本田列舉出七個這兩年間春泥輾轉居住過的地方。從移住到根岸的時期開始，春泥漸漸成了暢銷作家，雜誌採編為了採訪他蜂擁而至。他的厭人癖從那時便開始顯露，總是關上大門，只留後門供他妻子出入。就算訪客親臨，他也裝作不在，等訪客回去後再寫一封道歉函說：「我厭惡人群，若有要事請以郵件聯絡。」大部分的採編碰上這招很難不打退堂鼓的。能當面與春泥對話的僅有少數人，就連習慣其他小說家怪癖的雜誌採編，也不知該如何應付春泥的厭人癖。

有趣的是，春泥的夫人倒是個相當賢慧的妻子，本田多半透過這位夫人進行催稿與收稿。但要見夫人也十分麻煩，府上不僅大門深鎖，還經常掛著「病中謝絕面會」或「旅行中」或「諸位編輯先生，原稿的委託煩請透過信件，謝絕面會」等防護嚴格的擋箭牌，就連本田也不止一次無功而返。春泥搬家時也從不寄發通知，一切全靠採編以郵件為線索，再查出他的新居住址。

「雜誌編輯雖眾，跟春泥講過話、與他太太聊過天、開過玩笑的恐怕也只有我一個。」本田自傲地說道。

「看照片，春泥似乎是個相當英俊的美男子，實際上真是如此嗎？」

我克制不了逐步攀升的好奇心，試著問了這個問題。

註

關於這些地名，富田均在《亂步「東京地圖」》（平成九年，作品社）中說明春泥與亂步的類似性。「池袋於昭和九年（西元一九三四年）之後成為亂步最終的住所，但在〈陰獸〉執筆前的大正十一年（西元一九二二年），亂步亦曾在此住過四個多月。牛込區喜久井町則於大正二～三年（西元一九一三～一四年）住過五個多月，下谷區根岸至日暮里金杉一帶，則為亂步在大正八～九年（西元一九一九～二〇年）住過的本鄉駒込林町的散步區域。神田區末廣町則是亂步在大正元年（西元一九一二年）住過的本鄉區湯島天神町的散步區域，下谷區上野櫻木町亦同。此外，本所區柳島町與市外的向島須崎町則是他在大正六年（西元一九一七年）住過的本所區中之鄉竹町時代的散步區域。由上述列記可知，在〈陰獸〉中描繪的空間圖可說是一種『亂步自傳圖』吧」。另外，松山巖在《亂步與東京》（昭和五十九年，PARCO出版）一書中，提出「春泥的轉居地乃是當時分布於東京貧民區或接近都市貧民區的場所，（中略）以當時東京最繁華的淺草為中心，徒步十分鐘可達之距離，恰好就是以圓周狀散布於周邊的都市貧民區。亂步在〈陰獸〉中運用的地理上詭計，證明了貧民區通常以鬧區為中心形成之都市結構。」的看法。

「不，那張照片應該是假的吧。本人號稱那是年輕時的照片，但怎麼看都很可疑。春泥才不是這麼英俊挺拔的傢伙咧。他又肥又腫，我猜是從不運動的關係（您看，他老是躺著嘛）。胖歸胖，臉上的皮膚很鬆弛，而且面無表情；兩眼渾濁無神，看起來像個溺死鬼，而且不善言詞，令人懷疑這樣的傢伙怎能寫出如此精采的小說。宇野浩二（註）不是有篇小說叫〈人癲癇〉嗎？春泥就像小說裡描述的那副德性。我看他整天躺著啊，都快躺出繭來囉。我只見過他三次，每次他都是躺著說話。聽說他連吃飯也躺著，照這樣看來應該是真的喔。

只不過奇妙的是啊，這麼討厭人群、整天躺著的傢伙，竟也有傳聞他經常變裝到淺草附近遊蕩，而且固定在半夜，這男人真像小偷或蝙蝠。我在想，他該不會是個極端害羞的人吧？講白一點，我看他根本不敢在世人面前暴露自己臃腫的身體與容貌。隨著聲望越來越高，他越是對自己羞於見人的外表感到自卑。所以才不肯見朋友、同行，只敢在晚上偷偷徘徊於人來人往的鬧街中，聊以慰藉。從春泥的特質與其夫人的話語看來，真的很難令人不做如此猜想啊。」

本田滔滔不絕、繪聲繪影地描述春泥的外形與性格，最後還向我報告一個奇妙的事實。

「話說，寒川先生，這是最近發生的事。我啊……碰到那個行蹤不明的大江春泥了喔。他的模樣很奇怪，所以當下並沒有向他打招呼，但我肯定他就是春泥。」

「在哪？在哪？」

我忍不住問了兩次。

「在淺草公園啊，只不過是在我早上正要回家的時候，所以說也有可能是酒醉還沒清醒的幻覺。」本田嘿嘿地笑著，搔了搔頭。「那邊不是有家叫來來軒的中菜館嗎？就在那個角落。從人煙稀少的一大早開始，一個戴著尖頂紅帽、身穿小丑服的胖子孤零零地站在那裡，正在發傳單。聽起來很像做夢，但我確定那個胖子就是大江春泥啊。我發現是他，停下腳步，還在猶豫要不要跟他打招呼，但對方似乎也發現了我，立刻急忙走進對面的小巷。我原本想追上去，但考慮到對方的情況，跑去打招呼也很奇怪，於是便打消主意，直接回家了。」

聽著本田描述大江春泥奇特的生活，我彷彿陷入惡夢中，感到十分不舒服。接著又聽說他頭戴尖頂帽、身穿小丑服站在街頭時，不知為何，教我從心底發毛了起來。

註 明治二十四年～昭和三十六年，小說家。代表作為〈倉庫中〉、〈屋頂中的法學士〉、〈借子商〉、〈枯木的風景〉等等，多為私小說類型的作品。被稱作「文學之鬼」，亂步早年熱中於其作品並受其影響，反應於自己的作品中。橫溝正史亦好讀宇野浩二之作品，誤會亂步的出道作品〈兩分銅幣〉為浩二化名創作，令亂步十分高興。在大正十五年的隨筆〈宇野浩二式〉中，亂步認為浩二式的鬆散信筆文體運用在推理小說應該也能發揮顯著的效果。浩二本人亦愛讀亂步的作品，兩人之間曾有過些許交流。〈人癲癇〉為發表於大正十四年四月《中央公論》的小說。故事主角剛搬家，隔壁住的是一位足不出戶、姓高木的學者及其美麗的妻子。關東大地震時，高木受到避難於附近寺廟的大批人潮影響，引發了癲癇，因而被叫做「人癲癇」，只不過高木不同於大江春泥，並非終日躺著。

不知道他的小丑裝扮與寄給靜子的威脅信，這兩者到底有何因果關係（本田在淺草見到他的時候，恰好就是靜子收到第一封威脅信的時間），但我認為還是有必要留意。

接著，我也沒忘記從靜子交付給我保管的威脅信中，盡可能挑出意義不明的一封給本田看，讓他確認是否真的是春泥的筆跡。結果，他不僅斷定是春泥的筆跡，還說從信中的形容詞用法與假名標示的習慣看來，若非春泥絕對寫不出來。本田曾模仿春泥的下筆習慣寫小說，所以很清楚他的文章特色。他說：「那麼叨叨絮絮的文章，我實在學不來。」

我也贊同他的看法。因為看過那幾封信之後，我比本田更深刻感受到春泥的濃厚氣息。

於是，我隨便找了個理由，拜託本田想辦法找出春泥。本田二話不說地回答：「當然沒問題，包在我身上！」

不過我並未就此安心，從本田那裡問了春泥最後的住處，也就是上野櫻木町（註）三十二番地，打算親自走一趟，向鄰居打探情況。

四

次日，我放下剛開始動筆的原稿，前往櫻木町，向附近鄰居的女傭或出入的商人打聽春泥一家的種種情況，只確定了本田所說絕非謊言，但關於春泥之後的行蹤則毫無斬獲。那一帶大多是住宅附有小門的中產階級，就算是鄰居，也不像大雜院的人喜歡說長道短，只知道春泥一家沒告知去向便失蹤了。當然，他家門口掛的也不是「大江春泥」的門牌，所以沒人知道他是個知名作家，就連他們僱的是哪家搬家公司也無人知曉，我無功而返。

由於我已無其他方法，只能利用趕稿空檔，每天打電話詢問本田。可惜似乎沒有線索，就這樣又過了五、六天。正當我們持續著這些無謂的努力時，春泥卻已一步步執行起怨念深厚的計畫。

註　明治初期至昭和四十一年的町名。由江戶時代的谷中村飛地（行政上隸屬甲地，但所在位於不相鄰之乙地者，稱之飛地，位於上野台的東北麓）與德川氏廟所之防火地（為防止火災蔓延或發生火災的避難用地）所構成。明治十一年起屬下谷區，昭和二十二年起屬台東區。昭和四十年起，原屬谷中村飛地之處變更為根岸一丁目一～三番，昭和四十二年起，原為防火地之處變更為現今之上野櫻木一～二丁目，成為上野公園。

某天，小山田靜子打電話到我的住處，表示發生了令她十分擔憂的事，希望我到她家一趟。她丈夫不在，一些僕役也出遠門了，剩下她獨自在家靜候我的來訪。她好像不是使用家裡的電話，而是特地打自動電話（註一），只是說了這麼幾句話，卻顯得非常遲疑，花了三分鐘以上，電話還因此中斷過一次。

她趁丈夫不在，差遣僕人出遠門，悄悄叫我上門，如此充滿暗示的邀約令我產生一種詭異的心情。只不過這也不代表什麼，我立刻答應了她，前往位於淺草山之宿（註二）的住宅。小山田家位在商家之間較深入的地段，是一座有點類似舊式別墅的建築，古色古香。從房子正面看不出來，我想後面應該有一條大河流經。不過與別墅的典雅外觀不相稱的是環繞著整棟建築物、像是新砌的水泥圍牆（牆緣還插著防盜玻璃碎片），十分低俗，以及位於主屋背面的西式雙層樓房。這兩個部分與原有的日式建築極不搭調，散發出一種金錢至上的暴發戶氣息。

我遞交名片之後，在看似鄉下來的小女傭引領下，來到西式樓房的接待廳，見到靜子以不尋常的表情正在等我。她一次又一次地為自己的無禮致歉後，突然壓低音量說：「請您先看看這個。」隨即遞出一封信簡。接著，彷彿在害怕什麼似地，看了看背後，靠向我而來。不消說，那封書簡自是由大江春泥所寄，但內容與之前已有些許不同，故將全文出示於下：

靜子，妳痛苦的姿影已鮮明地浮現在我眼前。我明確知道妳正瞞著丈夫，處心積慮想查出我的行蹤。但那只是徒勞一場，勸妳無須多費工夫。縱使妳有勇氣將我對妳的威脅和盤托出，最後還借助警察之力，也終究無法得知我的所在。在看過我過去的作品後，相信妳不可能不了解我是個準備多麼周到的人。

好了，我的小試探到此也該告一段落，復仇事業該往第二階段前進了。在此之前，必須給妳一點預備知識才行。我是如何準確地得知妳每晚的行動，妳大概也想像得到。那就是因爲在我發現妳之後，便如影隨形地跟蹤妳。妳絕對無法發現我，但不論妳在家中還是外出，我隨時凝視著妳，完全變成了妳的影子。即使是現在，妳正在閱讀這封信的當下，作爲妳影子的我，依舊是躲在某個角落瞇起眼睛凝望著妳吧。

如妳所知，在我每晚觀察妳行爲的同時，妳們夫婦燕好的行爲當然也盡收我眼底。不用

註一　昭和時代初期的公共電話舊稱。

註一　正確為山之宿町。江戶時期~昭和二十三年間的町名。明治四十四年~昭和二十二年期間以外，通常冠上淺草之名。初屬淺草區，昭和九年起大部分成為花川戶二丁目之一部，極少部分成為花川戶一丁目之一部。昭和二十二年，改屬台東區。二十三年起殘餘地段與淺草聖天町合併。為現行之花川戶一~二丁目及淺草七丁目。

說，那自然讓我充滿了難以擺脫的強烈嫉妒，是我當初在訂立復仇計畫時沒考慮到的缺失。但這點小事不僅不會妨礙我的計畫，反倒成了我旺盛妒火的燃油，同時也令我領悟到稍稍改變一下預定計畫，更能有效地達到我的目的。所謂的小小變更不是別的，我原本的預定是在妳痛苦、驚恐再三的情況下，緩緩地奪取妳的性命。

但是在看過妳們夫婦恩愛的場面後，我改變想法，決定在殺妳之前，先在妳眼前奪走妳深愛的丈夫之性命，讓妳充分感受悲傷後，再輪到妳死亡。這效果豈不十分出色？於是我便如此決定。但妳不用著急，我向來都不急迫。因爲，還沒充分虐待過正讀著這封信的妳之前，便要執行下一個手段也未免太可惜了點。

致　靜子女士

三月十六日深夜　　　　　　　　　　　　　　　　　　　　　　復仇鬼

看完這些既殘忍又刻薄至極的字句，我忍不住打了一個冷顫，同時憎恨大江春泥這非人的心情又加強了數倍。但如果連我都害怕，又有誰能安慰那備受打擊的可憐靜子？我只有勉強故作平靜，反覆說服靜子那封信只不過是小說家的妄想。

「等等，老師，請您小聲一點。」

靜子對於我的熱心說服絲毫不放在心上，她的注意力似乎完全被外頭的動靜所吸引，時常凝神盯著同一處，做出仔細聆聽的動作。接著將自己的音量壓到最低，彷彿有人站在外頭偷聽似的。她的嘴唇失去了血色，幾乎與臉色一樣蒼白。

「老師，我想我的腦子一定是混亂了。但，他說的那些……都是真的嗎？」

靜子彷彿精神不正常似地，不斷地喃喃細語，嘴裡叨念著一些莫名其妙的話。

「發生了什麼事？」我也受到影響，嚴肅地跟著悄聲發問。

「平田躲在這個家裡。」

「在哪裡？」我一時無法理解她的意思，腦中一片茫然。

於是，靜子彷彿下定決心，站了起來，鐵青著臉伸手招呼我跟上。見到她的舉動，我卻莫名地雀躍不已，並隨之跟上。走到一半，她突然發現我的手表，不知為何要我取下，放回剛才那個房間的桌上。接著，我們放輕腳步穿越短短的走廊，進入日式主屋內靜子的房間。當我打開紙拉門時，她突然一臉驚恐，彷彿門後躲著宵小似的。

「真奇怪。妳說大白天的，那傢伙竟然躲在府上，該不會是妳想太多了吧？」

當我話說到一半時，她突然警戒了起來，伸手制止我繼續說下去，拎起我的手，帶我到房間一角，接著，視線瞥向該處上方的天花板，做出「請您安靜仔細聽」的手勢。

我們在該處站了約十分鐘，彼此凝望，聚精會神地仔細聆聽。當時雖是白晝，但在偌大府邸深處的房間內，周遭悄然無聲，彷彿聽得見血液在血管裡流動的聲音。

「您沒聽見鐘表的滴答聲嗎？」過了一會兒，靜子以幾乎聽不清楚的微聲詢問。

「沒有，表在哪裡？」

聽見我的回答，靜子又不吭聲地專注聆聽了一陣子，最後總算安心似地說：「已經聽不見了。」招手帶我回到原本的房間後，接著以異常急促的語氣說起這件怪事——

當時，她正在起居室做針線活，女傭拿著春泥的信進來。她只消一眼，便能看出那是春泥所寄。她一收到春泥的信，心情便忐忑不安了起來，若是不打開來看反而更不安，於是在驚恐中打開信封。當她讀到禍事即將降臨在丈夫身上時，惶恐地靜不下心，踱步至房間角落。當她走到衣櫥前停下時，頭頂上方傳來類似蟲鳴般的細微聲響。

「我一開始以為是自己耳鳴，但耐著性子仔細聽了一會兒，確定是一種金屬敲擊聲。」

於是，靜子總覺得那人躲在天花板上，那聲音是那人身上的懷表發出來的。或許當時她離那裡很近，而且房間裡很安靜，使得精神極度緊繃的她聽見了天花板內幽暗的細微金屬聲。她原想，或許一如光線反射的原理，原本放在其他地方的鐘表聲在反射之下變得像是從天花板中傳出來般，但她翻遍了房間裡裡外外，就是沒發現鐘表。

此時，她突然想起春泥在信中提到的：「即使是現在，妳正在閱讀這封信的當下，作爲妳影子的我，依舊是躲在某個角落瞇起眼睛凝望著妳吧。」恰巧她又發現天花板有一塊板子微微掀起，露出縫隙，怎麼看都像是春泥正由那個縫隙半瞇著眼仔細觀察她。「平田先生，您現在正躲在那裡吧！」此時，靜子在情緒異常激動的衝擊下，彷彿奮勇曝身敵前的士兵般，眼淚一邊簌簌滴落，一邊朝天花板吶喊。

「不管我變得怎樣都無所謂，您儘管玩弄直到您罷休，就算被您殺了，我也無怨尤。但求您饒過我丈夫啊。我對他撒了謊，要是他還因此為我而死……我、我覺得那樣實在太教人惶然不安了。求您饒過他吧……求您饒過他吧……」她的聲音不大，卻充滿情感。然而天花板彼端並無任何回應。當瞬間襲來的激動褪去後，她彷彿一只洩了氣的皮球，整個人癱軟下來。此時，她仍舊聽見從天花板傳來的滴答聲，除此之外四周一片靜寂。陰獸棲息於幽暗之中，屏著氣息，如啞子般不發出半點聲響。在這種異常的靜寂中，她瞬覺恐怖異常，即刻逃出起居室，連家中也待不住了。回過神來，已逃到外頭。隨後，想起了我，即刻不容緩地到附近的自動電話亭打電話給我。

在聽她敘述的同時，我不由得聯想到大江春泥的恐怖小說《屋頂中的遊戲》。倘若靜子聽到的滴答聲並非錯覺，而是春泥真的潛伏在屋內，這表示他將小說中的點子付諸實行，同時這確實也像他的行徑。正因為我讀過《屋頂中的遊戲》，更不能將靜子看似異想天開的話一笑置之。連我自己也不由得感到恐怖，彷彿已見到肥胖的大江春泥頭戴尖頂紅帽、身穿小丑服揚起嘴角獰笑的模樣。

五

與靜子一番討論後，最後我決定模仿《屋頂中的遊戲》的外行人偵探，爬上靜子起居室的天花板，確認裡面是否有人待過的跡象；若真的有，便要弄清楚對方究竟從何處進出。靜子阻止我說：「您去做這麼教人不舒服的事，太委屈您了！」但我仍執意進行。依照春泥的小說所描述，拆下壁櫥的天花板，像個水電工鑽進那個洞。恰巧這時候，府邸內除了負責聯繫的少女，其他人都不在，而少女似乎正在廚房裡工作，不必擔心被撞見。

天花板上面絕對不像春泥在小說中所描述的那般美好。雖然是老房子，去年年終大掃除時，清潔工已經將天花板全部拆下來清洗過，所以不太髒。不過，好歹也累積了三個月的灰塵，到處都是蜘蛛絲，重點是一片黑暗，什麼都看不見。我向靜子借了手提燈，費了一番工夫沿著梁柱爬到問題處。這裡有條縫隙，大概是清洗過才變形掀起，微光從底下透出，形成了標記。但走不到半間（註），我馬上發現一個驚人的事實。原本一邊爬還一邊認為不太可能，但靜子的想像絕對沒錯。不管在梁上或天花板上，確實留下了最近有人走動的痕跡。我頓時寒毛直豎，正因我看過小說，一想到那個宛如毒蜘蛛般、未曾謀面的大江春泥以我現在的姿勢在天花板上面四處爬動，一股難以言喻的戰慄向我襲來。我驅使僵硬的手腳前進，沿著灰塵上的足跡手印尋找，來到發出滴答聲的場所。果其不然，那裡的積塵極為凌亂，似乎有人曾經待過。

我專心追蹤應是春泥所留下的痕跡，此人似乎巡遍了整座府邸的天花板，不管爬到哪裡，梁上都沾有灰塵，特別是靜子的起居室及夫婦臥房的天花板上均有縫隙，而且該處的積塵異常

註　日本的長度單位。六尺為一間，明治時期制定一尺為〇．三公尺，故一間約為一．八一八二公尺。

凌亂。

我學起屋頂中的遊戲者，窺視下面的房間，發現春泥沉迷於此遊戲絕非沒有道理。因為，從天花板縫隙間見到的「下界」光景竟是如此不可思議，遠超乎我的想像。特別是當我凝視著飽受打擊而面容憔悴的靜子時，不由得驚嘆人類這種生物竟然會因為角度不同看起來如此異樣。通常，我們呈現的都是平視角度所看到的側面，不管多麼在意自己在他人眼中是什麼樣子，也不曾考慮到從正上方看到的模樣。正上方永遠是不設防的，正因為不設防，所展現的是沒有一絲裝飾、樸素的模樣，以不甚美觀的姿勢暴露在觀察者眼中。靜子那光澤動人的丸髷上（從正上方見到的丸髷形狀很奇特），在劉海與髮髻之間的凹陷有一層薄灰塵，比起其他光鮮部位顯得異常髒污；從髮髻後面到脖頸部位可以看到和服衣領與背部之間形成的深谷，從正上方看得到背脊的凹陷。同時，滑潤的青白色肌膚上依舊存在著惡毒的紅腫血痕，看似疼痛地延伸至不可見之處。從上方見到的靜子，雖然失去了一些高雅，卻增添了一股獨特而不可思議的情色感。

總之，我拿著手提電燈在梁柱與天花板上面到處探查，看看是否有大江春泥留下來的證據。可惜不管是手印或足跡都很模糊，當然也沒留下指紋。想必春泥一如《屋頂中的遊戲》所描寫的，還自備了足套與手套吧。但終究讓我發現一個證據，就在靜子起居室的上方，梁上固定天花板的支柱底部；在一處不太容易注意的地方，有一個灰色的圓形小物。那是一個拋光金屬材質的碗狀鈕釦，表面有R. K. BROS. CO.的浮刻字樣。我撿到這東西時，立刻想到《屋頂中的遊戲》裡出現的襯衫鈕釦。但是這東西若要當作鈕釦，形狀又有點奇妙。我想可能是帽子上的裝飾品之類的，但不確定。後來拿給靜子看，她也傾頭百思不解。

接下來，我繼續調查春泥是從何處潛入天花板。沿著積塵被弄亂的痕跡走，最後停在玄關置物間的上方。置物間粗糙的天花板輕輕一掀便能打開，我從天花板踩著房間內堆放的損壞椅子下來，打開置物間的門，門沒鎖，距離門外稍遠處有一道高出我一個頭的水泥牆。大江春泥恐怕趁四下無人時，翻越圍牆（如前述，牆緣黏著玻璃碎片，但對於有預謀的入侵者並不會構成威脅），然後從這個沒鎖的房間爬上天花板。

如今，戲法已被揭穿，我反而覺得太無趣、缺乏挑戰性。當面輕蔑對方只不過是不良少年會玩的無聊把戲。原本難以名狀的恐懼消失了，取而代之的是不快（後來才知道如此輕蔑對手實在是大錯特錯）。靜子非常害怕，丈夫的性命無可取代，她甚至想犧牲祕密，報警處理。我開始瞧不起對手，要靜子冷靜，說服她說春泥不可能做出像《屋頂中的遊戲》那樣從天花板滴毒藥之類的愚蠢行徑，就算春泥潛入天花板，也殺不了人。這般唬人的行為，只不過是大江春泥向來幼稚的作風、隨時企圖犯罪的慣常手段罷了。他只不過是個小說家，難以令人信服他具有超乎於此的執行力。我盡力安慰靜子，見她如此害怕，又很輕率地答應她會找幾個熱中此道的朋友每晚到牆邊巡邏。幸好西式洋房二樓設有客房，靜子打算找藉口將夫婦的臥室暫時移往那裡，若是洋房就無法從天花板上偷窺了。

於是，這兩招防禦法在隔天開始執行。但陰獸大江春泥恐怖的魔手並未被這些小手段阻撓，兩天後，也就是三月十九日的深夜，他履行預言，屠殺了第一名犧牲者。小山田六郎就這樣斷送了生命。

六

春泥在信上預告即將殺害六郎，他寫到「但妳不用著急，我向來都不急迫」，但後來為何只過了兩天便行凶？或許在信上那麼寫是故意使人鬆懈，說不定是出人意表的一種策略，但我懷疑有其他理由。靜子聽見鐘表聲，相信春泥正躲在天花板上，流著淚求春泥饒過六郎一命。

我聽靜子說起這件事時，已有不祥的預感，春泥在得知靜子的純情之後，想必充滿了更強烈的嫉妒，同時也感受到自身的危險。所以才會轉念一想，「好，既然妳那麼愛妳丈夫，那我就不拖延，早早送他上西天吧！」總之，小山田六郎被發現在極為異常的狀態下死亡。

我接獲靜子的通知後，當天傍晚趕往小山田家，這才首度聽到整起事件的始末。六郎於前一晚並無異狀，比平日稍早下班，喝過一點小酒後，便說要去河川對岸小梅町的友人家下圍棋。當晚的天氣十分暖和，六郎只披了大島的袷衣與鹽瀨的短外褂，不加外套，空手出門。此時約晚間七點左右。由於目的地不遠，他一如往常，散步繞過吾妻橋（註），沿著向島的堤防走去。之後，六郎在小梅町的友人家待到十二點，一樣徒步離開，到此為止他的行蹤都很明確，但從此以後下落不明。

靜子等了一整晚，丈夫徹夜未歸，剛獲知大江春泥恐怖預告的她自是心急如焚，等不及天亮，便打電話到任何丈夫可能去拜訪的地方詢問，但都打聽不到丈夫的下落。當然，她也打給我，不巧我前一晚不在家，次日傍晚才回來，所以對這場騷動完全不知情。不久，平日上班的

註　架設於台東區花川戶一丁目至墨田區吾妻橋一丁目間，隅田川上的橋名。創設於安永三年（西元一七七四年），舊名大川橋。

時刻到了，六郎依舊沒現身。公司方面也用盡一切方法尋找，依然找不到他。直到快接近中午時，象潟警察署來電通知六郎離奇死亡。

在吾妻橋的西端、雷門的電車車站稍往北行，下了堤防，有個往來吾妻橋與千住大橋之間的共乘汽船（註一）搭乘所。這裡從一錢蒸氣時代起就是隅田川的名勝，我閒著沒事也經常搭乘發動機船往返言問及白鬚等地。汽船商人帶著圖畫書或玩具上船，配合螺旋槳的聲音，以彷彿戲院辯士（註二）般沙啞的嗓音介紹商品。我很喜歡這種充滿鄉下風情的古老風味。這個搭乘所漂浮在隅田川的河面上，彷彿一艘方形船，無論候船室的座椅、客用廁所，都設置在這艘浮動的船上。我也曾經進入廁所才知道，說是廁所，其實也不過是一個婦人用的箱形空間，木質地板上切出一個長方形空間，底下約一尺深就是隅田川嘩啦嘩啦奔流的河水。這與火車上或船上的廁所相同，並不會囤積不潔物。說乾淨是很乾淨，但從那長方形的洞穴往下仔細看，深不見底的藍黑色河水淤塞，彷彿顯微鏡底下的微生物般，垃圾之類的漂浮物從洞穴彼端出現，緩緩地漂向另一端。這樣的景象有時令我感覺到莫名的恐怖。

三月二十日早上八點左右，淺草寺商店街某店的年輕老闆娘要去千住辦事，來到吾妻橋的汽船搭乘所。在等船時，她先去上廁所，甫一進入，隨即發出尖叫飛奔而出。剪票口的老爺子問了詳情，原來是老闆娘看到廁所裡那個長方形洞穴的正下方，有一名男子從藍黑色河水中探頭窺視她。剪票口的老爺子一開始以為是船夫惡作劇（偶爾也會發生這類水中的暴牙龜事件（註三））。進入廁所調查，果然發現洞口底下約一尺左右處漂浮著一張人臉，隨著河水晃動，那張臉被遮住半邊，隨即又露了出來，像個發條玩具般隨著河水浮沉，老爺子事後說，沒見過如此駭人的景象。

得知是屍體，老爺子慌了，大聲招呼搭乘所的年輕人過來幫忙。充滿男子氣概的魚店老闆恰巧也在候船室等船，他與其他年輕人合力拉起屍體，但畢竟從那個洞不容易拉出，便從外側以長竿將屍體推出河面。妙的是，屍體僅著一條內褲，近乎全裸，年紀約莫四十左右，看起來相貌堂堂，應非一時開心下水游泳溺斃。眾人覺得事有蹊蹺，又仔細檢視，才發現屍體背部有刀刃的戳刺傷，而且不像一般的溺死屍泡到浮腫。當眾人發現此非溺斃意外而是凶殺時，騷動

註一　相當於現在的水上巴士。昭和五年的東京，在深川高橋、葛西、浦安、行德之間，以及深川高橋、葛西、浦安之間，還有吾妻橋、千住大橋之間，均有共乘汽船運行；而市電土洲橋、小名木川、丸八橋之間則有共乘發動機船穿梭。

註二　又稱為「活動辯士」。早期無聲電影（又稱「活動寫真」）播放時，隨著配樂解說劇情的解說員。

註三　明治四十一年，在東京市外西久保發生一起強姦殺人案，被捕的嫌犯名為池田龜太郎。池田龜太郎是女澡堂偷窺慣犯，此事件後，凡偷窺女澡堂的色狼均被稱作暴牙龜。附帶一提，此外號乃由池田門牙外張的容貌而來。

鬧得更大了。此外，在屍體被撈起時，眾人還發現另一件怪事。

警方接獲通報，花川戶派出所的巡警趕到現場。在他的指揮下，年輕人欲伸手抓住屍體的頭髮將之拉上來，沒想到整片頭髮竟然脫落，與頭皮分離。由於這景象實在太噁心，年輕人慘叫一聲，放開了手。死者入水似乎也沒經過多少時間，頭髮竟然會整片脫離，著實不可思議。巡警仔細察看，原本以為是頭髮，結果只是一頂假髮，死者有一顆光溜溜的禿頭。

這就是靜子之夫；碌碌商會的重要幹部小山田六郎之悲慘死狀。總結而論，六郎死後被脫光身上衣物，還被戴上假髮，投入吾妻橋下。同時，屍體雖然落水，體內並無積水現象，致命傷在背部，其左肺遭到銳利刀刃刺中。除了致命傷外，背部尚有數處淺刺傷，由此看來，凶手連刺好幾次並未得逞。根據警醫（註）的檢診，受傷的時間為前天凌晨一點左右。由於死者身上不著一物，也沒有隨身物品，警方正愁不知如何確定身分，所幸到了中午，小山田的一名友人出現，立刻打電話聯絡小山田邸及碌碌商會。

傍晚，當我造訪小山田家時，六郎的親戚、碌碌商會的員工及其友人紛紛趕來，家裡一片混亂。恰巧靜子剛從警察局回來，在這些訪客的包圍下，顯得一臉茫然。由於警方尚需解剖屍體，因此六郎並未被送回。於是，其親友便在佛壇前白布覆蓋的台子上擺放臨時趕製的牌位及供奉死者的豪華焚香與花朵。

此時，我才從靜子及員工口中聽聞上述發現屍體的經緯。一想到因我輕蔑春泥，兩、三天前靜子想報警還遭我阻止，才發生這般不幸時，便因恥辱與後悔而坐立不安。我認為凶手除了大江春泥之外別無他人，春泥肯定是趁六郎離開小梅町的棋友家後，行經吾妻橋時將他拉進搭乘所的陰暗處行凶，在那裡得逞後再將其屍體投入河中。從時間點來看，本田說春泥在淺草附近鬼鬼祟祟徘徊的狀況推算，除了他之外別無可能；不，既然春泥早就預告要殺害六郎，那麼凶手肯定是他。話又說回來，六郎為何被扒光身上衣物，又被戴上奇怪假髮？如果這也是春泥幹的好事，那他又為何做出如此毫無道理的事？我委實覺得不可思議。

為了與靜子討論只有我們倆知道的祕密，我伺機輕喚她，請她到別室。靜子似乎也在等待，向座上賓客輕輕點個頭後，迅速跟在我身後，等到四下無人，輕喚我一聲「老師」後，隨即緊抱著我。原以為她在注視著我的胸口，那長長的睫毛閃閃發亮，只見她眼眶浮腫，旋即一顆斗大的淚珠順著青白臉頰簌簌滑下，接著一顆顆從眼眶冒出，無止無盡。

註　舊制隸屬於警察組織的醫師。

「不知該如何向妳道歉，一切都是我的疏忽。真想不到那傢伙竟有這般行動力，是我不好……是我不好……」

我也跟著感傷了起來，稍稍緊握悲泣不止的靜子的手，不斷地道歉。（這是第一次碰觸到她的肉體。雖然在這種情況下，我還是清楚地意識到她那青白嬌弱、火熱而充滿彈性的手掌，那不可思議的觸感一直留在我的記憶中。）

「對了，妳向警方提到那封威脅信了嗎？」

好不容易等到靜子停止哭泣時，我開口詢問。

「不，我不知道該怎麼辦，所以……」

「還沒說嗎？」

「是的，打算先跟老師討論再決定。」

事後想想也很奇妙，我當時一直握著靜子的手，而靜子也沒抵抗，只是將身子輕輕倚靠在我身上。

「妳也認為是那傢伙幹的吧？」

「是，而且昨晚又發生了一件怪事。」

「什麼怪事？」

「我聽從老師的警告，將臥室搬到西式樓房的二樓。原以為在那裡就不必擔心被偷窺，但，他似乎還在偷窺。」

「從哪裡？」

「從窗外。」靜子似乎又回想起當時恐怖的情景，眼睛睜得老大，斷斷續續地說了起來。

「昨夜十二點左右，我上床就寢，但由於丈夫尚未返家，我很憂心，同時又因為西式房間的天花板很高，只有我一個人住，覺得很害怕，忍不住打量起房間裡的每個角落。窗戶的百葉窗只有一片，尚未完全收起，底下開了約一尺左右的空隙，由此處可看到漆黑的外面，令我心生恐懼，反而越想看那裡，最後彷彿看到玻璃窗外側有一張模糊的人臉。」

「不是幻覺嗎？」

「只出現了一下子，很快就消失了，所以到現在我還在懷疑是不是看錯了。但是那茂盛的頭髮貼在玻璃窗上，姿勢有點前傾，眼珠子上翻瞪著我，實在太可怕了，那幅景象彷彿映在我眼前。」

「是平田嗎？」

「是的，除此之外也不可能有其他人會做出這種事了。」

經過上述討論，我們認為殺害六郎的凶手肯定是大江春泥，也就是平田一郎，接下來他還企圖殺害靜子。於是我們決定報警，向警方申請保護。

負責偵辦此案的檢察官是一名姓糸崎的法學士，幸虧他是我們推理作家及醫學家、法律學家等人所組成的獵奇會會員，當我陪同靜子到搜查總部象潟警署時，得以不用在檢察官偵訊家屬的嚴肅形式下，而是有如朋友般親切地聽我們說明。他十分訝異於這起怪異的事件，同時也深感興趣，決定全力搜索大江春泥的行蹤，加派刑警進駐小山田家並增加員警巡邏次數，充分做好保護靜子的準備工作。由於大江春泥的真面目與坊間流傳的形象有很大的出入，在我的提醒下，他找來博文館的本田，詳細聽取了對方的描述。

七

之後的一個月，警方全力搜索大江春泥，我也拜託本田及其他報社、雜誌採編，逢人就問是否知道大江春泥的下落。無論我們多努力搜尋，春泥卻彷彿使出魔法般抹去了行蹤。若他只是孤家寡人也就罷了，但他還有個可能成為絆腳石的妻子，到底能躲到哪裡？難道他真的一如糸崎檢察官所猜，逃到了海外？

另，奇怪的是，在六郎離奇死亡後，威脅信也不再寄來了。或許是春泥害怕警方追查，決定先暫停殺害靜子的計畫，全心全意躲藏起來吧。不、不，如他這般聰明狡詐的男子，不可能沒事先料到這種情況。那麼，他現今應該還潛伏於東京一隅，靜靜等候殺害靜子的時機才是。

象潟警署署長命令手下的刑警，調查春泥最後的住處上野櫻木町三十二番地附近，一如我之前所做的。不愧是專家，在刑警不懈的努力下，終於發現了春泥搬家時僱用的搬運公司（同樣在上野，但這家小公司位於遙遠的黑門町），由此追查到他的下一個住處。結果，得知春泥在離開櫻木町之後，搬到本所區柳島町、向島須崎町（註）等地，逐步搬往環境惡劣的居住區，在須崎町落腳的房舍簡直像是臨時搭建的夾板屋，坐落在兩家工廠之間，髒亂不堪。他一次付清了好幾個月的房租，當刑警前往調查時，房東還以為他一直住在那裡。警方進入屋內

註　柳島町為江戶時期至昭和七年之町名。位於橫十間川西側。明治二十二年，編入本所區。昭和六～七年，成為太平町四丁目及錦糸町四丁目。向島須崎町則為明治二十四年～昭和三十九年之町名。原屬本所町，但昭和六年起分別成為隅田公園、小梅三丁目、向島一～三丁目之一部分。昭和二十二年，改隸屬於墨田區。昭和三十九年，成為現行之向島四～五丁目。

後，發現什麼家具也沒有，滿地灰塵，判別不出何時變成空屋的。警方查訪附近鄰居及工廠員工，由於這一帶居民不喜歡管閒事，問了老半天也問不出個所以然。

至於博文館的本田，本來就很喜歡這一類事情，如今事態逐漸明朗化，他顯得更投入，積極參與調查。先以之前與春泥碰過一面的淺草公園為中心點，趁著收取原稿的工作空檔，玩起了偵探遊戲。首先，他想到春泥曾經做過發廣告傳單的工作，便跑去淺草附近的兩、三家廣告公司，調查是否有人僱用疑似春泥的男子。麻煩的是，這些廣告公司一忙起來便到處僱人，連淺草公園附近的流浪漢也不放過，讓他們換上衣服工作，按日計酬。因此即便是詳細描述外貌也問不出個所以然，僅表示本田所見的應是流浪漢之一。

於是，本田接下來改成在深夜前往淺草公園，仔細檢查樹蔭下的一張張座椅；或者故意到流浪漢出沒的廉價旅社留宿，與房客攀交情，四處詢問是否見過貌似春泥的男人。可惜的是，他花了如此多的工夫，卻連一點線索也沒有。

本田每週會到我的住處一趟，聊一聊他的甘苦。某次，他照樣頂著那張財神爺般的臉咧嘴而笑，對我說了以下之事：

「寒川先生，前陣子我突然注意到畸形秀（註一）這條線索。然後，我想到一個很棒的點子。最近各地不是正在流行蜘蛛女（註二）之類只有頭顱沒有身體的畸形秀嗎？我發現一段類似的綜藝秀，不過表演者剛好相反，只有身體沒有頭顱。在一個被分成三段的長箱子裡，其中兩段躺著女人的身體和雙腳。頸部以上的那個區段裡什麼也沒有，原本應該有頭顱的地方卻什麼也沒有。也就是說，這個長箱子裡躺了一具無頭女體，卻是活生生的，證據就是那女人的手腳有時會動一下，看起來既恐怖又性感。戲法的真相就是在箱內斜放著一面鏡子，利用反射使其看起來空無一物，說穿了倒也挺幼稚的。話說回來，有一次我在牛込的江戶川橋（註三）啊，就是往護國寺方向的那片空地上看到這種無頭把戲。只不過，跟一般的無頭女不同的是，對方是個穿著油亮髒污小丑裝的肥男子。」

本田講到這裡，突然變得緊張了起來，彷彿接下來要講什麼重要事情似地抿緊了嘴，確定我被挑起好奇心後，又開始講了下去。

「您懂吧！我是這麼想，一個男人在萬人面前暴露身體，卻又能完全隱藏行蹤的手法之

註一　原文為「見世物」。一種在街頭搭帳篷、小屋等場地，展示珍奇人物、物品或表演雜耍特技以收取門票的展演活動。

註二　利用鏡子產生的錯覺，表現人首蜘蛛身的畸形秀。

註三　架設於文京區音羽一丁目與水道二丁目交界處至新宿區關口一丁目之間的江戶川上之橋名，架設年月不詳。

一，就是表演這種畸形秀。您看，這不是一種相當了不起的方法嗎？他把目標顯著的臉孔隱藏起來，只要躺上一整天即可，這不是相當具有大江春泥風格的躲藏法嗎？特別是大江春泥自己也很喜歡寫關於畸形秀的小說，他最喜歡這一類的事了。」

「然後呢？」我覺得本田如果真的發現春泥的下落，以目前的態度似乎也太冷靜了，便催促他繼續講下去。

「所以，我馬上跑到江戶川橋那裡，幸虧那場畸形秀還在上演，我推開木門走進去，站在那個無頭肥男面前，想方設法一窺他的長相。於是我想到了，此人總不可能躺一整天不上廁所吧。我便耐著性子等他去上廁所。不久，現場觀眾大部分都離開了，只剩下我一個。我繼續等待，結果無頭男突然啪啪啪地拍拍手，我正覺得奇怪，負責解說的男子跑來對我說，表演暫停，中場休息時間拜託我先離開。我感覺機不可失，一離開立刻偷偷繞到帳篷後面，從篷布的破洞往裡面偷窺，結果，無頭男在那個解說員的協助下離開箱子，當然啦，果然還是有頭啊。他跑到觀眾席的角落，嘩啦嘩啦地撒起尿來。剛才那個拍手啊，你說好不好笑，竟然是上廁所的信號啊，哈哈哈……」

「你在說相聲啊，少開玩笑了。」我故作生氣狀，本田立刻收起笑臉，辯解說：「沒有啦，結果長相完全不一樣，真是太失望了。不過啊……真的很辛苦喔。說這個故事只想證明我為了找春泥費了多少苦心嘛！」

只是一段小插曲，但多少能說明我們搜索春泥的情況，就像如此，完全不見一絲曙光。

不過，有一件不可思議的事實必須先交代，我覺得或許是解決事件的關鍵。那就是，我鎖定六郎氏頭上的那頂假髮，經過調查，發現那似乎是出自於淺草附近。於是我訪遍淺草的假髮師傅，終於在千束町找到一位姓松居的師傅。他所描述的特徵與死者頭上的那頂假髮一模一樣，但委託訂製的客戶，與我預期的完全相反，甚至令我大吃一驚，竟然就是小山田六郎本人。師傅描述的容貌與六郎完全一致，而且客戶委託時留下姓名也就是小山田。假髮製好後（那是去年接近歲暮的時分），也是他親自來領取。當時，六郎表示想掩飾禿頭，然而，就連他妻子靜子也未曾見過他生前戴過假髮，這又是為何？我再怎麼思考，也解不開這個不可思議的謎團。

另一方面，靜子（現已成了未亡人）與我之間的關係以六郎的死為界，快速地增溫中。我順理成章地成了靜子的商量對象，同時在立場上也是其保護者。六郎那邊的親戚得知我調查天花板以來的盡心盡力，也不好多說什麼；就連糸崎檢察官也忍不住在一旁循循善誘，既然發生這種事，要我好好把握時機經常走訪小山田家，多多關心未亡人身邊的事物。於是我開始公然出入她家。

如同先前所記錄的，靜子在與我初次相遇時，身為我的書迷已對我抱持不少好感。之後我們之間又發生了如此複雜的關係，她會把我當作唯一倚賴的對象，實為理所當然。但是像這樣一天到晚見面，特別是看到她已成了寡婦，原本覺得那遙不可及的青白色熱情，以及羸弱、似乎會立刻消失，卻又充滿了不可思議彈性的肉體魅力，旋即充滿現實色彩向我襲來。特別是有一次，我在她的臥室裡找到一把外國製的小鞭子時，我那惱人的慾火立刻以駭人的氣勢熊熊燃燒了起來。

我不經意地指著那鞭子問：「您先生在學騎馬嗎？」她一開始還聽不懂，陡然間臉色變得更蒼白，不一會兒又明顯地紅熱了起來。接著，幽幽地回答：「不……」愚蠢如我，直到此時，才解開她脖頸間那些細長血痕的謎團。仔細一想，她的傷痕每次出現的部位與形狀都有些微不同。當時也覺得奇怪，但萬萬沒料到，她那看似溫厚的禿頭丈夫，竟是個令人作嘔的性虐待狂。不，不僅如此。六郎死後一個月的現在，在她的脖頸間怎麼樣也找不到那些醜陋的血痕，豈不是說明了一切？綜合上述跡象，即使不必聽她的赤裸告白，也能證明我的想像絕對正確。但是，在知道這個事實之後，我也不知為何開始心癢難耐了起來。難道說我也和已故的六郎一樣，同為異常的性癖好者？

八

四月二十日，故人逝世屆月，靜子祭拜過亡夫以後，傍晚邀請親戚及亡夫的友人前來，我也列席其中。當晚湧現兩個新事實（雖是毫不相干的兩件事，但一如接下來的說明，竟不可思議地產生某種宿命般的關聯），給予我這輩子永難忘懷的巨大震撼。

當時，我與靜子在微暗的走廊上並肩走著。來客紛紛回去之後，我們仍對於私密的（搜索春泥一事）問題進行討論。大約是十一點左右吧，由於還有傭人在場，我也不好意思待太久，便準備離開，搭乘靜子從招呼站替我叫來的車子回家。此時，她送我到玄關，與我並肩在走廊上走著。走廊面向庭院，有幾扇窗戶打開，當我們走過其中一扇時，靜子突然發出恐怖的尖叫聲，死命地抱住我。

「怎麼了？發生了什麼事？」

我吃驚地詢問。靜子一隻手仍緊緊抱住我，另一隻手指向窗外。我一時以為是春泥，但很快地發現什麼也沒有。只見庭院中的樹木之間，有一隻白狗正沙沙地穿越樹叢，消失在黑暗中。

「是狗啦，只是隻狗兒罷了，沒什麼好怕的。」

我也不知怎麼了，輕拍靜子的肩膀安慰她。即使知道窗外什麼也沒有，靜子仍隻手抱著我。那溫暖的觸感傳入我的體內，啊啊啊……我終於按捺不住，將她一把摟住，強吻了她那犬齒略微外張、彷彿蒙娜麗莎的豐唇。另一方面，也不知對我而言是幸還是不幸，她不僅未抗拒，至今我還清晰記得從她摟著我的手中傳來的那股微帶羞怯又不願放開的力道。

正因那天是逝者屆月，我們的罪惡感又更添一分。我還記得兩人在那之後，直到我搭上車子以前互不交談，連目光也不敢交會。

我在車子發動後，滿腦子依然眷戀著剛道別的靜子。發燙的嘴唇仍殘留著她柔唇的觸感，心兒蹦蹦跳的胸口仍餘下她的體溫。而我心中，同時存在著彷彿要飛上天的欣喜與深切的自責，宛如圖案複雜的編織物般交錯。車子正往哪裡行走、車窗外流瀉著何種景色，我早已視而不見。

但，不可思議的是，從方才開始，一直有樣小東西彷彿烙印在我的視網膜底。隨著車體的搖晃，我不斷地思考靜子的事，眼睛只看得到極近距離的前方。但就位在這視線的中心點，有個物體不斷地晃動，免不了吸引我的注意。一開始，我只是不甚留意地望著那東西，隨即卻觸動了我的神經。

「為什麼？為什麼我會這麼在意？」

我茫然地思考，但很快就發現了問題核心。我很訝異兩個物體若視為偶然又未免太過於一致性。

在我眼前的，是一個身穿破舊深藍色薄外套、體形壯碩的司機，正駝著背，目視著前方開車。在他肥厚肩膀的前方，是一雙大手，正靈巧地操控方向盤。粗鄙的雙手戴著一副極不相稱的高級手套，而且是不符合季節的厚手套。或許因此才吸引我的注意吧。但更重要的是，手套上的飾釦……此時我總算領悟，過去在小山田家天花板上撿到的那個金屬圓形物，其實就是手套的飾釦。我曾與糸崎檢察官談過這個金屬小玩意兒，當時不巧沒帶過去，再加上我們早就認定凶手是大江春泥，所以對於凶手遺留的東西不甚重視，這東西還在我的背心口袋裡。萬萬沒想到原來這是手套的飾釦，但仔細一想，凶手戴上手套以避免留下指紋，卻沒注意到飾釦脫落，豈不是十分合理嗎？

然而，司機手套上的飾釦不僅讓我了解在天花板上撿到的東西是什麼，還具有更驚人的含意。無論形狀、色澤、大小，兩者都太相似了，不僅如此，司機的右手手套也缺了一顆飾釦，僅留下釦子墊片，這到底是怎麼回事？我在天花板上撿到的東西若與這墊片完全吻合，這代表了什麼意義？

「喂，喂，」我突然叫喚司機，「能不能借我看看你的手套？」

司機對我突如其來的要求感到莫名其妙，不過還是將車速放慢，乖乖取下手套交給我。一看，在另一側仍完好的飾釦表面上，浮刻著R. K. BROS. CO.的字母，分毫不差。我愈來愈驚訝，甚至有一種古怪的恐怖感。

司機把手套交給我以後，毫不在意地繼續開車。見到他那肥胖的背影，我突然被某個妄想侵襲。

「大江春泥……」

我以司機聽得見的音量喃喃自語。接著，凝視著映現在駕駛座上方小型照後鏡中的他。不消說，那只是我愚蠢至極的妄想，司機在鏡中的表情絲毫未變，更何況大江春泥也不是模仿羅蘋（註）的傢伙。當車子抵達我的住處時，我多給了司機一筆錢，問了一些問題。

「你還記得手套上的飾釦是什麼時候掉的嗎？」

「飾釦嗎？一開始就不在啊！」司機一臉奇妙地回答：「這手套是人家送的，雖然還很新，但釦子掉了，所以不能用了。是剛過世的小山田老爺送我的。」

「小山田老爺？」我驚訝地睜大了眼，連忙反問：「是我們剛離開的那個小山田家的老爺嗎？」

「是的。那位老爺還活著時，往返公司通常由我接送，算是我的老主顧。」

「你是從何時開始戴那副手套的？」

「收到時天氣還很冷，但我看這手套很高級，捨不得用。原本的那一副已經破了，今天第一次拿出來戴，因為握方向盤時不戴手套容易滑手。請問您為什麼要問這個？」

「沒什麼，只是有點理由。這副手套你願不願意讓給我？」

就這樣，我花了一筆不小的代價取得這副手套。回到房間，將在天花板上撿到的東西拿出

註　著名推理小說《怪盜亞森・羅蘋》系列的主角。

來比對，果然一模一樣，而且飾釦與手套上的墊片也完全吻合。

方才也說過，這兩件物品的一致性，若要視為偶然也未免太巧了。大江春泥與小山田六郎都戴過飾釦標記相同的手套，脫落的飾釦也和墊片完全吻合，這真能讓人相信嗎？後來，我拿著這副手套到市內第一流的銀座泉屋洋貨店請他們鑑定，得知這手套的製工在國內很罕見，恐怕是英國製的舶來品。同時也知道R. K. BROS. CO.這家兄弟公司在國內並沒有分公司。考慮洋貨店老闆所言及六郎直到前年九月都在國外出差的事實，六郎才是手套的所有人，天花板上的飾釦應該也是六郎掉的。

「究竟是怎麼回事啊？」

我抱著頭，趴在桌上，「也就是說……也就是說……」不斷地喃喃自語，集中注意力思考，試圖搜尋一個合理的解釋。

不久，我突然浮現一個怪異的想法。山宿町其實是個沿著隅田川的細長小鎮，因此小山田家自然也與河川相鄰。不消多想，我經常從小山田家的西式樓房窗戶眺望河川。但為何到了此時，這件事又彷彿第一次被發現似地產生新的意義，並如此刺激了我？

在我渾沌的腦海中浮現一個巨大的U字。U的左上部是山宿町，右上部則是小梅町（六郎棋友家的所在地），而U的底部恰好是吾妻橋。一直以來，我們相信六郎當晚是從U的右上部離開，走到U底部的左側，在此遭到春泥殺害。但我們是否忽視了河流的性質？大川由U的上部流向下部，被拋入河川的屍體與其說會停留在遇害現場，不如想成是從上游漂流而來，碰到吾妻橋下的汽船搭乘所而停滯更合理。屍體漂流過來……屍體漂流過來……那麼，是從何處漂流而來？犯行在何處上演？我就這樣沉入深沉妄想的泥沼裡。

九

我連續好幾晚不斷地思考這件事，就連靜子的魅力也不及這些疑惑，我像是忘了她似地，不斷地沉溺於奇妙的妄想深淵。在這段時間，我曾經為了確定某事而造訪過靜子兩次，但事情一結束，我又很乾脆地告別，以最快速度回家。或許她會覺得我的行動很古怪吧，站在玄關送我離開時，她的表情看起來悲傷又寂寞。

於是，在這五天之內，我興起一個毫無意義的妄想。為了省去在此重新敘述的麻煩，當時向糸崎檢察官說明所寫的意見書還在我手上，底下便稍作添筆，直接抄寫於下。這個推理若非以推理作家的幻想力，恐怕無法建立。只不過，後來發現這當中還存在著另一個深刻的意義。

（前略）因此，當我知道在靜子起居室的天花板上發現的金屬物，可能只是小山田六郎的手套飾釦時，原本蟠踞在內心的種種事實，彷彿為了佐證這個發現似地傾巢而出。六郎的屍體戴著假髮的事實、假髮是六郎自己訂製的事實（至於屍體一絲不掛的事實如後述，對我而言並不成問題）、在六郎離奇死亡之後，平田的威脅信也戛然停止的事實、六郎其實是個可怕的性虐待狂（sadist，這種人多半都難以從外表辨認）等等……諸如此類的事實彷彿種種異常湊在一起罷了，但仔細思考後發現，一切均指向同一個事實。

我一注意到這件事，為了讓推理更確實，開始著手蒐集一切資料。我先造訪小山田家，得到靜子夫人的許可，調查了已故六郎的書房。沒有比書房更能如實地呈現主角的性格與祕密之處了。在夫人疑惑的眼光下，我花了將近半天的時間，將所有書櫃及抽屜檢查了好幾遍，很快地發現只有一個書櫃上鎖。我向夫人詢問鑰匙，得知那把鑰匙被六郎串在懷表上隨身帶著。死亡當天也是捲在身上的兵兒帶（註一）裡，由於沒有其他辦法，我便說服夫人將書櫃門破壞。

打開來一看，裡面藏放著六郎數年間的日記、幾個資料袋、一疊信件、書籍等等，我仔細調查的結果，發現了與這起事件相關的三份文件。一份是六郎與靜子夫人結婚當年的日記，在記載婚禮三天前的那一欄外側，以紅墨水筆記錄了如下的文句——

「（前略）我知道青年平田一郎與靜子曾發生過關係，然而靜子中途厭惡此青年，縱使對方費盡一切手段也不予回應，最後趁父親破產之際不告而別。這就好，我對過往之事無加以過問之意。」

所以，六郎在結婚當初早已透過某種管道知悉夫人的祕密，並未向夫人透露隻字片語。

第二份是大江春泥所著的短篇集《屋頂中的遊戲》。此等書物在實業家小山田六郎的書房中發現，多麼令人驚訝啊！在靜子夫人說明六郎生前其實是重度推理小說迷之前，我一度還懷疑自己的眼睛。值得注意的是，這本短篇集的卷首揭載了珂羅版（註二）的春泥肖像，版權頁印著作者的本名平田一郎。

註一　男性穿和服時使用的衣帶。起源於薩摩兵兒（九州軍人）常繫的衣帶，故稱為兵兒帶。

註二　一種平版印刷。在厚玻璃塗上一層膠質感光層，底片置於其上曝光製成。不適合大量製作，通常用來複製精緻美術品等物。

第三份是博文館發行的雜誌《新青年》第六卷第十二號（註）。上面雖然沒有刊載春泥的作品，但扉頁放了半張稿紙大小的原稿照片，空白處寫著「大江春泥氏之筆跡」。奇妙的是，透光檢視這張照片，厚厚的紙張上隱約可見許多如抓痕般的縱橫線條，恐怕只能解釋為有人在那張照片上覆蓋薄紙，以鉛筆多次臨摹春泥的筆跡。我覺得很恐怖，想像一一變成了事實。

同一天，我拜託夫人找一下六郎從國外帶回來的手套。找這東西十分耗時，最後總算找到了一副與我從司機那裡買來的一模一樣。夫人將手套交給我時，還一臉疑惑直說好奇怪，應該還有另一副卻找不著。總之，這些證據——日記、短篇集、雜誌、手套、天花板上撿到的金屬飾釦等等，只要您吩咐一聲，我隨時可以提供。

好，我所調查的事實尚有其他，但在說明之前，僅由上述幾點來推論，也能得知小山田六郎其實是個令人畏懼的性虐待狂，在其溫厚篤實的面具下，潛藏著妖怪般的可怕陰謀。

我們似乎太執著於大江春泥這個名字了，難道不是嗎？基於他那些內容血腥的作品、異樣的日常生活等等情報，從一開始便擅自斷定此等怪異犯行非他而不能為，豈非過度危險的判斷？他為何能完全隱匿自己的行蹤？如果真的是凶手，豈不是有點古怪？難道春泥是冤枉的，正因為他天生討厭人群（越有名氣，相對的，討厭人群的情況變得越嚴重）而離群索居，所以才如此難尋吧！或許如您說過的，索性逃出國外。譬如正在上海市的某個角落，扮成中國人吸著水菸。若非如此，假如春泥真的是凶手，怎麼會將如此綿密、長年累月策畫的復仇計畫，在殺害一個對他而言不過是正餐前開胃菜的六郎之後，彷彿忘了最重要目標似地戛然中止。這又該如何解釋？對於閱讀他的小說、了解他的日常習性的人而言，這也未免太不自然、太不可能了。

不，不僅如此。還有一個更明顯的事實。他如何將小山田手套上的飾釦遺落在天花板上？那副手套是國內難見的舶來品，考慮到六郎送給司機的那副手套也有飾釦脫落的事實，潛入天花板內的人並非小山田六郎，而是大江春泥，有沒有可能發生如此不合理的事？（那麼，您或許又會反問，假設是六郎，他為何又把如此重要的證據隨便送給別人。這一點請容我後述，六郎在法律上並無犯罪，他只是在進行一種變態的性遊戲罷了。即使手套的飾釦遺落在天花板上，對他而言也是不痛不癢，無需像個罪犯一樣擔心飾釦是否落在天花板上，是否會成為證據等等。）

註　揭載春泥原稿照片一事當然是虛構。該期雜誌（大正十四年十月號）的扉頁為「珍奇白象」、「打撈起百萬圓的片岡弓八氏與潛水器」、「阿根廷牧場」，亦不見其他作家之原稿照片。

否定春泥是罪犯的證據不僅如此，上述的日記、春泥的短篇集、《新青年》等證據，以及六郎的書房裡有個上鎖的書櫃，只有一支鑰匙，而且六郎不管飲食起居、出入都隨身帶著，不僅證明了這些東西與六郎陰險的惡作劇有關，退一步想，至少證明春泥不可能為了嫁禍給六郎，偽造這些物品放入六郎的書櫃中。光是日記就不可能偽造，而且這個書櫃也只有六郎能自由開關，不是嗎？

檢視至此，我們原本堅信至今的凶嫌大江春泥，即平田一郎，令人意外地，恐怕只能認為他一開始就與事件無關。令我們如此相信的，是小山田六郎那些令人驚嘆的欺瞞。多金紳士小山田，竟然有如此綿密陰險且幼稚的想法。他表面上裝得溫厚篤實，在臥室裡卻化成世人所畏懼的惡魔形象，以外國製的馬鞭，不住地抽打清純可憐的靜子夫人，著實出乎我們意料之外。但溫厚的君子與陰險的惡魔，這兩種人格並存於同一人內心的例子並不少見，平時表現得愈溫和敦厚，不正表示愈容易成為惡魔的使徒嗎？

好，以下是我的想法——小山田六郎在距今約四年前，因業務關係前往歐洲旅行，以倫敦為主要據點，在兩、三個城市滯留了約兩年，他的惡習恐怕就是在這裡萌芽、發育的吧。（我曾經從碌碌商會員工的口中聽說他在倫敦的豔事。）接著，他帶著這些惡習在前年九月返國，改以他所溺愛的靜子夫人為對象，張牙舞爪地逞其淫威。我在去年十月初次與靜子夫人相見時，便已發現她頸部的那些可怕傷痕。

染上這種惡習就像嗎啡中毒，終生難以根治。不僅如此，還會日日月月以極驚人的速度加重其病症，不斷地想追求更強烈新奇的刺激。今天已經無法滿足於昨天的玩法，明天又會難以滿足今日的行為，這難道不是顯而易見的事實嗎？因此，他必須瘋狂地搜尋更新奇的刺激。

或許就在此時，在某種契機下，他得知了大江春泥的小說《屋頂中的遊戲》，聽聞其中的奇怪內容便想一讀。總之，他發現了不可思議的知己，找到了臭味相投的同好。他是如何熱中於閱讀春泥的短篇集，從該書書頁的磨損狀況便可窺見。春泥在該短篇集中，反覆述說從縫隙中偷窺獨處者（特別是女性）這種不可思議的樂趣。對六郎而言，這恐怕是一種新發現吧，因此不難想像對此產生共鳴。最後，他終於模仿起小說中的主角，成為屋頂中的遊戲者，躲在自宅的天花板上，偷窺靜子夫人獨處的模樣。

小山田家的大門到玄關有一段距離，因此要避開僕役的目光，趁返家時躲入玄關旁的置物間，沿著天花板爬到靜子的起居室上方，實在不是什麼難事。我甚至懷疑六郎經常在傍晚去小梅棋友家，該不會只是為了矇混屋頂中遊戲的手段之一吧。

另一方面，如此愛讀《屋頂中的遊戲》的六郎，在版權頁上發現了作者本名之後，開始懷疑春泥會不會是靜子狠心拋棄的愛人；同時也是對靜子恨意至深的平田一郎，不也是極為自然嗎？因此，他開始涉獵一切關於大江春泥的報導、傳聞，最後終於發現春泥就是靜子的前男友，而且他在日常生活中極端討厭人群，當時已經停筆隱匿行蹤等事。也就是說，六郎在《屋頂中的遊戲》一書中，一方面發現了與自己一樣有惡習的知己，另一方面又找到了憎恨的昔日情敵。基於這些知識，他想到一個驚人的惡作劇。

偷窺靜子獨處自然滿足了他的好奇心，但對於有性虐待癖的他而言，單靠如此溫吞、半吊子的興趣實在難以滿足。他發揮異常敏銳的幻想力，無時無刻不在思考是否有取代鞭子抽打、更殘酷的方法。最後他想到的，就是捏造平田一郎的威脅信這種史無前例的戲碼。為此，他取得了《新青年》第六卷十二號卷頭的手稿照片。為了使戲劇更有趣、更真實，他開始細心模仿春泥的筆跡。那張照片上的筆痕便說明了這一點。

六郎捏造了平田一郎的威脅信，相隔了適當的天數，便前往不同的郵局投遞。趁外出洽商時，將信件投遞入附近的郵筒，對他而言自是輕而易舉。關於威脅信的內容，他透過報章雜誌上的報導，了解春泥大略的經歷；至於靜子活動的細節，也能透過天花板的偷窺或利用身為丈夫的立場，輕鬆寫出那些內容。也就是說，他與靜子共枕同眠時，一邊細語，一邊記下靜子的話語或小動作，恰似春泥偷窺般寫下那些內容，這是多麼邪惡的行為啊！於是他就這樣同時獲得了以他人名義寫威脅信，寄給妻子這般如此接近犯行的興趣，以及躲在天花板上偷窺妻子閱讀信件時膽戰心驚的模樣所湧現的喜悅。我有理由相信他在這段時間仍持續以鞭子抽打妻子，因為靜子頸部的傷痕，直到六郎死後才完全消失。不消說，他如此虐待靜子，但絕非憎恨她，反而是出自於對她的溺愛。相信不用我多做解釋，您也能充分理解這種變態者的心理。

那麼，關於寫那封威脅信的人是小山田六郎的推理到此為止。只不過，原本是性變態單純的惡作劇，為何又會演變成那般悽慘的殺人事件？不只被殺的是六郎本人，他又為何戴著奇怪的假髮，一絲不掛地漂流至吾妻橋下？他背上的傷痕又是何人所為？若大江春泥不存在於這起事件中，那麼是否又有其他罪犯等等，恐怕您會有諸如此類的疑問吧。因此，我必須針對這些問題，進一步說明我的推理。

簡單地說，或許是他那些過於邪惡的行為，觸怒了神而遭到天譴吧。這既不是犯罪，其中也沒有加害者，只是六郎自己過失致死罷了。聽聞至此，肯定您想問他背上的傷痕由何而來。關於這一點，請容我稍後說明。首先得按照順序，將我如此認為的理由解釋清楚。

我推理的出發點不是別的，正是他的假髮。想必您還記得三月十七日我在天花板探險後的第二天，說服靜子盡快把臥室移到西式樓房的二樓，以避免更進一步被偷窺。我雖不明瞭靜子如何說服丈夫，而六郎又為何接受她的建議。總之，從那一天起，六郎已經無法從天花板偷窺了。但是，如果我們運用一點想像力，六郎或許對偷窺遊戲已經厭倦了，趁著將臥室遷到西式樓房的時機，或許又想出了新把戲。若問為何，我的答案便是假髮。他訂製假髮是去年年底的事，因此我一開始相信並非是為了惡作劇，而是有其他用途吧。如今，那頂假髮卻在意外的地方派上了用場。

他在《屋頂中的遊戲》的扉頁上看到春泥的肖像。據說這張肖像是春泥年輕時的模樣，當然不像六郎那般童山濯濯，而是滿頭茂盛的黑髮。因此，假如六郎想停止躲在威脅信或天花板縫隙中驚嚇靜子的行為，更進一步將自己化身為大江春泥，讓靜子看到自己，由窗外匆匆閃現又消失，享受那不可思議的快感，首先考慮的是，必須掩飾顯眼的特徵——禿頭，而假髮便是達成這個目的的最佳選擇。只要戴上假髮，由黑暗的窗外匆匆一閃即可（這樣做更有效果），根本不必擔心容貌會被飽受驚嚇的靜子識破。

當晚（三月十九日），六郎從小梅的棋友家回來，由於大門敞開著，他悄悄繞過庭院，進入西式樓房樓下的書房（根據靜子所言，他總是隨身攜帶書房與書櫃的鑰匙。）避免讓臥室裡的靜子發現，在黑暗中戴上假髮，走到屋外，沿著植樹爬上裝飾性壁簷，繞到臥室的窗外，從百葉窗的縫隙偷窺內部。靜子說過曾經在窗外見到一張人臉，就是在這個時候。好，那麼六郎為何會死？在說明這一點之前，我必須先描述在開始懷疑六郎之後，曾經兩度造訪小山田家，當時在西式樓房觀察窗外的情形。關於這些，由於您親自走一趟便可明瞭，故在此省略繁雜的描述。這扇窗面向隅田川，戶外的空間只有屋簷凸出的寬度，其外由水泥牆包圍，圍牆沿著十分高聳的崖邊建立。河面至圍牆的高度約二間（註），圍牆至二樓窗戶的高度約一間左右。因此，六郎若不慎從壁緣踩空掉落，運氣好也有可能摔進圍牆內側（空間僅可容納一個人通過），否則應該會先跌到圍牆上，再直接摔落大河。無須多言，六郎的情形自然是後者。

我一開始想到隅田川的水流問題，與其以為陳屍處是棄屍現場，不如解釋為屍體從上游漂下來更自然。而小山田家的西式樓房外面就是隅田川，也正是吾妻橋的上游處。所以我才會考慮到六郎從這裡摔落的可能性。雖然如此，但他的死因是背部的刺傷而非溺斃，這個矛盾一直

註　「間」為日本的單位，一間為六尺（一・八一八二公尺）。

困擾我很久。

但是，有一天我突然想到過去讀過的南波三郎（註一）所著的《最新犯罪搜查法》，其中有一則實例與此事件十分相似。我在撰寫推理小說時經常參考該書，當中的報導也耳熟能詳。以下就是該則實例：

「大正六年五月中旬，一具男屍漂流至滋賀縣大津市太湖汽船公司（註二）防波堤附近，死者頭部有遭銳器切割之傷痕。根據法醫調查，其死因爲生前受刀傷，而且腹部有積水，斷定爲被殺害的同時隨即被棄屍水中。此爲重大刑案，警方立即展開搜索行動，但用盡各種方法，依然查不出死者的身分。數天以後，大津警察署受理一封由京都市上京區淨福寺通金箔業者齋藤所提出對其僱傭小林茂三（二十三歲）的離家搜索書。恰巧此人所著之服裝與本案的被害者相符，警方立刻通知齋藤前來認屍，經確認後死者確爲小林茂三，同時也確定死者並非他殺而是自殺。死者偷取僱主大量金錢並花盡，留下一封遺書後離家出走。至於身上的傷爲死者從船尾投水自盡時，頭部接觸到運轉中的螺旋槳，留下了近似刀傷的傷痕。」

若是我沒想到這則實例，或許就不會有如此異想天開的想法了。但是大部分的場合，事實更勝於小說家的幻想，往往看似不可能發生的瘋狂事件，實際上卻發生了。不過，這個場合與上述實例稍有不同，屍體體內無積水，而且半夜一點也鮮少有汽船經過隅田川。

那麼，六郎背上深達肺部的嚴重穿刺傷是什麼造成的？是什麼東西造成如此類似刀刃戳刺的傷口？不是別的，正是小山田家水泥牆上面植入的酒瓶碎片。這東西在正門兩旁的圍牆上也有，相信您應該看過。這些防盜玻璃碎片有些異常碩大，甚至會造成深及肺部的重傷。六郎恐怕是從壁緣摔落時不幸撞上這些碎片吧。受重傷致死自是理所當然，同時也解釋了致命傷口周圍為何會出現無數較淺的刺傷。

就這樣，六郎自作自受，因不知節制的惡習，不慎從壁緣踩空摔到圍牆上，受到致命傷，接著墜落於隅田川中，隨著河水漂流到吾妻橋汽船搭乘所的廁所下方，以極度恥辱的方式結束

註一　（生卒年不詳）檢察官、警察講習所之教授。著作有《殺人科學的搜查法》（大正七年）、《犯罪手法制度》（昭和五年）、《搜查學大要》（昭和九年）等。《最新犯罪搜查法》之出版者為橫尾留治，出版於大正八年。以警察講習所之授課內容為主要內容，以具體事件解說各項罪名。松華堂另於大正十一年發行《最新犯罪搜查法續編》。

註一　大津的水運公司，明治十五年由琵琶湖的中小湖上業者統合而成，運行於大津、長濱之間的國鐵聯絡航路。明治二十二年，因該區域內鐵路開設，改以遊覽船為主要事業。主要提供旅客釣船、環島、環遊近江八景、游泳船、納涼船、滑雪船等業務。

其一生。以上就是我冗長的解說，大致陳述完畢。附加說明一、兩件尚未說明之事——關於六郎的屍體為何裸體之疑問，吾妻橋一帶乃是流浪漢、乞丐、前科犯的巢穴，若說這一帶有人趁深夜剝取屍體身上的高價衣物（六郎當晚穿著大島的裌衣及鹽瀨的短外褂，並帶著一只白金懷表），應足以說明吧。（註：這個想像後來成了事實，一名偷取衣物的流浪漢遭警方逮捕。）另外，關於靜子在臥室裡為何沒注意到六郎墜樓這一點，希望您能考慮到她當時極度害怕，精神極為緊繃，再加上置身於水泥樓房的密室，窗戶離河面十分遠；就算聽到了水聲，隅田川不時有徹夜工作的運泥船經過，很容易誤認成划水聲。況且，值得注意的是，此事件不存在一絲一毫的犯罪意味，雖說引發了不幸的死亡，但仍可說完全不脫離惡作劇之範圍。若非如此，六郎也不會把足以當作證據的手套送給司機、以本名訂製假髮、將重要證物僅以簡單的鎖收藏在家中等極為草率的行為了。（後略）

以上從意見書抄寫了這段過於冗長的文字，再把這段文字置於此處的目的是，若不先說明這段推理，接下來的紀錄會很難理解。我在意見書中提到大江春泥這號人物打從一開始就不存在，但果真如此？若真是如此，我在本紀錄前段詳細說明他的為人不就毫無意義了嗎？

十

我寫了上述的意見書欲上呈給糸崎檢察官。由文章上的日期看來，是四月二十八日。我寫完後隔天立刻造訪小山田家，打算先讓靜子看過，通知她不必再害怕大江春泥的幻影，好讓她安心。我在開始懷疑六郎之後，也曾造訪過小山田家兩次，當時只是搜索屋內，並未對她做任何說明。

當時，靜子身邊總有許多親戚，為了處理六郎的遺產，產生了許多問題。靜子幾乎孤立無援，也因此更倚賴我了。當我一造訪，她立刻歡聲喧嚷地迎接我，帶我到她的起居室，我立刻唐突地說：「靜子小姐，妳不用再擔心了，大江春泥這號人物，打從一開始就沒存在過。」令她好生驚訝。她當然丈二金剛摸不著頭腦，絲毫不懂我的意思。於是，我以完成推理小說，當著朋友的面朗讀的心情，將帶來的意見書草稿讀給她聽。一方面想讓她了解事情的來龍去脈，好讓她安心；另一方面則是想聽聽她的意見，我也想找出草稿是否有不完善之處，好施以充分之訂正。

在說明到六郎的性虐待癖時，對她而言十分殘酷。靜子羞紅了臉，恨不得在地上找個洞鑽入。在提到手套之處時，她也說「我一直覺得奇怪，明明還有另一副，怎麼找也找不到」。在講到六郎過失致死之處時，她非常吃驚，臉色變得慘白，一句話也說不出來。但等到我念完時，她茫然地不斷發出「唉呀……」的驚嘆聲，不久，臉上開始浮現放心的神色。相信這是她在了解大江春泥的威脅信乃為贗造，生命威脅已解除後所浮現的安心感吧。同時，請原諒我的妄自揣測，或許她在聽到六郎醜惡的報應後，與我之間的不義情交所抱持的自責減輕了所致。「既然那人對我做過如此過分的事，那我也……」如今已有諸如此類的辯解理由，想必她也為此感到欣喜吧。

恰巧在晚飯時刻，不知是否我多心，靜子顯得十分欣喜，還拿出洋酒款待我。而我也說不得別人，因意見書受到她的認同感到興奮，在她不斷地勸酒下，不小心多喝了些。酒量不好的我立刻滿臉通紅，反而憂鬱了起來，話變得很少，只是一直凝望著靜子。這陣子，她瘦了許多，但這種青白本是她的特色，其身體柔韌的彈性、內在彷彿鬼火般燃燒的不可思議魅力，不僅未消逝，反而使得她那穿上舊式法蘭絨襯衫的身體曲線展現前所未有的妖豔。我望著她在毛織品底下不斷扭動的身軀，萬般煩惱地在腦海中描繪起那衣物包覆下的胴體。

如此交談了一會兒，我趁著醉意想到一個非常美妙的計畫。那就是在避人耳目的地方，租一間房子作為我與靜子幽會的場所，享受兩人獨處的時光。當時，我打算等女傭一離去，立刻向靜子告白這個下流的想法，實際上卻忍不住一把將她拉了過來，與她進行第二次接吻，享受著撫摸她身上法蘭絨的觸感，輕輕在她耳旁囁嚅我的想法。她非但沒有反抗我無禮的行為，還輕輕地點了點頭，接受我的請求。

我實在不知該如何記錄接下來二十幾天，她與我那無數淫靡、彷彿惡夢般的幽會。我在根岸御行之松（註）河畔租了一間古意盎然、附倉庫的房子。請附近雜貨店的老婆婆代為看守。我們通常在正午幽會。這恐怕是我有生以來第一次深刻體驗女人這種生物的激情及其驚人的程度。有時候，我與靜子彷彿回到童年時代，在鬼屋般的老舊房子裡，像獵犬般伸出舌頭大口喘氣、聳動肩膀，玩起追逐遊戲。當我快抓到她時，她像隻海豚般扭動身軀，巧妙地從我手中溜走。我們用盡所有力氣追逐，直到疲憊不堪，彷彿快死了般相擁倒下。有時候，我們靜靜地待在昏暗的倉庫一、兩個小時。若有人偷偷躲在倉庫入口傾聽，或許會聽到裡面長時間持續著女

註　指現在位於根岸三丁目的西藏院（通稱時雨不動堂）內的一棵老松樹。

子啜泣聲，還混雜著男子大哭聲吧。

但是，靜子在某日從芍藥的大花束中取出六郎生前愛用的那條外國製馬鞭時，不知為何我甚至害怕了起來。她讓我拿著鞭子，要求我像六郎那樣鞭打裸體的她。恐怕靜子在六郎長期的性虐待下，已染上了怪癖，使得她不受虐就慾望難耐。而我，如果與她的幽會持續半年以上，恐怕也會染上與六郎相同的癖好吧。若要問為什麼，當我禁不住她苦苦哀求，將鞭子甩在她那柔軟的裸體上，見到青白色肌膚俄然浮現惡毒的紅腫鞭痕時，可怕的是，我竟然感受到一股難以言喻的愉悅。

不過，我並非為了描寫男女情事才開始寫這份紀錄。以後，若打算將此事件寫成小說時，再來詳細描寫這些情事。以下僅併記從靜子口中聽來的一件事，那是關於六郎的假髮。這頂假髮確實是六郎刻意訂製之物；此乃極端神經質的六郎與靜子進行閨房遊戲時，為了掩飾那不上相的禿頭，不顧靜子訕笑，執意訂製之物。「為何一直隱瞞不說？」我問道。靜子回答：「這種事太難以啟齒，我實在說不出口呀！」

就這樣又過了二十幾天，我想一直沒露臉也很不自然，便特地到小山田家走訪一趟。與靜子見面約一個小時，聊著正經且枯燥的話題，照例由轎車接送返家。說巧不巧，司機正是之前把手套賣給我的那個青木民藏，同時也成了我被引入那怪異白日夢的開端。

他除了換另一副手套，操作方向盤的姿勢、老舊的深藍色薄外套（他直接穿在襯衫外面）、挺直的肩膀、前方的擋風玻璃、其上的照後鏡，一切都與一個月前的模樣相同。這讓我產生一種奇妙的感覺，想起當時我還把那司機喚作「大江春泥」。結果，很奇妙地，我腦袋裡塞滿了關於大江春泥的事，諸如大江春泥的照片、作品裡的怪異劇情、不可思議的生活等等。最後，我開始懷疑春泥該不會就坐在我旁邊吧，一瞬間，我感覺腦袋昏昏沉沉，還說出奇妙的話語。

「喂、喂，青木！以前那副手套，小山田先生是什麼時候送你的？」

「什麼？」司機的反應與一個月前相同，帶著莫名其妙的眼神回頭望著我，「這個嘛……我記得是去年發生的事，應該在十一月……記得是月底去櫃檯領錢時，那天拿到好多東西，所以印象很深刻，是十一月二十八日。沒錯！」

「什麼？你確定是十一月的……二十八日？」

我仍舊昏昏沉沉地，彷彿說夢話般地反問。

「只不過老爺啊，您怎麼老是問手套的事啊，該不會那副手套有什麼問題吧？」

司機吃吃笑道，我並沒有回話，在車子走了四、五丁（註）的距離，我一直注視著擋風玻璃上的灰塵。突然，我挺直身子，猛然抓住司機的肩膀，怒吼：「喂！你說的都是真的嗎？你敢在法官面前作證確實是十一月二十八日嗎？」

車子頓時晃動了一下，司機趕緊握好方向盤調整。

「您說在法官面前？可別嚇唬我啊。但我敢肯定絕對是十一月二十八日，因為還有其他證人啊，我的助手也在現場。」

我過於認真的態度似乎嚇到了青木，但他仍舊老實回答。

「好，那趕快回去，趕快回到小山田家。」

司機更疑惑了，甚至有點恐懼，但仍聽從我的要求，將車子開回小山田家門前。我從車內飛奔而出，衝向玄關，抓住附近的一名女傭，猛然問起：「你們去年年底大掃除的時候，聽說日式主屋的天花板整個拆下來用鹼水清洗，是真的嗎？」

如前所述，這是我爬進天花板時聽靜子說的。女傭或許以為我瘋了，一直盯著我，回答：「是啊，是真的，只不過我們沒用鹼水，只用清水清洗。是有請鹼水清洗工過來，我記得在去年年底的二十五日左右。」

「每個房間的天花板都清洗過了？」

「是啊，每個房間都洗了。」

或許是聽見騷動，靜子也從屋裡走出來，擔心地看著我，問說：「發生了什麼事？」我又問了一次剛才的問題，從靜子口中聽到與女傭相同的答案後，我匆促道謝，又飛也似地奔進車內，命令司機送我回家。我再次陷入泥濘般的深沉妄想中，一如身子深陷後座沙發中。

小山田家和室的天花板在去年十二月二十五日全部拆下來洗過，如果手套的飾釦遺落在天花板上，必須在那之後。另一方面，司機在十一月二十八日收到那副手套。如同先前提及的，掉落在天花板上的飾釦屬於這副手套，這是毋庸置疑的事實。那麼，問題來了，這副手套的飾釦掉在不可能掉落的地方。這種像愛因斯坦物理學的實例般不可思議的現象，究竟意味著什麼？我非常在意。為了慎重起見，我到車庫拜訪青木民藏，也順便見見他的助手，並詢問相同的問題。確定贈送手套的日期是十一月二十八日；我也造訪了去年年底到小山田家清洗天花板的清潔工，確定清洗日期確實是十二月二十五日。他保證所有天花板都拆下來，不論多細微的

註　亦作「町」，日本的距離單位。初以六尺為一步，六十步為一丁。太閣檢地時以六尺三寸為一間，六十間為一丁。後又以六尺為一間，六十間為一丁。加入公尺條約後，明治二十四年（西元一八九一年）改以一．二公里為一丁。

東西都不可能留在上面。

那麼，若要強辯那顆飾釦是六郎不小心掉落的，恐怕只能這麼想——也就是，那顆脫落的飾釦一直留在六郎衣服的口袋中，六郎沒發現就把缺了飾釦的手套送給司機；接下來至少一個月、至多三個月以後（大約是二月份左右，威脅信開始寄來。）六郎潛入天花板時，飾釦從口袋裡掉出來……，先後順序變得迂迴曲折。就算那顆脫落的飾釦不是留在外套的口袋而是襯衫的口袋也說不通（手套多半收進外套口袋，而六郎爬上天花板時照理說不會穿外套。不，光是穿西裝就很不自然。）同時，我也難以想像六郎這類富紳，同一件衣服會從年底穿到隔年春天。

於是，以此為契機，陰獸大江春泥的暗影又開始籠罩我的心。難道說，六郎是性虐待狂此一彷彿近代推理小說素材的事實是我的錯覺（雖說他以皮鞭抽打靜子是毋庸置疑的事實）？難不成他還是被某人殺害的？大江春泥，啊，此人的身影又再度蟠踞在我的心頭。

這種想法一旦萌芽，一切事物開始令人懷疑了起來。我也不過是一介幻想小說家，如此輕易構築出像意見書那樣的複雜推理，如今想來豈不十分奇怪？我覺得那份意見書的內容似乎隱藏了天大的錯誤，另一方面也是因為我沉迷於與靜子的情事中，一直把那份意見書擱置著，不願重新謄寫送出。不知為何，我總是覺得有問題，現在反而覺得這麼做值得慶幸。

仔細一想，此事件的證據未免太完整了。在我去小山田家的路上，合適的證據彷彿說好了似地一一出現在我面前。如同大江春泥作品裡提到的，當偵探碰上過多的證據，就是他該警戒的時候。首先，那些筆跡極逼真的威脅信，令人難以相信真如我的推理般由六郎偽造而成。過去，本田不就說過，就算能模仿春泥的筆跡，六郎這個不同領域的實業家憑什麼連極具特色的文章都學得那麼像？在這之前，我一直沒聯想到，春泥的作品裡有一篇小說叫〈一張郵票〉，內容為歇斯底里的醫學博士夫人憎恨丈夫，她讓丈夫模仿自己的筆跡，並製作假紙條等證據，將殺人罪嫁禍給丈夫。難道，春泥不會在此事件中運用相同的手法陷害六郎嗎？

換個角度來看，整起事件彷彿是春泥的傑作選。例如，在天花板上的偷窺行為是《屋頂中的遊戲》，物證的飾釦也是引自同一本小說，而模仿春泥筆跡的橋段則取材自《一張郵票》，靜子脖頸上的傷痕暗示性虐待狂的部分則與《B坂殺人事件》的手法相同。此外，不管是玻璃碎片造成的刺傷，還是裸屍漂流於廁所之下等等，整起事件無不充斥著大江春泥的體臭。相符的部分若說是偶然豈非太巧了？自開始至結束，春泥的影子不是一直籠罩於事件之上？我覺得自己彷彿遵從大江春泥的指示，構思出他想要的推理，甚至覺得自己已被他附身了。

春泥肯定潛伏在某處，一直睜大蛇蠍般的雙眼監控整起事件。不是基於理性，而是在情感上不由得這麼認為。但，他究竟在何處？

我在下榻的房間裡，躺在棉被上想這些事。但就算身強體壯如我，也禁不起連日來的妄想。一邊思考，一邊在過度的疲勞中打起盹來，還做了怪夢。醒來之際，腦中浮現一件不可思議的事。

當時夜已深，我還是打電話到本田的住處找他。

「記得你說過大江春泥的夫人有張圓臉是吧！」

本田一接起，我毫無半句寒暄之詞，冷不防問了這個問題，讓他吃了一驚。

「嗯嗯，是說過沒錯。」

本田愣了半晌，或許發現原來是我打來的，聲音充滿了睏意。

「而且老是梳著西式髮形？」

「嗯，沒錯。」

「戴眼鏡？」

「嗯，是啊。」

「牙齒也不太好是吧？兩頰老是貼著止痛藥布，應該沒錯吧？」

「您真清楚，您見過春泥夫人嗎？」

「不，我聽櫻木町附近的居民說的。不過你遇到春泥夫人時，她還在牙痛吧？」

「嗯，她總是如此啊，大概牙齒天生不好吧。」

「貼在右臉頰上嗎？」

「不太記得了，應該是右邊吧。」

「但是，梳西式髮形的年輕小姐，竟然會貼著舊式藥布，似乎有點蹊蹺，畢竟現在沒人在貼藥布了。」

「是啊，老師啊，究竟是怎麼回事？您該不會發現那起事件的線索吧？」

「嗯，正是如此。細節有時間再告訴你吧。」

就這樣，我為了慎重起見，向本田確認了過去早就知道的情報。

之後，恰似解一道幾何數學題般，我在桌上的原稿紙將種種圖形或文字或公式寫了又擦、擦了又寫，直到快天亮。

十一

因此，原本由我送出的幽會邀請函，就這樣停頓了三天。靜子或許按捺不住吧，她送了一封限時信過來，要我明天下午三點務必到小屋見面，信上還寫著埋怨的話語：「您該不會得知我這名女子實際上如此淫蕩，對我已經開始生厭了？害怕了？」

我收到信以後，不知為何提不起勁，非常不想見到她。但到了指定時間，我依舊出發赴約，前往那御行之松下的鬼屋。

時序已進入六月，梅雨季前的天空似眼翳般鬱悶低垂，彷彿壓到地面上般，讓人喘不過氣來。那天異常的悶熱，我下了電車，走了大約三、四丁的距離，腋下與脖子一帶已微微冒汗。一摸，富士絹質地（註一）的襯衫已然濕透。

靜子先我一步抵達，坐在倉庫內的床上等候。倉庫二樓鋪著地毯，擺了一張床與幾張長椅，也放了幾面大鏡子。我們盡情裝飾這個遊戲場，靜子更是不聽勸阻，不管地毯還是床鋪，全都是做工精細卻高價得可笑的商品。

靜子穿著華麗的單層結城紬（註二），繫上繡有梧桐落葉的黑緞腰帶，照樣梳綁豔麗的丸髻（註三），坐在純白鬆軟的床墊上。洋風的擺設與和風的她，加上昏暗的二樓場地，整體充滿了異樣的對比。我見到她即使守寡也無意更換、閃耀著豔麗光澤的丸髻時，無法不聯想到那髮髻鬆垮、劉海凌亂地垂落額前、後腦杓濕潤的髮絲交纏在脖頸上之妖豔淫蕩姿態。當她從這個祕密住處返家時，總要在鏡前花上三十分鐘整理頭髮。

「前陣子您來詢問大掃除的事情，請問發生了什麼事？沒見過您那麼慌張的樣子。我想了又想，就是不了解您的用意呢！」

我一走進房間，靜子立刻詢問這件事。

「不了解？」我脫著上衣回答：「不得了啊，我犯了不得了的大錯。清洗天花板是十二月底，小山田先生掉飾釦卻是在那一個多月以前啊，因為那司機說在十一月二十八日收到那副手套哪。掉飾釦當然在這之前才合理，順序完全相反了啊。」

註一　由富士瓦斯紡織開發的絹織物。運用紡織絹絲、屑絲等以平織法織成，並以瓦斯燒灼製成的布料，通常用來製作襯衫或婦人服裝。現今已不常見。

註二　結城（今茨城縣）出產的上等布料，或指以該布料製成的和服。

註三　將頭髮梳綁成橢圓狀的髮形。自江戶中期開始流行。相對於未婚女子紮的島田髻，丸髻為已婚婦女的髮形。

「唉呀。」靜子一臉驚訝，似乎還是搞不清楚狀況。

「但是，飾釦應該先從手套掉落，才會遺留在天花板上吧！」

「當然，不過中間的那段時間才是問題啊。也就是說，小山田先生爬上天花板時，如果飾釦沒在當下掉落就很奇怪了。正確地說，雖然在之後，但一般而言，應該在脫落之後立刻遺落在天花板。飾釦脫落後到遺落在天花板的時間居然有一個多月之久，這無法以物理法則來解釋啊。」

「說得也是。」她臉色蒼白地答腔，並開始思考了起來。

「若脫落的飾釦放在小山田先生的衣服口袋裡，一個月以後偶然掉落在天花板上，或許多少能解釋得通。但小山田先生可能從去年十一月到今年春天一直穿著同一件衣服嗎？」

「不可能。外子很時髦，年底已經換上更厚的保暖衣物了。」

「妳看，這豈不很奇怪嗎？」

「那麼……」她倒抽一口氣，「果然平田還是……」話說一半又吞了回去。

「正是。在這起事件中，大江春泥的氣味實在太重了，我必須重新修正先前意見書上的推理。」

我向靜子簡單說明了前章關於這起事件彷彿是大江春泥的傑作選、證據過於齊全，以及偽造的威脅信太逼真之事。

「或許妳不太清楚，春泥的生活實在很古怪。他為何不肯與訪客見面？為何不斷地搬遷、旅行、裝病，只為了躲避訪客？最後還支付無謂的費用，在向島須崎町租了一間空屋，到底為什麼？再怎麼厭世的小說家做到這種地步，豈不是太古怪了？若不是為了殺人做準備，豈不是太古怪了？」

我在靜子旁邊坐下，她一想到可能還是春泥所為，不由得恐懼了起來，身體緊靠著我，握住我的左手。

「仔細一想，我簡直就像他的傀儡。我的一切推理不過就是以他預先備妥的證據，沿著他的推理路徑重新操演一遍罷了。哈哈哈哈……」我自嘲似地笑了起來。「他真是個可怕的傢伙，完全預測到我的想法，並準備好證據。若他的對象是一般偵探絕對不行，只有像我這種喜歡推理的小說家，才會有如此峰迴路轉的想像。如果凶手真的是春泥，卻又有種種不合理。這些不合理，正是春泥作為一名深不可測的惡人之理由。所謂的不合理，總結來說有兩點：一是那些威脅信在小山田先生死後便沒再寄來了。另一則是日記或《新青年》等物為何會在小山田先生的書櫃裡。倘若春泥真的是凶手，這兩點怎麼樣也說不通。就算日記欄以外的文字是春泥模仿小山田先生筆跡寫的、《新青年》扉頁的鉛筆痕是為了做偽證而偷偷放的，春泥如何取得小山田先生從不離身的書櫃鑰匙？同時，他又如何潛入書房內？光是這些矛盾，我不斷地思考，頭痛了整整三天。最後，總算想到一個解決方法。

「我剛才也說過，這起事件到處充滿了春泥的氣味，於是我又拿出他的作品閱讀，看能不能找到解決方法。有件事尚未跟妳提及，我曾經聽博文館的採編本田說過，他看過春泥穿著尖頂紅帽、扮成小丑模樣在淺草公園遊蕩。但詢問廣告公司，卻說此人應該是原本就住在公園裡的流浪漢。春泥混入淺草公園的流浪漢圈子裡，豈不是史蒂文生的《化身博士》（註）嗎？我注意到這一點，便從春泥的作品中尋找是否有相似劇情的小說，妳也知道吧！他在失蹤前所寫的長篇小說《全景國》與其前作《一人二角》正好符合這個劇情。讀了這兩篇小說，我深深感受到他對於《化身博士》的劇情有多麼嚮往，也就是一個人同時扮演兩個人的劇情。」

「我好害怕！」靜子緊握我的手說：「你說話的樣子好可怕，別說了，我不想在昏暗的倉庫裡聽到這些。只要能像這樣跟你在一起，我才不要想起平田的事。」

「唉，仔細聽我說，這可是攸關妳性命的大事啊。如果春泥繼續以妳為目標的話……」對我而言，現在並非進行戀愛遊戲的時刻。「我又在這起事件中，發現兩個不可思議的一致性。以學者的說法，一是空間性的一致，另一是時間性的一致。這裡有張東京地圖。」我從口袋中取出自備的簡易東京地圖，指給她看。「我從本田和象潟署的署長那兒聽說了大江春泥輾轉移居的地點。池袋、牛込喜久井町、根岸、谷中初音町、日暮里金杉、神田末廣町、上野櫻木町、本所柳島町、向島須崎町，大致上就是如此吧。在這之中，只有池袋與牛込喜久井町相隔很遠，其他七個地方從地圖上看來都集中在東京東北角的狹窄地帶。這是春泥最大的失策。關於池袋與牛込相隔很遠這一點，考慮到春泥的名聲逐漸遠播，大批採編在根岸時期開始湧入的話，很容易理解其原因。也就是說，他在喜久井町時代之前，一切原稿僅以信件方式交付。但是根岸以下的七個地區，若以線條連接，便呈現出一種不規則的圓周。而這圓周的中心，便是解決此事件之鑰的藏身處。為何如此？接下來我便要解釋這一點。」

此時，靜子彷彿想到了什麼，放開我的手，突然以雙手纏繞著我的脖子，那蒙娜麗莎般的嘴唇中露出雪白虎牙，輕輕地說了聲「好可怕」。她的臉頰與我的臉頰廝摩，她的嘴唇與我的

註　原書名《*Strange Case of Dr Jekyll and Mr Hyde*》。為蘇格蘭作家羅伯特・路易斯・史蒂文生（Robert Louis Stevenson）所著之關於多重人格的小說。內容敘述安德生對於相貌恐怖的怪人海德經常出入友人傑奇博士的家感到疑惑，開始進行調查，進而發現兩人之間的祕密。

嘴唇緊貼著。過了一會兒，她的嘴唇離開後，以食指伸入我的耳中搔動，將嘴巴附在我耳邊，以母親唱出搖籃曲般柔聲對我說：「我覺得……將寶貴的時間……用在述說如此可怕的故事上……實在很浪費呀。老師，您難道沒感覺我的嘴唇有多麼火熱嗎？您沒聽到這胸中的心跳聲嗎？快，抱我吧。求求您，抱我吧。」

「快了，再忍耐一會兒，聽完我的推理吧。我今天來就是有件事要在這推理的基礎上與妳商量的。」我不顧她的挑逗，繼續說明。「接下來，所謂時間的一致性，就是春泥的名字突然消失於雜誌上的時期，我還記得很清楚，是前年的年底。另一方面，至於小山田先生回國的時間，我記得妳說過，恰巧也是前年年底，對吧？這兩個時間，為何會如此一致？是偶然嗎？妳對此有何看法？」

在我還沒說完之前，靜子從房間角落取來那支鞭子，硬塞進我手裡，接著突然脫下和服，趴倒在床上，在赤裸的香肩下，轉臉朝向我說：

「那又怎樣？這點小事、微不足道的小事！」靜子彷彿狂人般，開始喃喃念起莫名其妙的話語。「快，鞭打我，鞭打我啊！」上半身有如波浪般搖擺了起來。

從狹小的窗戶中可窺見鼠灰色的天空。或許是電車轟隆作響，遠方傳來近似雷鳴的聲響，混雜著耳鳴，聽起來十分可怕，就像魔怪大軍從空中一舉進攻的戰鼓聲，令我十分不舒服。

我們倆或許就在這樣的氛圍下變得瘋狂。事後想來，靜子與我當時的狀態一點也不正常。我盯著她那渾身是汗、苦悶掙扎的蒼白裸體，執著地進行我的推理。

「另一方面，在這起事件中，大江春泥確實存在。但憑著日本警察的能力，在整整兩個月內，竟然找不到那個知名作家的下落，他就像一股煙憑空消失了。啊，光是想像就覺得可怕。這竟然不是惡夢而是事實，真教人不可思議。他是用什麼忍術進入小山田的書房。又如何打開那書櫃的鎖……我不由得想到某個人物。不是別人，正是女流推理作家平山日出子（註）。世人以為此人是女性，連不少作家或採編都深信不疑。聽說每天有無數青年書迷寫情書給他。其實此人是男性，而且是個公務員。身為推理作家，不管是我、春泥，還是平山日出子，都是怪物。身為男性卻想佯裝成女性，身為女性卻想化身為男性，一旦異常的興趣高張，不管什麼事都做得出來。聽說還有作家扮成女性在夜晚跑到淺草遊蕩，跟男人談起戀愛。」

我像個瘋子般喋喋不休，滿臉汗水流進嘴裡，感覺很不舒服。

註　以女扒手阿秀為主角的「隼」系列之作者久山秀子（明治三十八年～？）為藍本所創造的人物。久山為男性，本名芳村襄，為橫須賀海軍經理學校的國文教官。其作品今日有《久山秀子推理小說選》（平成十六年，論創社）二卷刊行。

「靜子小姐，請妳聽聽看我的推理有沒有錯。我把春泥住過的地方連起來形成圓圈，其中心點在哪裡？請看看這張地圖，就是妳家，淺草山之宿。這些地方全是從妳家搭車十分鐘即可到達。隨著小山田先生回國，春泥為何得銷聲匿跡？因為妳不去上茶道課和音樂課了。妳懂嗎？在小山田先生出國的這段期間，妳每天下午到晚上會去上茶道課及音樂課。在備妥一切證據，誘導我往那個方向推理的是誰啊？在博物館找上我，之後任意操控我的人是誰啊？就是妳呀……如果凶手是妳，在日記上添加文句、把其他證據放進小山田先生的書櫃、在天花板上放那顆飾釦……這一切都易如反掌。推理至此，妳說還有別的可能性嗎？快，回答我，回答我啊！」

「您太過分了！太過分了！」赤裸的靜子撲到我身上放聲哭泣，臉頰貼在我的襯衫上潸潸淚下，透過肌膚我感受得到那淚水的溫度。

「為什麼哭泣？為什麼從剛才就一直想阻止我？對妳而言這是攸關性命的問題，妳當然不想聽了。可是我仍舊不得不懷疑妳，請聽我說，靜子小姐，我的推理還沒結束哪。大江春泥的夫人為什麼戴眼鏡？為什麼裝假牙、臉頰貼藥布？頭髮還梳綁成西式髮形，整張臉看起來很圓？這不是與春泥在《全景國》裡提到的變裝方式相同嗎？春泥在這部小說中談到日本人變裝的極致，那就是改變髮形、戴上眼鏡以及嘴裡含著棉絮。另外，《一分銅幣》中也出現在健康牙齒上裝上夜市賣的鍍金假牙的點子。妳的犬齒十分明顯，為了掩飾，必須裝上假牙。妳的右臉頰有顆大黑痣，得貼上牙痛藥布遮掩。梳綁西式髮形，使得原本的瓜子臉看起來像圓臉，這些對妳而言都是小事，妳就這樣變身為春泥夫人。前天，我讓本田偷偷觀察妳，要他確認妳是不是和春泥夫人很像。他說如果妳將丸髻梳成西式髮形，戴上眼鏡，裝上假牙的話，的確與春泥夫人一模一樣。快，說出來吧。我都已經推理到這個地步了，還想瞞我嗎？」

我推開靜子，她渾身無力地癱在床上，激動地哭泣，久久沒有回應。我越說越激動，不自覺地拿起鞭子，用力抽打她赤裸的背部。我忘情地一次又一次、不顧一切地鞭打，直到她那青白色肌膚開始泛紅，不久，宛如血蚯蚓的痕跡逐漸顯現，接著滲出鮮紅色的血。她在我的抽打下，擺出與平時一樣的淫蕩姿勢，不斷地扭動身軀，以近乎昏迷般的氣息，細細地呻吟著「平田……平田……」

「平田？哈！還想瞞我嗎？妳想說變裝為春泥夫人，就表示春泥應該另有其人囉？哪有春泥這號人物的存在，那只不過是架空人物罷了。為了隱瞞這一點，妳扮成他太太與採編接洽，所以才會頻頻更換住處。然而對某人來說，完全架空的人物是隱瞞不了的，所以妳才會僱用淺草公園的流浪漢，讓他睡在家裡。並不是春泥扮成小丑，而是穿小丑裝的男子扮成了春泥。」

靜子趴在床上，彷彿死去般沉默不語，只有背上的血蚯蚓彷彿活生生的，隨著她的呼吸不斷地蠕動。由於她一直保持沉默，我反而失去了興致。

「靜子小姐，我原本不打算對妳這麼過分，要是能更冷靜對話就好了。但因為妳不斷地迴避我的話題，妳想以那種嬌態來蒙混，我才會亢奮起來。請原諒我哪！接下來我會將妳的所作所為依序說出，如果有錯，煩請告訴我一聲，拜託了。」

於是我將推理清清楚楚地依序說出。

「以一個女人而言，妳具有難能可貴的智慧與文采。光是從妳寄給我的書信中便可充分了解這一點。因此，妳會以匿名方式冒充男性撰寫推理小說，這並非難以想像。但是，出乎意料之外，妳的小說大受歡迎。在妳開始變得有名時，小山田先生必須到國外出差兩年，妳為了排遣寂寞，滿足自己的怪癖，想出了一人分飾三角的可怕詭計。妳曾經寫過《一人二角》這本小說，但在這之上想到了更完美的一人三角詭計。妳以平田一郎這名字在根岸租了間屋子，在這之前則是在池袋及牛込弄了一個用來收信的地址吧。接著，妳以討厭人群或旅行等藉口，來隱瞞平田這個男人的下落，並變裝為平田夫人，替平田處理一切原稿事宜。亦即，妳在撰寫原稿時，變成了筆名大江春泥的平田；在與雜誌採編碰面或租房子時，妳化身為平田夫人；在山之宿的小山田府邸時，妳則是小山田夫人。妳一人分飾三個角色。為此，妳每天幾乎花上整個下午的時間，以學習茶道及音樂為藉口出門。半天身為小山田夫人，半天身為平田夫人，一具軀體分作兩人使用。由於必須變換髮形及更衣，不適合選太遠的地方。所以每當妳變更住處時，總是以山之宿為中心，選擇坐車十分鐘可達之處。我也是獵奇之徒，十分理解妳的心態。這麼做雖然很辛苦，但如此充滿魅力的遊戲恐怕這世上也絕無僅有了。我想到過去有位評論家說過，春泥的作品充滿了非女子難以具備之令人不快的猜疑，猶如蟄伏於幽暗中、蠢蠢欲動的陰獸。看來那名評論家還真是說對了。

「然後，短短的兩年過去了，小山田先生歸國，妳不能再一人分飾兩角，因此讓大江春泥上演失蹤記。但，世人知道春泥極端討厭人群，對於他的失蹤倒也沒什麼起疑。而妳為何會想犯下如此可怕的罪行，身為男性的我並不了解妳的心理。我曾讀過變態心理學的書，有歇斯底里症狀的婦人往往會寫下假想的威脅信寄給自己，這在日本及國外有無數實例，算是一種想讓自己恐懼，進而引起他人同情的心態吧。我相信妳的心態也是如此，收到自己所扮演的知名男作家寄來的威脅信，這是何等誘人的魅力啊。

「同時，妳對於年邁的丈夫有所不滿，也對丈夫出國期間那種變態的自由生活產生了無可壓抑的憧憬。不，更深入地說，妳開始對自己在春泥的小說中寫過的犯行、殺人行為感到一股難以言喻的魅力，而這裡恰好有春泥這麼一個完全不知去向的假想人物，只要讓嫌疑落在他身上，妳就能獲得永久的安全，可以和討厭的丈夫分手，接收龐大遺產，輕鬆自在地度過下半輩子。

「但是，妳對此仍不滿足，為求萬全妳還設下兩道防線。為了實現這個計畫，被選出的人就是我。妳把總是批評春泥作品的我當成傀儡，任意操弄，順便報平日之仇。因此，當我將那份意見書拿給妳看時，妳心裡一定覺得我非常可笑吧。要隱瞞我，無需花半點工夫，手套的飾釦、日記、《新青年》、《屋頂中的遊戲》，光是這些便已足矣。如妳寫的小說一般，罪犯總會不經意留下毫無意義的小失誤。妳撿到小山田先生手套脫落的飾釦，將之當作重要的證據，卻沒有仔細查證那是何時脫落的。妳完全不知道那手套早就送給司機了，多麼無意義的失誤啊。小山田先生的死還是如同我之前的推理，只不過不同的是，小山田先生並非從窗外偷窺，恐怕是在與妳進行情痴遊戲中（所以才會戴著那頂假髮吧），被妳從窗戶推落的吧。

「好了，靜子小姐，我的推理對不對？請回答我吧。如果辦得到，請推翻我的推理吧，靜子小姐！」

我把手搭在癱軟的靜子肩上輕輕搖晃。或許是因為羞恥與後悔，她始終沒抬起臉，動也不動，不發一語。

我把話講完以後，覺得很失望，茫然地站在原地，不知所措。昨天以前還是我唯一心愛的女子，此刻卻現出那受傷陰獸的原形，倒在床上。我看著這幅景象，不知不覺眼眶一熱。

「那麼我走了。」我打起精神說：「妳好好思考將來的事，選擇正確的路走。我在這一個月內，託妳之福見識到從未見過的情慾世界。即使現在，我也難以割捨想與妳在一起的情感。但我的良心無法允許與妳持續這樣的關係，因為我的道德感比別人更強……那麼，再會了。」

我發自內心地親吻靜子背上那些蚯蚓般的腫痕，離開了這個短暫的、屬於我們的情慾舞台。天空越來越陰沉，氣溫又比方才高。我渾身大汗，牙齒卻不住地打顫，彷彿癲癇般搖搖晃晃地步行離去。

十二

後來，我在隔天的晚報上得知靜子自殺的消息。恐怕她也像小山田六郎一般，從那西式樓房的二樓跳進隅田川，抱著覺悟結束生命。命運的恐怖之處在於，或許是隅田川的流向一致，她的屍體同樣也漂到了吾妻橋下的汽船搭乘所附近，在清晨被路人發現。不知內情的記者在報導最後寫著「小山田夫人恐怕也遭到同一名凶手毒手，結束短暫的一生。」

我看到這則報導，一方面憐憫昔日愛人可憐的死狀，深深感到哀傷。但也覺得靜子等於是以死來替自身的罪狀告白，這是理所當然的。在最初的一個多月，我如此深信不疑。

但是，隨著我妄想的熱度逐漸冷卻，恐怖的疑惑冒了出來。我並沒有從靜子口中聽到任何一句懺悔。雖說有種種證據支持這個推理，但這些證據的解釋完全是我的推想，絕非二加二等於四那般不可動搖的標準答案。看，我不就是憑著司機及鹼水清洗工的證詞，把一度構築出來、煞有介事的推理推翻，對種種證據做出幾乎完全相反的解釋嗎？我又怎能保證相同的事不會發生在另一個推理上？事實上，當我在倉庫二樓指責靜子時，當初並不想做到那種地步，原本打算靜靜地說完前因後果，再聽她如何辯解的，但是說到一半，她的態度誘使我做出過度的揣測，最終才會變成那樣過分且斷定的推理。最後，即使反覆詢問好幾次，她仍舊緘默不語，我才以為她默認了一切罪狀。難道那只是我擅自認定罷了？

沒錯，她是自殺了。（但真的是自殺嗎？他殺！倘若是他殺，那麼下手的人又是誰？太可怕了！）但就算是自殺，那又怎樣？真能證明她的罪嗎？也有可能是其他原因嗎？例如，受到百分之百信任的我對她做出那麼過分的質疑，當她了解自己完全無法辯解時，身為心胸狹窄的女性，在一時激動下決定自我了結短暫的一生，這麼解釋不也有可能？若真是如此，殺她的人，縱然沒有親自下手，很明顯的不就是我嗎？剛剛雖說不是他殺，但很明顯地，這不就是他殺嗎？

若說我只是有可能殺死一名女性，或許還能忍受。但是我不幸的妄想癖又開始朝更可怕的方向思考。她明顯愛戀著我。試想，一個女人被愛人懷疑，指責為恐怖的罪犯，心裡有何感受？她不就是因為愛戀我又受到難以辯解的質疑，才會想不開走向自殺一途嗎？又或者，就算我那恐怖的推理是正確的，她為何想殺死長年同居的丈夫？自由？財產？這些理由足以驅使一名女性落入殺人罪的深淵嗎？難道不是因為愛情？而戀愛的對象不就是我嗎？

啊，我該如何解決這世上最恐怖的疑惑。不管靜子是不是殺人凶手，我只能詛咒自己那窄隘的道德觀。這世上有比戀愛更強烈、更美麗的事物嗎？難道我不是以道學者般頑固的心態，殘酷地粉碎那清高美麗的愛情嗎？

倘若她一如我推想，正是大江春泥本人，並犯下了可怕的殺人罪，或許我還能稍稍安心。但如今我又有什麼方法確認？小山田六郎死了，小山田靜子也死了，相信大江春泥也只能永遠從這世上消失了。本田說靜子與春泥夫人十分相似，但僅僅相似又能成為什麼證據？我拜訪糸崎檢察官好幾次，詢問之後的經過，他總是給我曖昧的回答，看不出搜索大江春泥的工作有何進展。而我心中曾保留著一絲期待，託人至平田一郎的故鄉靜岡縣的城市探訪，期待他是個完全架空的人物，但不幸的是，我得到的答案卻是目前行蹤不明的平田一郎確實存在。就算平田這號人物曾經存在，而且是靜子的昔日戀人，我又如何斷定他就是大江春泥，同時也是殺害六郎的凶手？他現在不存在於任何地方，我也無法斷定靜子沒有將過去愛人的名字拿來用在一人分飾三角的詭計上。我得到小山田家親戚的許可，仔細調查靜子常用的物品、信件，想從中尋找一些事實，但這類努力並沒有任何結果。

對於自己的推理癖、妄想癖，我無論再怎麼後悔也不夠。如果辦得到，就算毫無意義，為了尋找平田一郎化名的大江春泥，我願意花上一輩子的時間巡迴全國。不，要我到世界的盡頭也願意（但就算找到春泥，不論他是不是凶手，恐怕也只是徒增我的痛苦罷了）。

在靜子慘死之後已過了半載，平田一郎依然不見蹤影。同時我那無可挽回的可怕疑惑，只隨著日昇月落，不斷地加深。

〈陰獸〉發表於一九二八年

蟲

一

這個故事原本應從木愛造與柾木下芙蓉那宿命般的重逢開始說起，但在此之前，請容我先為男主角柾木愛造那極為獨特的性格稍作描述。

柾木愛造乃是從辭世雙親手中繼承莫大財產的獨子；年約二十七歲，私立大學中輟生，單身的無業遊民。照理說，這代表他是個備受所有窮人欣羨，生活自在無憂的幸運兒。然而不幸的是，柾木愛造無法享受此般幸福。理由是，他是世上少有的厭人症患者。

此一病症之起因究竟從何而來，他自己也不了解，但其徵候早於幼年時期便已顯現。僅見到他人，別無理由，他的眼眶立即漲滿淚水。為了掩飾羞赧之情，他不得不做出望著天花板、以手掩臉等不甚雅觀又毫無意義的動作；愈想掩飾越怕被別人發現。於是，淚水益發如洪水般流瀉而下，最後「哇」地一聲大哭出來，比精神異常者更顯得手足無措。不管在親生父親或僕役面前，甚至連在母親面前也會產生莫名其妙的羞愧，因而迴避他人。他雖然想親近人，卻因為沒臉見人的怪癖使得他老是遠遠地躲著人。只有蹲在昏暗的房間角落，以積木堆築一座小城堡，躲在裡面孤獨吟詠幼稚的即興詩，才能帶給他小小的安逸。

待他年紀稍長，必須融入小學這不可理解的社會生活時，不知有多麼困惑與恐懼啊。他是個如此異常的小學生，可是若被母親發覺自己有厭人癖，他會羞愧得難以忍受，因此還是決定上學。然而，在學校裡與別人的競爭總是慘烈的，僅僅老師或其他同學與之攀談，他便淚流滿面，不知如何是好；光是聽到班導與其他老師在交談中提及柾木愛造的名字，他就噙滿了淚水。

隨著進入中學、大學，這惱人的病癖確實有稍緩之勢，但小學時期有三分之一時間請假在家，謊稱生病或病後調養；中學時期一年中有一半時間裝病，淨是躲在書房，不讓家人進入，鎮日與小說為伍，沉浸在荒唐無稽的幻想中，渾渾噩噩地過日子；大學時期，他除了參加進級考試之外，幾乎沒進過教室，不過他也不像其他學生沉迷於遊樂中，而是埋首於書房裡種種異端書籍的塵埃中。

但是，與其說他喜歡閱讀這些書籍，不如說是愛好嗅聞這些被書蟲蛀咬過的青封面（註）或十八世紀的洋紙、皮質封面的氣味。在書籍散發的玄怪氣氛中，沉溺於益發高漲的病態幻

註　亦稱青本。江戶時代的小說體裁草雙紙之一，內容多為適合成人閱讀之物。

想，過著不見天日的生活。

有此怪癖的他，除了後述的一位友人之外，並沒有其他朋友。既然連朋友都沒有，自然不可能有戀人。他的心較常人更溫柔一倍，卻連個朋友或愛人也沒有，這種情況教人該如何說明。對他而言，也不是不羨慕友情或愛情，當他看到或聽到有關於深厚友誼或醇美戀曲的故事時，難免會想像置身其中該有多好。只不過，就算他能感受到友誼或愛情，若要將之傳達出去，那無可救藥的障礙又會有如銅牆鐵壁般阻擋在他面前。

除了自己以外的所有人類，看在柾木愛造眼裡，都是不懷好心眼，無一例外。每當他想主動親近對方時，對方總是像忠臣藏的師直（註）般，愛理不理地別過頭去。中學時，他在火車或電車上見到兩人同行的朋友交談時，屢屢對其應對感到訝異。他們當中總會有一人滔滔不絕地說話，另一人則是反應冷淡地別過頭去看窗外風景，偶爾像是臨時想起似地應聲表示同意，幾乎不看著對方。接著，當說話的一方靜默下來時，原本冷淡的聽眾卻彷彿換了個人似地，以熱心的口吻開始雄辯了起來，而原本的說話者卻突然變得冷淡。他花了很長的時間才了解這只是人類對話的常態。以上僅是一個小例子，但從上述例子類推人類在社交上的態度，足以令內向的他保持沉默。此外，他對於社交會話所存在的玩笑話（大部分都是令人不愉快的無聊笑話）感到不可思議極了。他認為玩笑話與壞心眼其實是相同的，只要發現自己講話時，對方稍微別開頭或正在思考其他事情，他就沒有興趣繼續說下去了。換句話說，他對於愛是貪婪的。或許正因為過於貪婪，他才無法愛其他人，無法經營社交生活吧。

然而，不止如此，這裡還存在著另一個問題，舉一個日常實例吧。小時候，他不勞煩女傭之手自行上下床，當時仍在世的祖母總會高興地對他說：「喔，真是個好孩子，好孩子！」柾木受到讚美，卻覺得羞愧萬分，好像體內有一把火似地，難受至極，而且對於讚美者感到極度憎惡。更進一步來說，不管是愛人還是被愛，就連對「愛」這個字，他一方面非常渴望，另一方面又有一種痛苦地緊縮身體、極度厭惡的感覺。或許這就是他的自我厭惡、至親厭惡、人類憎惡等一連串特殊情感的來源。對他來說，自己與所有人類像是兩種截然不同的生物。世上的人心地很壞、臉皮厚又充滿了健忘的樂觀，他覺得非常不可思議。在這個世界上，他彷彿是個異鄉人。說來，他就像一頭莫名其妙被拋棄的孤獸。

這樣的他，又如何得到那至死方休的戀情？說不可思議的確不可思議；但換個想法，不也

註　高師直為歌舞伎《假名手本忠臣藏》中的登場人物。名字取之於《太平記》登場的南北朝時代實際存在過的武將（？～西元一三五一年），實際上則是影射赤穗浪人復仇事件中的吉良義央。

可以說正因為這般的他，才能得到如此超乎尋常的愛情嗎？因為，在這段戀愛過程中，愛與恨早就沒有分別了。只不過，關於此事的細節請容我留待後續說明。

隨著留下莫大財產的雙親相繼去世後，他總算能逃離對家人所維持的表面工夫與顧慮，以及持續忍受痛苦的社交生活。簡單地說，他毫無眷戀地從私立大學退學，變賣了土地與住宅，搬到郊外一棟中意許久的荒屋。就這樣，他終於能夠從學校、街坊鄰居這個社會完完全全地消失了。身為人類，不管搬到何處還是無法忽略社會而生活，偏偏柾木愛造最討厭熟知他底細的熟人社會，所以搬到近鄰都是陌生人的郊區，至少在當下讓他稍微產生「從人類社會逃脫」的輕鬆感。

這棟位於郊區的房子在向島吾妻橋靠上游的K町（註一）。該地區到處都是消費廉價的冰菓室與貧民窟，儘管河的對岸就是熱鬧的淺草公園，想不到竟然有一片寬廣的草原及魚池半毀的釣場小屋，是個混亂與閑靜交錯的奇妙地帶。在這一區，由於這個故事發生在比大地震（註二）還要早的年代，柾木偶然間發現了這座荒廢已久、宛如鬼屋的大宅，便租了下來。

在半毀土牆與爬滿藤蔓石壁的圍繞下，矗立著一座牆壁崩落的巨大倉庫，旁邊則是寬敞卻毀損得幾乎無法住人的主屋。不過，主屋對他而言根本不是重點，他之所以想進這鬼屋般的宅邸，全因那棟魅力十足的舊倉庫。厚實的牆壁阻擋了刺眼的陽光，隔絕了外界的聲響，獨自住在充滿樟腦臭味的倉庫中是他多年來的夢想。恰似貴婦人藉著厚面紗遮臉一般，他靠著倉庫的厚牆阻斷了這世間的視線。

他在倉庫二樓鋪上榻榻米，將珍藏的古書、由橫濱古物商購入的等身木雕佛像、數個蒼白的能劇面具放入房間，營造出不可思議的牢籠，並在南北方向各開了兩扇窗，這兩個鐵格窗是屋內唯一的光源。為了讓房間裡的氣氛更顯陰森，他將南面的鐵窗緊緊關上。因此，這個房間終年沒有日照，而這裡就是他的起居室、書房兼臥室。

一樓維持原本鋪地板的模樣，堆滿了亂七八糟的物品，例如祖先傳承下來的紅木箱、鎖上家徽大鎖的古老櫃子、蟲蛀的鎧櫃、塞滿無用書籍的書箱及各式各樣如廢棄物的器具等等。

主屋那個十疊大的房間與廚房旁四疊半的房間換上了新榻榻米，前者是為了鮮少造訪的訪客而設的客廳，後者則是充當煮飯婆的房間。這些準備乃是為了防止訪客及煮飯婆靠近倉庫。另外，他又在倉庫的厚重土門上裝設裡外皆能上鎖的機關。人在二樓時，就從裡面上鎖，外出

註一　應是指向島小梅町。為明治二十四年至昭和六年本所區的地名，昭和六年起改為小梅一～三丁目、向島一～三丁目、隅田公園。但如果K町真是小梅町，照理說言問橋應該比較近。

註二　指發生於大正十二年（西元一九二三年）地震規模七．九的關東大地震，在這場地震中有十幾萬棟房屋倒塌。

時就從外面上鎖，好像鬼怪故事裡的密室。

在屋主的協助下，柾木找到了近乎理想的煮飯婆。對方是個無親無故的六十五歲老人，除了有點重聽，身體並無大病，極為勤勉又愛乾淨。值得高興的是，不同於這年齡的老太婆常有的惡習，她的個性十分樂天知足，從不猜疑主人的身分，也不好奇主人在倉庫裡做什麼。只要能確實領到薪水，煮飯之餘種花種草、念念佛便已足矣。

不消說，柾木愛造就在倉庫二樓的昏暗房間裡，不分晝夜地度過了大半光陰。有時候，光是翻閱紅褐色古書的書頁，便足以耗費一日光陰；有時候，鎮日仰臥在房間正中央，眺望佛像或牆上的能面，沉迷於不可思議的幻想中。不知不覺，天色已暗，天窗外的夜空宛如展開的黑天鵝絨般，綴滿了閃閃發亮的點點繁星。

天黑了，他點燃桌上的燭台，讀書到深夜或寫起奇妙的感想。不過，大部分時間他習慣將倉庫的門鎖解下，漫無目的地外出遊蕩。極端厭人的他卻喜歡在鬧區裡閒晃，說起來似乎很奇妙，他總是走向一河之隔的淺草公園。但或許正因為厭人，他才會如此喜歡置身於從不向他搭訕、盯著他瞧的冷漠人群吧。這樣的人群，對他而言只不過是僅供欣賞的繪畫或人偶罷了。也因為混入夜晚的人潮中，比起躲在倉庫裡更不引人注意。置身於冷漠的人群中，反而最能忘記自身的存在。人群正是他無上的隱身斗篷。柾木愛造這種喜好人群的心情，與愛倫坡特意趁戲劇散場，混入劇場門口湧出的人群中，以排遣深夜寂寞的所謂「Man of crowd」（註）之不可思議心境可說是有相通之處。

好了，讓我們回到一開始所說的柾木愛造與木下芙蓉那宿命般的邂逅吧。這起事件發生在他搬到倉庫以後的第二年，在這樣與眾不同的生活中剛度過二十七歲那年春天不久，彷彿一顆石頭投入停滯的池水中，打亂了他的平靜生活。

二

正如方才稍有提及的，縱使是如此厭人的柾木愛造，也難得擁有唯一的朋友。那就是靠著父親在實業界小有名氣，擔任某商社經理的池內光太郎這位與柾木同輩的青年紳士。他在任何方面都與柾木相反，性格開朗，擅長社交，從不深入思考事物，不過十分敏銳，是個人見人愛

註　正確而言是「The man of the crowd」。日譯名為「群集の人（人群）」。為愛德格・愛倫・坡於西元一八五〇年寫成的短篇小說。「我」的興趣是在倫敦的大道上觀察行人，某回他熱中於跟蹤一名老人，最後覺得疲倦，獲得「他也不過是人群之一」的結論。

的好男人。他與柾木比鄰而居，小學也同校，因此兩人從小就相識。到了青年時期，柾木那不可思議的思想與言行，對他而言充滿了無法理解的魅力，因此他很敬重柾木，甚至對於擁有柾木這般宛如哲學家的友人有些得意。不管柾木是不是想躲他，仍頻繁地上門拜訪，盡情地向柾木吹噓牛頭不對馬嘴的議論。對於習慣華麗社交的他來說，不管是柾木本人還是那陰濕的書房，都像是無上的休息處；沙漠中的綠洲。

某日，池內光太郎一如往常在柾木家那十疊大的客廳（柾木也不讓這唯一的朋友進入倉庫），吹噓起奢華生活的某一面時，突然說出底下這段話：

「我啊，最近開始跟木下芙蓉這位女演員有接觸，這女人還挺美的呢！」此時，他笑看著柾木。這裡所謂的「接觸」，絕非字面上的「接觸」。「先聽我說，這事兒你應該也有興趣。其實，木下芙蓉的本名就是木下文子，你應該想起來了吧？就是小學時代，經常被我們惡整的那個漂亮優等生啊。記得她好像比我們小三屆吧。」

聽到這裡，柾木愛造猛然想起，隨即感覺臉部迅速漲紅發燙。到了二十七歲這個年紀，著實鮮少有機會臉紅，但一想到自己開始臉紅，那感覺就像孩提時代愈想掩飾就愈容易掉淚；愈覺羞恥，眼眶便愈濕潤，完全不知所措。

「有這麼一個女孩嗎？我可不像你那麼早熟啊。」

為了掩飾害羞，柾木故意如此說道。幸虧當時屋內相當昏暗，對方似乎沒發現他臉紅，有點不滿地回答：

「不，你不可能不知道，她可是校內有名的美少女啊。很久沒跟你一起去看戲了，怎麼樣？這幾天要不要去看看木下芙蓉？她還保有少女的面容，肯定你一眼就認出來。」

聽他說得彷彿與木下芙蓉很要好似的。

雖不知芙蓉這藝名，不消說，柾木自然記得木下文子的容貌。因為他與文子有過一段足以令人臉紅的可恥回憶。

柾木的少年時代如前所述，是個極度內向又害羞的小孩。但絕非他自己所述是個晚熟的孩子，他對於校內女學生所抱持的稚嫩憧憬甚至比別人多一倍。而他從四年級開始到當時的高等小學三年級（註）這段期間默默思慕的對象，不是別人正是這位木下文子。雖說如此，像池內

註　隨著明治四十年「小學校令」的改訂，義務教育的普通小學改為六年，高等小學改為兩年。此制度一直持續到昭和十六年的國民學校制發起為止。部分學校亦有將高等小學改為三年制。強制報考中學失敗的學生繼續就讀三年級，以準備來年的考試。故事開頭說「中學時代時」，由此可知柾木應就讀過中學，不過由他曾就讀過高等小學三年級看來，或許曾在中學入學考試中落榜過三次。只不過於明治十九年確立了日本近代學校制度基礎的「小學校令」公布之初，小學分作通常小學（四年）與高等小學（四年）兩階段。生於明治二十七年的亂步上小學時，高等小學仍是四年制。

光太郎等其他男學生在文子上學的路上強行抱住她、扯落她髮辮上的緞帶，弄得她花容失色並引以為樂等等驚人舉動，對他而言根本是妄想。他頂多只敢在感冒請假時，在昏昏沉沉的腦袋中描繪文子的笑臉，以發燙的臂膀擁住自己，輕輕嘆息。

有一次，他稚嫩的戀情獲得了奇妙的機緣。這件事發生在當時的高等小學二年級，同年級的孩子王是個嘴角已冒出鬍碴的大個子，對方命令柾木代寫情書給木下文子（當時，木下文子是普通班的三年級學生）。柾木理當是同年級最膽小的傢伙，平常對這個調皮的少年怕得要死，當他一被抓住，聽到「給我過來」時，眼淚早就在眼眶裡打轉了。對於少年的命令自然是拚了命也要達成。他滿腦子都是代寫情書的事，放學回家後，點心也沒吃就躲進房裡，在桌上攤開稿紙，煩惱生平第一次撰寫情書的文案。他以稚嫩的文筆寫了一、兩行以後，開始浮現一個不可思議的想法。「把信交給文子的雖然是那個頑皮少年，但代筆的卻是不折不扣的我。我可以藉由代寫抒發真正的心情，那女孩會讀我寫的情書，就算對方不知情，我依舊能一邊描繪那女孩的美麗身影，一邊在稿紙上把我的思念寫出來。」他一心一意想著這件事，花了冗長的時間，淚水甚至滴落在稿紙上，然後把所有的思念寫下來。第二天，頑皮少年將這疊厚厚的情書交給了木下文子，只不過可能被文子的母親燒掉了吧，在這之後，文子的態度依舊活潑開朗，沒什麼變化，頑皮少年似乎也把這事忘得一乾二淨。只有代寫的柾木少年一直難以釋懷地思念那封沒發揮作用就被丟棄的情書。

不久，又發生了另一件事。在情書事件之後，柾木更加戀慕文子了，愛慕之火令他焦急難耐。於是，他以稚嫩的腦袋想出一計，趁四下無人時偷偷溜進文子的教室，打開她書桌的上蓋，拿出抽屜裡的鉛筆盒，偷走了一枝長度最短、幾乎無用的鉛筆，小心翼翼地帶回家。回家後，他立刻將小櫃子清理乾淨，以習字紙包裹鉛筆，當作神明般小心翼翼地供在裡面。寂寞的時候，只要打開櫃門膜拜一番即可。對於當時的他而言，木下文子的地位絕不亞於女神。

後來，文子不知搬到何處，而他也轉學了，不知不覺便忘了此事。如今，從池內光太郎口中再度聽到木下文子的現況，雖然這是對方毫不知情的往事，但如此可恥的過去依舊令他莫名其妙地臉紅。

像柾木這樣喜歡在熙攘人群中享受孤獨感的厭人症患者，同樣也喜歡淺草公園的人群、火車或電車上，以及劇場中的人群，故，柾木對於戲劇亦有不亞於常人的知識。說到這個木下芙蓉，過去只是個存在感薄弱、敬陪末座的女演員，不過最近參加有知名演員的新戲後，人氣猛然竄升，雖還不及第一女伶的地位，但憑藉其壓倒群芳的臉蛋與身材，招來了獨特的人氣，如今在劇團中的排名也算暫居第二。偏偏陰錯陽差，柾木一次也沒看過她在舞台上的表演，不過關於她還是具有上述程度的認識。

一旦得知這位人氣女演員竟然是兒時戀慕的對象，就連厭人症的他也變得有些喜孜孜地懷念起文子來了。縱使文子如今已成了池內光太郎的戀人，對柾木來說，她原本就是遙不可及的對象，去看看她在舞台上的模樣，沉浸在多愁善感的情緒中，倒也不失為不錯的選擇。

三、四天以後，他們在K劇場的舞台上見到了木下芙蓉。對於柾木愛造而言，不知是幸或不幸，那時恰好第一女伶請病假，由木下芙蓉代演她的角色莎樂美（註一）。

芙蓉的一雙明眸宛如兩尾相向的鯛魚，極具特色，人中較常人短上半截（註二），底下是微翹、像西方人般飽滿的豐唇，不斷地蠕動著。特別是她的唇，雖保留了少女嫣然一笑的魅力，但十幾年的歲月不只將那紮著可愛髮辮的清純小學生轉變為豐滿美麗的成熟女性，同時也將過去的純真天使、貞潔聖女不知不覺化作妖豔無比的魔女。

柾木愛造對於她的舞台演出一開始只有近似恐怖的壓迫感，後來轉變為驚奇、憧憬，最後變成了無限眷戀。成年的柾木眺望成年文子的眼光早已不似過去那般神聖不可侵犯。他心中帶著羞恥，不知不覺玷污了舞台上的文子。他愛撫、擁抱她的幻影，甚至毆打她的幻影。或許這也是受到鄰座的池田光太郎在他耳際不斷地囁嚅關於芙蓉的舞台姿影之卑俗評論所帶來的不可思議影響。

由於莎樂美是最終幕，戲劇一結束，他們立刻離開劇院，上了迎面而來的一輛汽車，池內帶著了然的表情，指示司機開往附近的一家料理店。柾木愛造自然了解池內的下流想法，但自己也想見見卸妝後的芙蓉；同時受到莎樂美的幻影壓迫、尚未從夢幻心情中清醒的他也無力反對。

正當他們在料理店寬廣的包廂裡對戲劇交換客套的評論時，果其不然，穿著和服的木下芙蓉在女服務生的引領下現身。她站在紙門外，看到池內抬頭對視時，朝他嫣然一笑。一轉頭，見到柾木卻立刻做作地露出狐疑的神色，並以眼神示意池內說明。

「木下小姐，不認識這位先生啦？」池內不懷好意地笑道。

「是啊！」她有點侷促不安地回答。

「他是柾木先生，我的朋友，之前不是跟妳提過嗎？就是我那個小學同學，曾經瘋狂愛慕

註一　登場於新約聖經，在希律王面前獻舞，要求施洗者約翰的頭顱作為賞賜的女性，因其特異行為而經常成為藝術作品之題材。聖經中僅記述為「希羅底的女兒」，莎樂美之名多出現於後世的藝術作品中。

註二　《蜘蛛男》中亦有相同容貌的女性不斷地受到襲擊。這或許是亂步認定的美人標準之一吧。

過妳啊！」

「哎呀，我是怎麼了，想起來了！記得、記得，您沒什麼改變，仍保有小學時期的模樣呢。柾木先生，真是好久不見了。我變了很多吧？」

說此話的同時，木下芙蓉恭謹地行了一禮。那巧妙的嬌羞姿態，令柾木久久無法忘懷。

「我還記得當時學校裡有這麼一位秀才喔。至於池內先生，當時老是欺負我，把我弄哭，所以我也記得很清楚呢。」

當她訴說這些往事時，柾木早已拜倒在她的石榴裙下，就連池內似乎也招架不住。談論內容從小學時代的往事轉變為戲劇評論。池內喝了點酒，開始滔滔不絕地發表自己對戲劇的看法。他的論調十分有力，也很先進，但就跟他的哲學論一樣，難免有點牛頭不對馬嘴。而木下芙蓉在微醺中，不忘在重要時刻望向柾木，反駁池內的議論。對她來說，光論對戲劇的了解，柾木（雖稱不上精通）的認知較為正確，也較有深度。她不怕池內的揶揄口吻，以受教的態度請教柾木。這個好好先生對於她意外地釋出善意感到欣喜，不知不覺也滔滔不絕了起來。他的說明方式對芙蓉而言雖然過於艱澀，但當評論到正高潮時，芙蓉凝視著他的眼，露出讚歎的神情，專心聆聽他的話。

「今日能相會真是有緣。希望以後還能憑著這緣分受您多多關照，尚且有請您不吝指導呢！」

離別時，芙蓉很認真地說道。從她的神情看來，似乎也不全然是客套話。

這場被池內強制參加的聚會，柾木原以為自己會成為礙事的第三者，竟意外地以池內不得不嫉妒的結局收場。芙蓉不似一般觀念老舊的女演員，對柾木而言，這毋寧是讓他更喜愛她的優點。在回程的電車上，柾木像個孩子般在心中不斷地反芻她的那句話——「我還記得當時學校裡有這麼一位秀才喔」。

三

此後，在世人所知的範圍內，直到柾木愛造殺害木下芙蓉為止的半年間，兩人僅見了三次面（而且還是最初的一個月內）。也就是說，在他們最後一次見面之後又過了五個月，世人以為他們早已忘記彼此時，芙蓉突然遇害了。這實在令人難以置信。在這漫長的五個月內，其犯罪動機與犯罪事實可說是完全沒有關聯。正因為如此，柾木愛造才能在犯行之後，在這麼長的時間內躲避警方的耳目。

但是，這只是外顯的事實。實際上他在這五個月內，以一種極其詭異的方式，幾乎每隔五天與芙蓉相會。同時，他的殺意也理所當然地逐漸滋長。

木下芙蓉是他小時候初戀的女性，是足以引發他的戀物情結，並將之視為女神膜拜的人物。而且，相隔十幾年的重逢，又受到她那妖豔舞台表演的衝擊。不只於此，過去愛慕的對象，當時連話都沒說過的對象，如今卻以溫柔的眼神望著他，向他微笑，甚至對他的思想表現出敬畏與崇拜的態度。就算柾木愛造是個膽小的厭人症患者，還是敵不過這股魅力。他無法像逃離其他女性般逃出木下芙蓉的魔掌。他對她愛的告白，僅需三次會面便已足夠，這說明了一切。

三次見面的場所都不同，但形式與第一次相同，由池內發起，柾木陪同。只不過從芙蓉爽快赴約的情形來看，柾木以為這是她對自己感興趣之故，甚至覺得池內很可憐。芙蓉對池內的態度就像一般知名女演員那樣，不懷好意且態度傲慢，經常出言不遜，耍弄對方。光看她的言行，正是柾木最難應付、最害怕的女性類型。然而，當她面對柾木時，態度有了一百八十度的轉變，變得像是藝術使徒般，認真地傾聽他的意見。同時，隨著見面次數的增加，總覺得她這股靜靜的愛意逐漸濃烈了起來。

可惜，柾木才是可憐人，其實他有嚴重的誤解，他忘了如芙蓉這類型的女性就像雙面仁和賀（註）般隱藏著兩、三個以上截然不同的性格，並且依其對象做出完美的應對。她的善意等同於男友池田光太郎對柾木釋出的好意，她覺得柾木就像老派小說裡的陰鬱角色，覺得柾木喜歡思考的性格很有趣，也很欣賞柾木對藝術優秀的批判力。然而，這只是她對於輕鬆談笑的對象所表現的親切感，柾木卻一點也不了解。柾木過於自戀，甚而憐憫起池內的立場；反之，池內卻在背地裡嘲笑他。

池內一開始的想法是向這個木頭好友炫耀新女友，享受一絲絲罪惡的樂趣罷了。只要目的已達，身為第三者的柾木只不過是電燈泡。雖然池內不知柾木小學時代的可恥行為，但看到他最近似乎開始熱中起來，也覺得有些擔憂，池內認為已經到了結束的時候。

第三次見面時，由於下個星期天恰好是月底，芙蓉稍有空閒，因此三人在告別時約好要去鎌倉遊玩。柾木日復一日地苦等通知，不知為何池內連一封明信片也沒寄來。再也等不下去的

註　仁和賀為始於十八世紀京阪一帶以搞笑為主體的即興劇，使用面具演出的只有博多仁和賀。演員在演出過程中不斷地更換面具，分別演出各種角色。

柾木發了一封信詢問，卻連個回音也沒有。不知不覺間，原本約好的星期天就這樣過去了。由於柾木早已推知池內與芙蓉的交情絕非只是相識，因此很自戀地猜想，說不定池內在嫉妒他。能受到才色兼具的池內嫉妒，一思及此，他反倒得意了起來。

然而，若缺了池內這個轉介者，他也束手無策。於是，隨著見不到芙蓉的日子漸增，他也開始焦躁難耐。雖然每隔三天偷偷跑去看芙蓉的表演，但這種行為只會讓他更焦躁，一點也慰藉不了那激烈的愛意。大部分的時間，他都窩在倉庫二樓，腦海中描繪著木下芙蓉的幻影。只要閉上眼睛，芙蓉的種種媚態在他眼皮裡形成了特寫，惱人地蠢動著。與小學時代宛如天女般清純的微笑重疊，半裸的莎樂美嬌笑著跳起蛇舞，雄偉的胸部在金色胸衣下隨著呼吸如波浪般起伏，那有痣的強健雙臂擺動著。在充滿氣勢而狂亂的姿態中，芙蓉又以大花圖案和服的裝扮現身，覆著縐綢的雙膝湊近柾木，靜靜地抬頭凝望著他、聽他說話。嬌羞可愛的姿勢、身上的任何部位形成了特寫，擾亂著他的心靈。不管他思考、閱讀，還是書寫，都變得窒礙難行。就連靜靜佇立在房間角落的木雕菩薩也成了惱人聯想的來源。

某天晚上，柾木實在受不了了，他打算進行經常想做又不敢做的事。平時，柾木是隻陰獸，不過還算滿重視外表的，外出時總會打扮一下。當天晚上，他也請煮飯婆燒熱水，仔細沐浴淨身一番，穿上西裝後，來到吾妻橋叫了一輛計程車，前往芙蓉演出的S劇場。

由於他事先計算過，車子抵達後台休息室時，恰好是散場時間。他要司機停車等候，自己先下車，站在門口等待演員卸完妝離開。過去，他曾以相同方式約芙蓉出來，因此大致了解狀況。

這附近，除了爭看演員卸妝後模樣的追星族少女，還有一些穿西裝的街頭混混，其中一些人看起來像紳士，比柾木年長，同樣叫了計程車在一旁等候，似乎也在窺視休息室門口。

柾木忍辱等了三十分鐘，總算見到穿洋裝的芙蓉下樓。他踉踉蹌蹌地跑到她身邊，正考慮要不要喊「木下小姐」時，不巧地，一位紳士從另一個方向走近，以十分熟稔的態度向芙蓉攀談。柾木則像個遲鈍的小孩般漲紅了臉，連掉頭的勇氣都沒有，只能呆呆地望著那兩人。紳士不斷地指著身後的計程車，頻頻示意要她上車。芙蓉似乎熟識對方，便爽快地答應邀約，正準備走向車子時，她那雙充滿特色的大眼睛發現了柾木。

「哎呀，這不是柾木先生嗎？」

由於是她先開口的，柾木感覺好像得救了一般。

「嗯，剛好經過這附近，想說順道送妳一程……」

「唉，是這樣啊？那就麻煩您了。最近我也一直想再見您一面呢！」

她無視於先來的那位紳士，以多年老友般的語氣說道。接著，她向紳士簡潔地道歉，再搭上柾木的車。面對芙蓉如此明顯而積極的好意，柾木與其說是高興，不如說是不知所措，連向司機交代芙蓉家住址時，也講得不清不楚。

「池內哥也真是的，上個星期天明明就約好了卻爽約，真是太過分了。啊，還是說其實是因為您有事不能來？」

車子一行駛，芙蓉隨著車身晃動順勢依偎在柾木身上，找話題聊了起來。她說在那之後，她連續三天都和池內在一起，這當然只是隨口說說的客套話。柾木感受到她的體溫，戰戰兢兢地回答有事的是池內而不是自己。芙蓉聽聞此言，便說那麼就改約月底一起去遊玩。

接下來，他們已無話可聊，僅靠著觸感確認彼此。此時突然一陣明亮，車子正好行經一條大馬路，兩旁的街燈及櫥窗燈光炫目耀眼。芙蓉小聲地說「唉，好亮」，大膽地將車窗的簾子拉下，並拜託柾木拉下另一側的簾子。此一舉動別無深意，僅是具有演員身分的她不喜歡將隱私暴露在眾人面前。平時，就算車上只有她自己，她也會把簾子拉下，更何況與男人共乘，這只是平時的防範而已，這也意味著她沒把柾木這男人當作一回事。

然而，柾木卻把這個舉動曲解成完全相反的意思。他愚蠢地將此舉動視為是芙蓉故意製造的機會。他顫抖地將所有簾子拉下，動也不動地面向正前方，彷彿有一個小時之久。

「好了，打開吧。」

車子駛進暗巷，芙蓉顧慮到柾木，如此說道。這句話卻給了柾木勇氣，他抖動了一下，默默地將手疊在她放於膝蓋上的手，並逐漸握緊。

芙蓉領悟了他的意圖，什麼也不說，巧妙地把手抽開，躲進座墊角落，並睜大眼盯著有如木雕般表情僵硬的柾木。隨即，意外地笑了，噗哧一聲大笑了出來。

柾木這一生中從未經歷過如此漫長的大笑。芙蓉不斷地笑，彷彿沒遇過比這更可笑的事。但如果只有她笑，或許還能忍受。最難堪的是，受到芙蓉大笑的影響，連柾木自己也笑了。唉，這是多令人唾棄的自嘲啊！就算他想以笑話來掩飾這難堪的行為，也只會令人覺得更可恥罷了。他不得不為自己的濫好人性格氣得發抖，這股衝擊他的強烈情緒，正是驅使他犯下殺人罪的最初動機，這麼說一點也不過分。

四

在那之後的幾天，柾木沒有力氣思考任何事，只能茫然地坐在倉庫二樓。經歷過這件事之後，他更痛切地感受到，自己與其他人之間隔了一層難以打破的厚牆。憎惡人類的情感，有如反胃般不斷地湧上來。

他對於代表一切女性的木下芙蓉有著無以復加的憎恨。但人心是多麼奇妙啊，他一方面痛恨木下芙蓉，另一方面又忘不了少年時代那段稚嫩的單戀。同時，他也發現自己忘不了芙蓉成熟的眼睛、嘴唇乃至全身所散發的魅力。很明顯地，他依舊愛戀著木下芙蓉。這份愛意，在破滅之日以來，其熱度不減反增。如今，激烈的愛戀與深刻的憎恨已合而為一。話又說回來，若今後與芙蓉有四目相交的機會，他恐怕會感受到痛苦難耐的恥辱與憎恨吧。他不想再見到她。就算如此，他依舊熱烈地愛戀著她，想要完全擁有她。

縱使抱持著如此激烈的憎惡，他依舊偷偷躲在三等席欣賞芙蓉的演出。這種行為乍看之下很矛盾，但這是厭人症患者常見的行為。他們在極度畏懼他人注視著自己、聽聞自己說話的同時，若處於他人看不到的地方或容易被忽略的地方（例如公園裡的群眾中），他們的言行舉止會比一般人還要大膽放肆。柾木躲在倉庫，不願讓任何人靠近，其實也是想自由自在地表現出在眾人面前不得不壓抑的行為。而厭人症患者這種喜歡祕密行事的特質，多少也與部分凶惡罪犯具有相通之處。姑且不論這個，柾木憎恨芙蓉，卻又去觀賞她表演的心情其實就是如此，他的恨意包含了與對方四目相接時，自己因羞愧而痛苦得想吐的心情；若在觀眾滿座的劇場內，他不必擔心被對方發現，又能盡情窺視對方，這種情況並不會與他的恨意互相矛盾。

但是，他熱烈的愛慕之情僅憑著窺視舞台上的芙蓉絕對平復不了，反而越是凝望對方，越挑起了他無法滿足的慾望，這只會讓慾望變得更卑劣、更強烈罷了。

在這種情況下，某日發生了一件事，促使柾木愛造決定犯下那可怕的罪行。那件事發生在他去劇場看完芙蓉的表演，正打算回家的時候。閉幕後，觀眾陸續離席，走出木門的柾木或許受到那天晚上的刺激，突然又想看看卸妝後的芙蓉，趁著黑暗與散場人潮，偷偷繞到休息室的出口附近。

正當他繞過建築物角落，看到休息室門口的樓梯時，卻發現一名意外的訪客，讓他不得不躲回牆後的陰影中。混雜在門外人群中的那個熟悉身影，不就是池田光太郎嗎？

柾木學起偵探，小心翼翼地看著對方，避免被他發現。不久，芙蓉下樓，果不其然，池內上前迎接，並與之聊天。不用說，他讓她坐上停在後面的車子，打算帶她到某處。

柾木愛造看到芙蓉當天晚上的態度，猜想池內與她的關係應該進展到相當深入的程度。但親眼見到他們親密的模樣，雖說有點遲了，仍不由得感到一股強烈的妒意。望著他們的時候，或許是他喜好祕密行事的怪癖使然吧，那一瞬間，他決定要跟蹤池內他們，於是緊急招了一輛計程車，命令司機尾隨池內的座車。

從後面看來，池內他們還不知道自己被跟蹤，車燈彷彿在指引似地搖搖晃晃。行駛了一段路，後座的簾子被拉了下來，就跟那晚的情況一樣。只不過一想到裡面乘客的心情與他完全不一樣，他就覺得煩躁難耐。

池內的車子在築地河岸某旅館的門口停了下來，旅館的庭院內種植了大片花草，格局高雅、閑靜，充當他們幽會的場所的確是恰到好處。他們選擇這種幽靜之處，刻意避開世人耳目的心態，更教人不愉快。

他看著他們倆走進旅館，自己下了車，在門前漫無目的地來回踱步。愛戀、嫉妒、憤怒，在種種狂亂情感的驅使下，柾木極度亢奮，一點也不想放他們走。

在門前晃了一個多小時，他彷彿想到了什麼，突然走進旅館，也不管業者的規定，死皮賴臉地在這間須透過熟人介紹的旅館住下。

這間旅館十分寬敞，當時夜已深，房客似乎不多，顯得十分寂靜。他一走進二樓的客房，便立刻請服務生鋪床，然後躺下，等候更深沉的夜晚來臨。

當樓下的大鐘報時兩點時，他猛然起身，穿著睡衣偷偷離開房間，如暗影般沿著牆壁徘徊，試圖尋找池內與芙蓉的房間。這是一項非常辛苦的任務，他必須逐一檢查門口放置拖鞋的房間，比膽小的小偷更謹慎地將紙門輕輕打開一條細縫查看，最後終於找到了。雖然電燈關著，不過靠著兩人的交談聲還是讓他找到了。既然兩人還醒著，就必須更小心。他壓抑著激動的心情，不動聲色地將身體貼在紙門上，仔細聆聽。

房裡的兩人做夢也沒想到柾木愛造就在門外偷聽，除了壓低音量，想說什麼就肆無忌憚地說。談話內容其實並沒有什麼重點，但對柾木而言，一直聽著木下芙蓉以那種毫無顧忌、甚至有點粗魯的語氣說話，還有那懷念的鼻音，讓他實在快受不了了。

就這樣，他不肯放過任何聲響，扭動脖子、屏氣凝神，全身肌肉有如木雕般僵直，以充血的雙眼凝視著半空中，一直站在那裡。

五

在那之後，一直到他犯下殺人罪的這五個月內，柾木愛造的生活可說是充滿了跟蹤、偷聽與偷窺。這段期間，他好像是糾纏著池內與芙蓉的恐怖陰影。

就算大體上可以想像，但親眼看到兩人交往的情況，他才嘗到不知該置身何處的羞恥感，彷彿胸口破了一個大洞般空虛。這種痛苦，甚至變成了肉體的折磨。池內那充滿壓迫感、宛如野獸般的低沉嗓音，讓他在四下無人的紙門外面紅耳赤，感到強烈的恥辱；白天的芙蓉，難以想像會用那種粗魯而赤裸裸的說話方式，可是她那甜美的嗓音又讓柾木眼泛淚水，久久不止。當他聽到衣裳摩擦聲及某種嘆息聲時，嚇得雙膝無力，甚至顫抖了起來。

他孤單地站在昏暗的紙門外，體會到無比的羞恥與憤怒。這樣就夠了。如果他是普通人，恐怕再也不願經歷相同的體驗吧。不，說不定一開始就不會進行犯罪般的竊聽行為了。但是，柾木不只是因為個性內向、討厭人群，對他來說，祕密或罪惡具有一種不可思議的魅力，而這可怕的病癖恐怕早已潛藏在他的內心深處。只不過，這個潛在的邪惡病癖透過這次異常的經驗，突然覺醒了。

在進行為世人所詬病的竊聽與偷窺行為時，他感受到一種刺癢難耐的羞恥、含淚的憤怒，那種恐怖令他牙齒發顫。很不可思議地，同時也賦予了他一種無限歡愉、無與倫比的陶醉。出乎意料之外，他永遠也忘不了偷窺時所感受到的那股狂暴魅力。

於是，這種奇妙的生活就這樣展開了。柾木愛造的所有時間都用來偵查這對戀人的幽會場所與行蹤，不放過任何機會跟蹤他們，在不被察覺的情況下竊聽他們的對話、偷窺他們的行為。偶然地，池內與芙蓉的感情在這段時間也開始增溫、認真了起來，兩人相會的次數也隨之頻繁，他們陶醉在夢幻與現實之間的激情中，柾木則徘徊在咬牙切齒的苦痛與快樂的交境，而且與日俱增。

大部分的情況，兩人道別時所做的約定將成為他跟蹤的線索。兩人幽會的場所並不局限於築地河岸的那間旅館，見面的場所也不限於後台門口。柾木不放過任何機會，每五天一次、七天一次，當他們幽會時，他就變成邪惡的暗影糾纏著他們，住進同一家旅店，從紙門外，或由一牆之隔的鄰室，有時甚至在牆上挖出窺視用的小洞，監視他們的一舉一動（為了避免被對方發現，他不知嘗過了多少苦頭啊）。接著，他見到戀人間時而露骨、時而溫馨的言語與動作。

「我可不是柾木愛造，妳跟我聊這種話題可是找錯人哪！」

在某夜的私語中，柾木聽見池內突然說出這句話。

「哈哈哈哈哈，一點也沒錯。你雖然完全不懂卻是個好可愛好可愛的人兒呀；柾木先生雖然能言善道，卻是個讓人作嘔的傢伙。這樣總行了吧？他還以為有人會喜歡上他這種濫好人、木頭人咧。哈哈哈哈哈——」

芙蓉雖然壓低聲音，但那旁若無人的笑聲卻像尖錐般，穿透了柾木的胸口。那笑聲，與那晚在計程車上發出的笑聲一模一樣。對柾木來說，那只是殘忍的壞心眼構築的厚牆。

兩人恣意地談論柾木，絲毫不知他正在竊聽。從他們的言談中，柾木再度痛切地感受到自己在這世間只是個多餘者，是個完全孤獨的異類。我是不同人種。所以，一如現在這般卑劣且令人唾棄的行為，反而適合我。這世間的罪惡對我而言並不算罪惡，像我這種生物除此之外別無其他存活方式了。他的思想逐漸朝這個方向前進。

另一方面，隨著竊聽與偷窺的次數增加，柾木對芙蓉的愛戀也熱烈燃燒得令他無法喘息。在每一次的窺視中，他都會發現芙蓉肉體的新魅力。從紙門的縫隙間、昏暗室內的蚊帳中（當時夏日已來臨），他不止一次偷看芙蓉那宛如美人魚，穿著和式長襯衣蠕動的灰白色肉體。

每當這個時刻，她的模樣就像個母親般令人懷念，既柔軟又夢幻，甚至有一種玄妙。

但，也有完全相反的情形。這種時候，她變成了瘋狂的妖女。甩動的長髮有如無數條糾纏的蛇、被〇〇〇毆打過的全身閃耀著桃紅色的光澤，在上方搖晃顫動。柾木無法忍受這狂亂的光景，甚至渾身不停地發抖。

某夜，他偷偷住進兩人隔壁的客房，趁他們去洗澡時，在隔間土牆的下半部貼和紙的角落，以火鉗燒開一個小洞。這種快感令他上癮，之後他想盡辦法住進他們隔壁的客房。在任何一家旅館的客房牆面都挖了小洞。他持續進行這種如狐狸般卑劣的行為，偶爾驚覺「我已經墮落到這步田地了嗎」。但，就算猛然驚覺也不後悔。超越世間倫常的慾鬼，把他變成了有如清玄（註）般頑強的無恥之徒。

他以醜陋的姿勢趴在地上，鼻頭貼在牆上，極力憋氣從小洞中窺視。宛如地獄繪景般怪奇絢爛的光景在他眼前展開，惡毒的五色彩霧炫目地交錯。有時候是芙蓉的後頸占據了他的視野，宛如光滑潔白的牆壁般擴展，令他血脈賁張；有時候則是芙蓉柔軟的腳底遮住了洞口，彷

註　歌舞伎《櫻姬東文張》中登場的僧侶。他瘋狂愛上櫻姬，在流浪之後於岩淵的庵室與櫻姬再會，強迫她與自己殉情，最後不慎反遭殺害。

佛滿臉皺紋的老人般露出異樣的笑容。然而，在這一切幻惑中，最吸引柾木愛造的，竟是芙蓉小腿上的一塊覆有凝固黑血的抓痕，或許是被池內抓傷的。那抓痕在柾木面前不斷地擴大、蠢動著，就在光澤的桃紅色小腿肚上。殘酷的抓傷、血淋淋的醜陋傷痕，奇妙地產生了美麗的對比，清楚地烙印在他眼底。

縱使這種異常行為在恥辱與痛苦之外還伴隨著奇妙的快感，卻一天比一天瘋狂，讓他煩躁不已，也愈來愈滿足不了他。隔著一扇紙門傳來的聲響、近在一尺前的姿影，他與芙蓉之間卻存在著無限的隔閡。就算芙蓉的身體在他眼前，無論抓握還是摟抱，甚至連碰觸都不可能。而且，對他來說這是永遠不可能實現的行為，池內光太郎就在他眼前毫不在乎地進行著。柾木愛造受不了這種異常殘酷的折磨，後來會衍生出那種恐怖的想法也無可厚非。雖然無可救藥、近乎瘋狂，但那是他唯一的手段。除此之外，他也沒有別的方法可以成就自己的戀情了。

六

他進行跟蹤與竊聽之後過了一個月，惡魔在他耳畔開始低訴某種極可怕的想法。而他，不知不覺聽從了那甜美的誘惑，不到半個月，決定付諸實行。

某夜，他造訪久違的池內光太郎宅邸。他經常透過某種隱密方式與池內見面，但對池內來說，卻是久違一個半月、略微難堪的會面。因此，池內特別細心應對，運用巧妙的辯才，試圖營造出自從三人會面之後就再也沒與芙蓉見面的印象。但柾木一聽到對方說出芙蓉之事，不待對方說完便故作輕鬆狀說：「唉，說起木下芙蓉，不久前我才做了件對不起你的事啊。沒什麼啦，只是一時興起。其實啊，大概在一個多月前吧，我在戲院後台等芙蓉，特地包車送她回家。在車上，我向她示好，真的只是一時興起，你可別生氣啊！因為她立刻拒絕了我。像我這種人實在不擅長處理這種情況。如果不跟你說，就好像到現在我還在嫉妒你和她的關係，覺得很不好意思。雖然有點難以啟齒，也算是向你交代我那可恥的失敗經驗。這真的只是一時興起，我再也不想見她了。你也知道，我是個沒辦法認真談戀愛的男人啊！」

柾木說了上述的話。為什麼必須說這些，他自己也搞不清楚，只是覺得如果隱瞞那件事似乎不妥，不如將它說出來比較安心。

所謂的狂人，總認為一般人統統都是瘋子。而柾木愛造如此討厭人，與其他人格格不入，恐怕也證明了這一切都源自於他性格中的些許瘋狂因子吧。

事實上，他除了瘋子以外什麼都不是。如此執拗、不知羞恥的跟蹤、竊聽及偷窺，不消說，若非狂人絕對做不出來。現在，他又開始進行比這更可怕、更無可救藥的事。這個陰沉孤癖的柾木愛造，竟然像個新青年般前往隅田川上游的某間駕訓學校，每天準時上課，學習開車。而且，他確信這是執行那恐怖計畫所不可欠缺的準備工作。

「最近，我開始做一件不可思議的事。像我這麼老派又陰沉的傢伙，如果說開始學開車，你一定很驚訝吧。連我家的煮飯婆看到我反常地每天早起，勤快地到駕訓學校上課，她都嚇了一大跳呢。我每天操控著練習用的福特破車，不可思議地，似乎掌握到訣竅了。照這種情況看來，要不了一個月，我應該就能拿到乙種駕照（註）了吧。如果順利，我打算買一輛車，然後到處去流浪。開車流浪的心情你懂嗎？對我而言，這實在是非常美妙的念頭。獨自坐在封閉的車內，一點也不會引人注目，而且具有速度感、自由自在，還能在東京市四處行動。你也知道我討厭外出，因爲在光天化日下，暴露在人群面前，讓我難以忍受。如果是坐在計程車上，還是需要指示司機，並與之交談，我想去哪裡，至少還有司機知道。但是，只要自己開車，想去哪就去哪，那種心情就像我躲在最愛的倉庫裡，自由自在。不管多熱鬧的大馬路、人群，全都可以漠不關心，就像穿著隱身斗篷的仙人般經過。對於我這樣的男人，這是多麼理想的散步方式啊。我啊，現在就像個小孩，迫不及待地等待乙種駕照的發照日來臨哪！」

柾木寫了一封上述的信給池內光太郎。如此大膽公開它是為了替接下來的犯罪做準備，讓對方鬆懈，避免對方起疑。他很清楚與其一味地隱蔽，不如公開行動反而安全。當然，就算是這種時刻，他依舊每隔七天進行一次跟蹤與竊聽，留意池內收到那封信以後有沒有什麼反應。不用說，池內除了嘲笑柾木的怪異行徑，並沒有起疑。

雖說花了不少錢，但經過兩個月的練習，他順利拿到乙種駕照。同時也透過駕訓學校買了一輛二手的福特廂型車。之所以買舊車一方面是省錢，主要原因還是當時東京市內的計程車大部分都是福特車種，混雜其中毫不顯眼。基於某個原因，柾木在買車時，也不忘記重新設置客座的遮簾。如同前述，他在K町的家中有個寬廣的廢棄庭院，想要搭建一座車庫一點也不困難。

車庫完成後，柾木把門關緊，避免被煮飯婆發現。他花了兩個晚上做木工，將車子後座改

註　根據大正八年的汽車取締令，汽車的駕駛執照分為甲乙兩種。甲種駕照能行駛任何車種，乙種僅能行駛單一車種。這個制度一直持續到昭和八年該令修訂為止。柾木取得的應該是福特限定的乙種駕駛執照吧。

造成僅能容納一人的箱子。也就是說，從外面完全看不見，但在座墊底下藏了一口宛如棺材般的長方形空箱。

在這個詭異的工作結束之後，接下來他到商店街的二手衣店購買計程車司機的黑色立領裝及舊的蘇格蘭外套（此時已近晚秋），還有能遮掩臉部的大型鴨舌帽（之所以選擇這款服裝，自然有其理由）。他穿上這套衣服，坐在駕駛座上，開始不拘時段在市內或市郊兜風。

這實在是很奇妙的光景。雜草叢生的荒廢庭院、牆壁斑駁的倉庫、近乎毀壞的廢棄房屋、崩落的土牆。在如此荒涼的鬼屋中，竟藏著一輛即使是二手貨對大部分的人而言卻是高不可攀的汽車。每天一到晚上，那輛車便閃著一對像怪獸眼珠的車頭燈，從鬼屋裡滑行而出。不只是煮飯婆，連附近鄰居都開始談論起這件怪事，對於這個奇人所進行的怪異舉動感到驚訝。

一個月內，他裝作剛學會開車而興奮不已，沒事就開著車到處跑，一古腦兒地實行所謂的汽車流浪。不止在市區內，只要道路狀況尚可，各處近郊他也跑。有時候，他還把車開到池內的公司附近停下，向吃驚的池內邀約，載著對方從宮城前廣場到上野公園繞一圈。

「這真不像你的作風，只不過福特二手車實在不怎麼稱頭。」池內故作輕鬆地說道，但仍難掩吃驚的表情。柾木一邊開車，一邊想像如果對方發現座墊底下有一個奇妙空間，而且在不遠的將來會擺進某具屍體，那麼會有多驚恐，甚至嚇得渾身發抖。他不由得駝著背、低著頭，以免被池內發現不斷湧現的笑意。

另一晚，僅有一次，他大膽地開車跟蹤正在散步的木下芙蓉。如果被對方發現的話，他的計畫將會毀於一旦，可見得這是多麼危險的遊戲。也正因為危險，柾木感受到一股戰慄般的愉悅。洋裝美人裝模作樣地在人行道上走著，一輛破車在她斜後方慢吞吞地跟著。美人每每繞過街角，破車也跟著轉彎，彷彿受牽繩控制的小狗，多麼滑稽又詭異的光景啊。「看哪，大小姐，您的棺材正在身後陪著您呢！」

柾木心中哼著這首歌，露出令人不悅的微笑，緩緩地開車。

就這樣，他買了車以後，整整忍耐了一個月的無聊生活。不消說，自然是不讓池內或煮飯婆發現他真正的意圖。他認為，要是在買車以後立刻殺了芙蓉或許會有風險。不過或許這只是杞人憂天。若問為什麼，表面上柾木與芙蓉頂多是小學同學，於十幾年後偶然重逢，見過三、四次面罷了，而且也隔了五個月，就算柾木買車的日期與芙蓉遇害的時間一致，又有誰想得到這兩起事件存在著可怕的因果關係？不管他多麼急切地想執行計畫，應該也沒有絲毫風險。

總之，就算是極為謹慎的柾木，經過一個月溫吞的汽車流浪後，也覺得夠了，總算要開始執行計畫了。但是，在此之前必須完成準備，還有兩、三件瑣事尚未完成：一個是拿到印有計程車號的紅標紙及假車牌，還有替芙蓉備妥的安全墳墓。前兩項輕鬆搞定，至於墳墓則是有一處無可挑剔的好地方。他知道荒廢的院子裡有一座乾涸的古井。某天，他在庭院裡散步，故意在井旁滑倒，小腿部位跌出一道傷口。接下來，他告訴煮飯婆那裡很危險，要將古井埋掉。恰巧那時候附近有工程正在進行，每天都有馬夫載著廢土經過他家，工程現場也有一塊立牌寫著「如需廢土請洽詢」。柾木向工頭索取，付了點錢，讓馬夫將兩車廢土載到他家。馬夫牽著馬車走進院子裡，在角落胡亂堆出一座小土山。只要他想動工，可隨時請工人過來把廢土填入井中。不消說，他打算在古井填滿之前先將芙蓉的屍體拋進去，上面再蓋點土，這樣就能神不知鬼不覺地埋葬芙蓉。

準備工作滴水不漏地完成了，只剩下執行日期。關於這一點，他已有明確的打算。一如前文不厭其煩地強調，到了那時候他還是繼續跟蹤與竊聽，因此他早就知道他們（池內與芙蓉）下次相會的地點與時間。那時，正好是表演告一段落的時候，他很清楚每當此時，芙蓉必定會避開招呼站的車子，固定走向附近某條馬路的轉角，在那裡攔計程車。也因此，他才會設計出這樣古怪的計程車策略。

七

十一月的某天，早上晴空萬里，從高台的窗戶望出去，富士山的頂峰清晰可辨。入夜後，微寒的風徐徐吹拂，天上的繁星有如梨皮花紋（註）般異常明亮。

當晚七點左右，柾木愛造的車閃耀著歡喜的燈光，發出豪邁的轟隆聲響，從那個鬼屋大門滑出，沿著無人的隅田堤，朝吾妻橋方向奔馳而去。駕駛座上的柾木愛造靈巧地握著方向盤，一反常態地吹起口哨，看起來多麼喜孜孜啊！

今晚的夜色多麼清朗，而他看起來又是多麼得意！作為那駭人犯罪的啟程，這般開朗的氣氛也未免太不相稱了點。然而，柾木的心情並非去執行陰慘的謀殺，現在的他是打算去迎接苦等了十幾年的新娘。就在今晚，過去宛如女神般的木下文子，如今成為讓他痛苦至極、在無數夜晚的惡夢中反覆出現的木下芙蓉的肉體，即將完全歸他所有了。不管是誰，就算是那個池內

註　泥金畫的技法之一，漆上攙有金銀混合的粉末（梨子地粉），再塗上一層透明漆並加以研磨，使底層梨子地粉的色彩顯露。這種花樣看起來類似梨皮，故名。

光太郎也沒有能力阻止。啊，這般喜悅該如何形容呢？通透的闇夜、耀眼的星空、從擋風玻璃縫隙間灌入的微風搔弄著臉頰，若說這不是在慶祝這場非比尋常婚禮的啟程，那麼又是什麼？

當晚，木下芙蓉約好的幽會時間是八點，柾木七點半就把車子停在芙蓉平時搭車的那條馬路上，等候她的光臨。他坐在駕駛座上，駝著背，將鴨舌帽壓低遮住雙眼，喬裝成候客上門的落魄司機。前面的擋風玻璃貼著醒目的計程車紅標，車尾的車牌也換上一組營業用的假車號。任何人都會以為這是一輛很普遍的福特車，等待客人的計程車。

（難不成今晚有事不能赴約，所以改時間了？）

柾木等了又等，正在胡思亂想時，彷彿打信號般，穿和服的芙蓉從對面街角翩然出現。她故意穿得比較低調，褐色袷衣配上黑色短外褂與披肩，遮著下巴，小跑步朝他走近。或許是街燈的陰影所致，她的臉色及表情看起來比平常還要消沉。

恰巧這時候路上沒有其他空車，芙蓉理所當然走向柾木的車子。不消說，柾木的偽裝奏效，她果然把這輛車當作等候客人上門的計程車。

「到築地，築地三丁目的公車站（註一）。」

柾木沒下車替她開門，而是背對著她。芙蓉連忙從後車門上車，告知目的地。

柾木在心中奏起凱歌，駝著背朝指示方向驅車前行。在寂寥的街道上繞過幾次轉角，順路來到攤販聚集的某熱鬧大街。這條路正是柾木計畫中最重要的地段，他一邊開車，一邊從帽簷底下向上瞄著倒映在擋風玻璃上的後座車窗，迫不及待地等候某件事發生。

果不其然，為了遮擋刺眼的燈光，芙蓉的反應與半年前和柾木同車時一樣，她把後座車窗的遮簾一一拉下（註二）。他買車時，重新裝上遮簾的理由就是為了此刻。柾木感覺胸口有隻小動物狂亂地四處奔跑，喉嚨異常乾渴，舌頭如柴木般僵硬，好像連續跑了將近四公里。他忍受著瀕死的痛苦，專心開車。

當車子開到熱鬧大街的中段時，前方傳來近乎瘋狂的音樂。原來，空地上有娘曲馬團（註三）搭起了大型帳篷招攬生意，樂隊正在演奏老派的鄉村音樂，樂師使盡吃奶力氣，瘋狂地吹奏活惚曲（註四）。黑壓壓的圍觀群眾占據了人行道，車道上還有往來交錯的電車、汽車、腳踏

註一　當時市營電車的車站僅有「築地二丁目」，「築地三丁目」並不存在。

註二　當時的福特車在客席與駕駛座之間有一片分隔玻璃。

註三　在馬匹上表演戲劇或特技的日本傳統馬戲團，從享保發展至化政年間邁向全盛期。到了明治年間，西洋的馬戲團（circus）傳入日本後，傳統的表演內容逐漸染上西風。大正末期至昭和年間，除了正統馬戲團以外，表演馬戲項目以外的團體、只表演特技（沒有馬戲）的團體等林林總總加起來，總共有三十幾團。昭和八年，德國哈根貝克馬戲團至日本演出，大獲好評。傳統的娘曲馬團之名也隨之改名為馬戲團（circus），娘曲馬團之名正式邁入歷史。

註四　流行於江戶至明治時期的俗謠，演奏時常伴隨著滑稽的舞蹈。

車匯成車流。震耳欲聾的音樂、擁擠的人潮引起過往行人的注意。一切正如柾木預期，這裡是絕佳的犯罪舞台。

他把車子駛向路邊，突然停車，以迅雷不及掩耳的速度下車，衝進車後座，旋即關門從裡面上鎖。此處恰好位於烤肉攤的後面，就算被看到，車上的遮簾也完全拉下了，從外面應該看不到車內後座的情況。

他衝進後座的同時，立刻伸手勒住芙蓉的脖頸，那白色柔軟的部位在他的雙手間抖動著。

「請原諒我！請原諒我！妳實在太可愛了，可愛到我捨不得讓妳活著！」

他叫喊著莫名其妙的狂語，彷彿要將那柔軟的白色部位掐斷似地，愈來愈用力。

當芙蓉見到原以為是司機的男子彷彿瘋子般衝進後座時，在遇害前認出對方是柾木。但她彷彿陷入惡夢般，渾身僵硬、舌頭打結發不出聲音，就連想逃離或呼叫的力氣也沒有。奇妙的是，她睜大了眼，定定地望著柾木，臉上的表情又哭又笑，彷彿自願被勒死般還把脖頸往柾木湊了過去。

柾木花了超出必要的時間勒住對方。即使想鬆手，也因手指僵硬無法放鬆。就算不是這個原因，他也害怕一放手，芙蓉就會活蹦亂跳。但也不可能一直勒著，他膽戰心驚地緩緩鬆手，被害者像水母般軟趴趴地從座位上滑落至車底。

他取下座墊，費了不少力氣，將芙蓉的屍體塞入底下的空箱，再將原本的座墊放回原位，整個人坐在上面累癱了。為了平復激動的情緒，他靜靜地坐著，外面依然熱鬧地演奏活惚曲，他開始擔心那些曲子該不會只是為了欺騙他才演奏，當他一拉開遮簾，車窗外會有無數張臉孔湊過來，一雙雙眼睛正盯著他，一想到這裡，他就嚇得不敢拉起遮簾。

他先拉開一條縫隙，戰戰兢兢地向外窺探。幸好外面沒有人發現，不管是行經的電車還是腳踏車或行人，大家都對這輛車漠不關心，匆匆經過。

柾木放了心，稍微恢復理智，整理凌亂的衣服，重新檢視車內是否有什麼東西遺落了。接著，他在車底的橡膠墊角落發現一只小手提包，那當然是芙蓉的隨身物。打開來一看，裡面並沒有什麼特別的東西，有一把銀質化妝鏡，柾木還順便取出來照一照。在那只圓鏡中，他的臉色除了略微慘白，表情並沒有特別凶惡。他照鏡子照了好久，努力調整呼吸，等待氣色恢復。不久，他立刻奔回駕駛座啟動車子，以最快車速穿越電車道，朝反方向行駛，穿越一個又一個寂寥的市鎮，來到某神社前，把車停妥，在確認四下無人之後，他關掉車頭燈，拉起遮簾，取下計程車標誌，換回車牌。接著，他再度打開車頭燈，這時候已經完全冷靜下來，準備踏上歸途。每每行經派出所，柾木都故意放慢車速，得意地在心裡嘟囔著，「警察先生，我是個殺人魔喔。在我的後座座墊底下，藏了一具美麗的女屍喔。」

八

回到家，他把車子停進車庫，再次檢查周邊有無遺漏物品，隨後振作精神，從玄關進屋，大聲呼叫廚房裡的煮飯婆。

「不好意思，請妳跑一趟。妳知道淺草雷門附近，有家○○洋酒鋪吧？妳去那裡買瓶紅酒，什麼牌子都行，用這筆錢去買瓶最貴的紅酒。來，拿去！」

柾木說完後，拿出兩張十圓鈔票。煮飯婆知道柾木的酒量很差，一臉不可思議地說：「咦？您要喝酒啊？」柾木心情很好地笑著辯解：「沒什麼，只是想喝一點。今晚發生了一件很愉快的事。」其實，他打算趁煮飯婆往返雷門之際，將芙蓉的屍體運往二樓，同時，也想慶祝這場不可思議的婚禮，所以需要一點酒。

在煮飯婆離家的三十分鐘內，他不僅把失魂的新娘搬到倉庫二樓，還有時間把車子座墊底下的機關全部拆除並復原。這麼一來，連最後的證據也消滅了。

只要沒有人闖入他的倉庫，親眼目擊屍體，應該不會有人懷疑他。

不久，半瘋狂的柾木與木下芙蓉的屍體就在倉庫二樓面對面。燭台上僅有的一根蠟燭，搖曳著茶褐色光芒，映照著新娘那不知羞恥的冰冷裸體。與房間另一側的等身木雕菩薩及蒼白能面形成一種異樣陰慘、酸酸甜甜的對照。

短短一個小時以前，木下芙蓉還是個遙不可及、令人畏懼、壞心眼又聰明的人氣女星，如今一點抵抗力也沒有，以一具裸屍的姿態展現在他眼前半公尺處。一思及此，柾木覺得很不可思議，原本不可能實現的夢想，突然美夢成真了。此刻，充滿輕蔑憐憫的人是柾木。別說是握芙蓉的手，就算是戳弄她的臉頰、擁抱她、拋甩她，她再也無法像那天晚上一樣取笑他、嘲弄他了。這是多麼驚奇的事啊！他小時候崇拜的女神、這半年來瘋狂渴慕的對象——木下芙蓉，如今已完全屬於他了。

屍體除了脖子上留有烏青色勒痕及膚色略顯蒼白，與生前別無二致。有如瀨戶燒（註）的

註　愛知縣瀨戶市及其周邊生產的陶、瓷器之總稱。

雙眼，凝望著虛空；從張開的淫亂嘴唇之間可見美麗的貝齒與舌尖，那嘴唇失去了血色，好像花屋敷（註一）的生人偶（註二）般，皮膚反倒更顯蒼白細嫩。仔細一看，上臂與大腿長著汗毛，毛細孔清晰可見，縱使如此，她的皮膚整體看起來仍是光滑通透。

非現實的燭光在她全身製造出無數柔和的陰影。從胸部到腹部表面，有如沙丘的照片般，光與影構成了雄偉的曲線，使得整體看起來，好像夕陽下的白色山脈。高聳入雲的山嶺構成不可思議的曲線、光滑的深谷構成神祕的陰影，柾木愛造在這裡發現了芙蓉肉體的所有細節，看到了意料之外的微妙美感與祕密。

人還活著的時候，再怎麼安靜依舊有動感，然而死者完全沒有。僅因這麼一點點差異，生者與死者就有截然不同的感覺，想來真是可怕。芙蓉徹底地沉默、靜止，就像一邊擺出不檢點的姿勢，一邊被斥責的小姑娘，安靜得惹人憐愛。

柾木握著她的手在膝上撫弄，望著她的臉龐。由於屍體尚未僵硬，那手還像是水母般軟呼呼又十分沉重，皮膚仍保有溫水般的溫度。

「文子小姐，妳終於屬於我了。不管妳的靈魂在另一個世界說了我什麼壞話，如何嘲笑我，都無法對我造成任何影響了。因為啊，現在的我已經能自由自在地玩弄妳的身體呀。同時，我看不見也聽不到妳靈魂的表情和聲音啊！」

柾木對她說話，她依舊像個生人偶般保持緘默。那雙空洞的眼睛，像是染上雲霞般，在白眼球的角落開始出現不太明顯的灰斑（柾木尚未察覺這個現象所帶來的恐怖意義）。她的下巴嚴重脫落，彷彿正在打呵欠，由於模樣有點可憐，於是柾木使勁用手闔上。可是，不管怎麼闔，總會恢復原狀，光是為了替她闔上嘴巴，就花了很長的時間。但最後還是闔上了，看起來更接近生前的模樣，那嘴唇好像肥厚的花瓣相疊，楚楚可憐又討喜。嬌小的鼻子彷彿正在呼吸般地張開，鼻翼附近看起來如此通透美麗，充滿了難以言喻的魅力。

「我們成了這廣大世間唯一孤獨的伴侶。沒有人搭理，我們的存在被這個社會排除。我是個害怕曝光、犯下殺人罪的罪犯；妳則是……對了，妳已經成了往生者。今後，我們可以躲在倉庫裡，避開世俗眼光，悄聲交談了。妳寂寞嗎？畢竟妳以前過著如此華麗的生活，或許這種生活對妳而言太寂寞了。」

註一　位於淺草六區北方到淺草寺觀音堂的淺草公園第五區，俗稱奧山地帶的遊樂園。明治十八年，原本為植物園，翌年開始展示菊花工藝、生人偶，後來又併設動物園、遊樂園等。昭和十年，動物園由仙台市認購，只留下遊樂園，直至今日。

註二　江代末期用來招攬觀眾、大小與真人一樣的寫實人偶。生人偶的展示一直延續到昭和時代。

就這樣，他不斷地跟屍體說話，突然喚醒了很久很久以前的回憶。在充滿鄉村風、老舊陰沉的四坪大客廳裡，一個內向瘦弱的孩子，用積木在身邊堆起綿延不斷的城牆，呆呆地坐著，像個小女孩抱著洋娃娃，哭著對娃娃說話，不時擦拭臉上的淚水。這幅光景，不消說正是柾木愛造六、七歲的模樣。當時的蒼白少年在長大之後，以倉庫取代了當時的積木城牆，說話對象也從洋娃娃變成了芙蓉的屍體。相似的情景多麼不可思議啊！柾木一想到這件事，渾身突然起雞皮疙瘩般愛戀起眼前的屍體，彷彿抱著娃娃般抱起了芙蓉的上半身，將自己的臉頰貼在她失溫的臉頰上，靜靜地過了一陣子，眼眶一熱，眼前模糊了起來，他感覺斗大的淚珠簌簌地滴落，從兩人的臉頰間滑過，流到下巴。

倉庫裡完全是另一個世界，對方又是個失魂的生人偶。柾木忘卻了一切羞恥，像個小孩般皺著臉，嗚嗚咽咽地想哭就哭，想說話就說話。兩人臉貼著臉，不由得做起了……

就這樣，這個厭人症患者對屍體做盡了一切喪盡天良的行為，可怕而執著地持續了一整夜，直到天明。

九

隔天早上，從北邊小鐵窗的縫隙間可見風和日麗的晚秋晴空，柾木頂著一張蒼白的髒臉，睜著凹陷渾濁的雙眼，躺在角落那尊木雕菩薩像的腳邊。芙蓉那水嫩的屍體已冷硬，悲哀地躺在榻榻米上。但那屍體只像某種禁忌的生人偶，不僅不醜陋，反而充滿了異樣的妖豔。

此時，柾木驅使著極度疲憊的腦袋，耽溺於奇想中。最初預計只要完全占有芙蓉一次，他的殺人目的便已達成，然後在昨晚偷偷將屍體藏在古井底部，原本這樣就能滿足，但是他現在了解這是非常錯誤的想法。

他完全沒想到，失去靈魂的戀人屍體竟潛藏著如此吸引人的力量。正因為是屍體，反而具備了芙蓉生前所缺乏的一種異樣脫俗的魅力。就像在嗆人的香氣中，在深不見底的沼澤潛沉的心情。是惡夢的愛戀；是地獄的愛戀。正因如此，這比世界上普遍存在的愛戀還要強烈，還要甜美癲狂。

他再也捨不得與芙蓉分離了，再也無法想像失去她該怎麼活下去。他想在這個異世界；這個阻斷天日的厚牆中與她獨處，永遠沉迷在不可思議的愛戀裡，除此之外不作他想。「永久地……」他如此思考著。但是，當他想到「永久」這個單字所蘊含的意義時，頓時渾身寒毛直豎，他起身在房內焦急地踱步，片刻不容延緩，但，無論多麼焦急慌張，他（恐怕連神明也……）依舊無計可施。

「蟲、蟲……」

在他白色腦髓的皺褶中，無數隻蟲沙沙沙地四處鑽動，窸窸窣窣像是要吞噬一切的咀嚼聲，彷彿耳鳴般在他腦袋裡嗡嗡作響。

經過長時間的猶豫，他膽戰心驚地蹲在暴露於晨光中的戀人旁。乍看之下，除了死後僵硬程度比剛才更嚴重，多了幾分加工物的感覺之外，似乎沒有太大變化。但仔細一瞧，眼球已經產生了變化，那灰斑幾乎覆蓋眼白表面，瞳孔也彷彿眼翳般渾濁，虹膜好像蒙上一層灰般模糊。那雙眼睛看似玻璃珠般滑手、僵硬乾涸且失去光澤。輕輕握住她的手，那拇指的指尖像殘廢似地朝手掌方向彎折，一動也不動。

他將目光從胸部移往背部。由於屍體以不自然的姿勢躺著，肩部的肌肉產生皺褶，毛細孔異常擴張。他打算將那屍身恢復原狀，正要往上抬時，屍身背部與榻榻米接觸的部位不經意地映入他眼簾。他一見到那部位，不由得嚇得放手。一種被稱為「屍體紋章」的青灰色小斑點已經出現了。

這些現象都是由不明的微小有機物造成的，就連屍僵這種莫名其妙的現象也都是屍體即將腐爛的前兆。柾木過去在某本書上看過，這種極微小的有機物分成三種：存活於空氣中、存活於密閉空間中，以及兩者皆可。這到底是什麼？又是從何而來？雖然曖昧不明，但可以確定的是，有一種看不見、宛如黴菌般的生物正以極可怕的速度腐蝕著屍體。正因為對手是看不見的蟲子，反而讓人覺得比任何猛獸還要可怕。

柾木看不見火焰，卻發現焦痕愈來愈明顯，而自己無能為力，他覺得很恐怖，那種心情既焦慮又坐立難安。話又說回來，到底該怎麼辦，他也沒有頭緒。

他急急下樓，朝母屋方向走去。煮飯婆覺得很奇怪，問他「要吃飯嗎」，他只回答「不用」，然後又回到倉庫門口，從外面上鎖，再往玄關走去。他隨便套上一雙木屐，打開車庫，準備發動車子。待引擎熱起來後，就這樣直接跳進駕駛座，開車出門，朝吾妻橋方向駛去。一來到鬧街，卻發現附近玩耍的孩子指著車上的他大笑，他吃了一驚，頓時發現自己穿著睡衣就這樣出門，一來覺得幸好只是這個原因，但即使如此，他還是驚惶失措地掉頭回家。

慌慌張張地換好衣服再出門時，他反而摸不著頭腦，不知道剛才要往何處去。雖然處於混亂中，腦子裡仍迅速思考著。真空、玻璃箱、冰、製冰廠、鹽漬、防腐劑、木餾油、苯酚……關於屍體防腐的一切物品在他的意識表面浮浮沉沉。他毫無意識地開著車，經過了一個又一個市鎮，雖然車速飛快，同一個地方卻經過了好幾趟。某市鎮有間商店掛出「冰」的招牌，他下車，大步邁進店裡。店內有一座塗上藍漆的巨大冰室。「有人在嗎？」他出聲詢問，一名年約四十歲的老闆娘從裡面走出來，直盯著他。「能不能賣點冰給我？」他問道，老闆娘一臉嫌麻煩地問：「要多少？」當然，對方以為柾木是想買給病人用的。

「呃……要拿來冰敷頭部，不用很多，請給我一些就好。」

腦袋裡的蟲子奪走了他原本想講的話，譯成了截然不同的東西。

他提著用繩子綁好的小冰塊上車，又開始漫無目的地閒晃。當冰塊溶解，弄濕了駕駛座的地板，也沾濕了他的鞋底時，恰巧又經過一家大型酒店。他發現這家店有一座三尺四方的箱子，裡面裝滿了鹽巴，他又停車，站在店門口。不可思議的是，他並沒有買鹽巴，卻請店員斟了一杯酒給他，彷彿停車就是為了這件事似地，他一飲而盡。

到底為了什麼開車，他逐漸搞不清楚了，只覺得好像被警鈴聲追逐，急著四處逃竄。由於他不勝酒力，頓時感覺面紅耳赤，天氣明明很冷，額頭卻冒出豆大的汗珠。身體雖然是這種狀態，腦子裡卻想著倉庫二樓房間的角落，芙蓉的屍體正大剌剌地躺著。他看到這個鮮明的白色裸體，宛如不斷擴大的焦痕正一步步被腐蝕。「這樣下去不行、這樣下去不行……」有個聲音在他耳際不斷地囁嚅。

他開著車在路上漫無目的地逛了兩個多小時，直到汽油耗盡，車子跑不動了。他停車的地方正好沒有加油站，於是下車四處尋找。他以水桶搬運汽油，耗費了一段毫無意義的勞力。當車子發動時，他才赫然想到，「咦，剛才在幹什麼？」想了一陣子，「對啦，我還沒吃早餐。婆婆在等我了，得趕緊回去。」於是，他向一個從剛剛就一直站在路邊旁觀的小孩問路，踏上歸途。他花了三十分鐘，總算來到吾妻橋，此時又對自己正在做的事情感到奇怪。他早就忘記要回去「吃飯」這件事，只好將車速放慢，茫然地思考下一步該怎麼做。但是，這次彷彿天啟般突然靈光一閃，他想到一個很棒的點子。「嘖，為什麼剛剛沒想到！」他氣得叨念，臉上的表情卻很愉快，車子開往其他地方，目的地為本鄉的大學附屬醫院（註）旁的某家醫療器材行。

註　指東京帝國大學（現為東京大學）醫學部附屬醫院。

店內充斥著白漆鐵架、閃著寒光的銀色器材及體無完膚、紅藍色血管、臟器交雜的人體模形。在寬敞的店頭前，他一時猶豫了，最後還是像個影子般晃進去。一進門，他立刻抓住一名店員，開口說出以下這段話：

「請給我泵浦。就是那個……屍體防腐用的，用來把防腐液注入動脈裡的注射泵浦。請給我一個。」

柾木自以為說得很清楚，但店員還是「嗄」了一聲，疑惑地盯著他。不得已，他只好又滿臉通紅地重複了一次。

「沒聽過那種泵浦。」

店員把他當成一名落魄的計程車司機，一臉瞧不起人地回答。

「不可能沒有啊，醫學院也會使用這種器具，可以幫我問一下嗎？」

店員皺眉瞪了他一眼。但由於柾木也表現出「有種放馬過來」的態度，店員只好不情願地走進後面的房間。不久，一名稍微年長的男子走出來，又問了一次柾木的要求，聽完後露出怪異的表情，問：

「請問，您有什麼用途？」

「當然是把福馬林注入屍體的動脈啊。你們一定有賣吧，藏起來也沒有用喔。」

「您在開玩笑嗎？」那個掌櫃露出似笑非笑的表情，「當然有，但這種器具就算醫學院也只是偶爾訂購，目前沒有庫存了。」像是對小孩子解說般，他逐字逐句地回答。接著，一臉同情地看著柾木身上凌亂的裝扮。

「那，給我替代品。你們有賣大型針筒吧？請給我最大尺寸。」

柾木聽不見自己講的話，只聽見喉嚨一帶咕嚕咕嚕地振動。

「針筒倒是有，不過很奇怪啊，您真的要買嗎？」

掌櫃搔搔頭，遲疑了一下。

「沒關係啦，真的沒問題，請給我吧。快！多少錢？」

柾木以顫抖的手打開錢包。掌櫃拗不過他，叫年輕店員將他要的東西拿過來。「在這裡，請拿去吧。」說完，便交給了柾木。

柾木付了錢，迅速衝出店家，又開車到附近的藥局，搜購了大量的防腐液，然後慌張地踏上歸途。

十

柾木以幾乎窒息的心情爬上樓梯，擔心芙蓉的屍體是否變得很恐怖，恐怖到令他想尖叫逃跑。但意外地，芙蓉的模樣反而比早上看起來更美了，一觸即知正處於僵硬狀態，但光是欣賞，略微浮腫的青白色肉體嬌豔動人，彷彿海裡的某種美麗冷血動物。而且……一直到早上為止，她的雙眉以怪異的方式扭曲，臉部呈現苦悶的表情，那表情……如今，她的表情卻像聖母般純潔，為她闔上的嘴角露出些許縫隙，白色貝齒彷彿微笑般露了出來，眼神空洞，臉部肌膚如蠟製品般通透，這裡所呈現的是宛如大理石雕刻、微笑且失明（盲目的奇妙魅力）的聖母像。

柾木完全放心，甚至開始覺得方才為止的焦躁十分愚蠢。如果芙蓉這一瞬間的模樣能夠永久保存，如果〇〇〇〇〇的話……

明知不可能實現，他仍捨不得放棄這遙不可及的夢想。

柾木絲毫沒有醫學知識與技術，但在相關書籍中曾經讀過，將防腐劑注入屍體的動脈中，便能將全身惡血逼出，這是最新最簡單的防腐法。而他也記得防腐液的稀釋法。因此，雖然十分不安，還是先試試看。他到樓下拿了裝滿水的水桶及臉盆（為了避免讓煮飯婆發現，他不知花了多少苦心啊），製作福馬林溶液，做好注射的準備。從書上得知的處理方式如……然後必須……那東西有如鰻魚般滑溜，他以拇指與食指壓住，以免滑掉，再拿起小刀，一口氣切斷……

柾木感覺自己好像正在進行手術，臉色蒼白，劇烈地喘息。他先以針筒吸入防腐劑，將前端突起的部分插入動脈切口，以手指緊壓接續的部分，避免空氣外漏，另一隻手則壓住泵浦。然而，這種手術並非他這種外行人辦得到的，或許是因為他手指麻痺不聽使喚，不管他怎麼按壓，泵浦裡的溶液也沒有減少。他很焦躁，使勁地按壓……結果液體反而噴濺到他的手臂上，不管試幾次都一樣。於是，他像個玩弄器材的小學生，淌著一身濕汗，或認真地以線捆綁血管的連接處，或在另一條靜脈嘗試相同的行為，總之他嘗試了所有方法，越費工夫，越容易把器械弄壞，最後只有○○○部位膨脹了起來。結果，他放棄了這場外行人的手術，當時已經是晚上十點多了。（多麼驚人的努力啊！從下午開始，有將近十個小時，全心全意只做這件事。）此時，那只臉盆裡滿是可怕的不明液體。

他開始清理現場，用水桶裡的水洗手，睡魔趁著他失望的空隙開始侵襲。他昨晚也一夜沒睡，連續兩天處於極度亢奮狀態，他再也沒有力氣了，連水桶及臉盆中的紅黑色污水也忘了處理，便昏昏沉沉地在原地躺下，突然打起呼來。那幾乎燃盡、發出啪滋聲的蠟燭，血紅色的燭光映照著柾木那宛如死人般蒼白的臉孔，鼻頭上浮現油汗，嘴巴張著呼呼大睡的可憐姿影，以及旁邊看似純白色的芙蓉屍體的優雅姿態，形成了對比怪異的地獄圖。

十一

翌日，柾木醒來時已過中午。在睡夢中，他依然掙扎著，整夜與「這樣下去不行，這樣下去不行」的心情搏鬥。醒來後，反而昏昏沉沉，感覺昨天為止所發生的一切好像一場惡夢。即使芙蓉的屍體就在眼前，屋內瀰漫著刺鼻的藥水味、腥嗆的屍臭味，他還是覺得那只是夢的延續，並非事實。但不論等到何時，夢好像都不會醒。假設這是夢境，他也不可能靜止不動。因此他爬向該處，以略微清醒的意識檢視戀人的屍體，一注意到其變化後，震驚了一會兒，意識隨即變得鮮明了起來。

芙蓉彷彿在睡夢中翻過身，過了一晚，姿勢完全改變了。到昨晚為止，雖是屍體，仍留有立體的樣貌，並不覺得是無生物。然而現在一看，她完全化成一團，彷彿身心均放棄了般，變成一大灘勉強還保有形狀的沉重液體。稍一碰觸，宛如肉類或豆腐般柔軟，屍僵狀態已消失。但比起這些變化，最讓他大受打擊的，還是出現在芙蓉全身的大量屍斑。這些形狀不規則的灰斑構成奇妙的圖案，滿滿地包覆著她的全身。

那些數以億計的極微小蟲，不知何時繁殖、何時行動，宛如時鐘般精確踏實地進行牠們的領土侵略。與其細微的體積相比，牠們正以極驚人的速度進行侵蝕。即使人們親眼目睹牠們的暴行，依舊無力抵抗，只能束手旁觀。柾木愛造僅因喪失了一次葬送戀人的機會，首度得知屍體的魅力遠勝於活體，從此便陷入了沉痛的地獄之戀。其代價是必須親眼目睹親愛戀人的屍體在微小生物的侵蝕下，逐漸腐壞瓦解的模樣。為了戀人，他願意盡一切力量迎戰，然而他只能眼睜睜地看著這可怕的工程如實進行，卻找不到對手。世上還有比這更可怕的痛苦嗎？

在被追殺的心情下，他原本考慮再度進行昨日失敗的防腐作業，但不用多想還是會失敗。憑他一己之力實在無法完成防腐液注射；即使用冰鎮或抹鹽的保存方法，除了難以將大量材料搬入室內，與戀人分隔的感覺他也不喜歡。而且，就算能稍微減緩分解作用，最後還是無法完全阻止，這種情況他最清楚不過了。在他慌亂的腦袋裡，巨大的真空玻璃瓶、透明冰櫃等荒唐無稽的幻影浮現又消失。他甚至幻想自己在製冰公司昏暗的冷藏室中，被技師嘲笑的模樣。

但是，他始終無法放棄。

「啊，對了！替屍體化妝好了，至少將表面覆蓋住，別讓可怕蟲子侵蝕的區域顯現出來。」

苦思良久，最後浮現的就是這個點子。雖然治標不治本，但多了一分一秒也好，為了盡情享受那不可思議的愛戀，也只能嘗試這種暫時性的逃避行為。

他匆忙上街，買了白粉與刷子，（對於這些奇妙的舉動，煮飯婆並沒有起疑，因為早已習慣柾木那不規律的生活與奇特的行為，頂多聞到剛從倉庫出來的柾木身上有一股濃烈的防腐劑氣味，覺得有些奇怪罷了。）將白粉泡進另一只洗臉盆中，彷彿人偶師替生人偶上色般，為芙蓉全身塗上白粉。接著，當恐怖的屍斑消失後，他再以普通顏料像上戲的演員般在芙蓉的雙眼下方塗抹粉紅色，勾勒眉線，塗上唇彩，替耳垂染色。此外，在四肢及軀幹各部位隨心所欲地塗上喜歡的色彩。他花了半天才完工。一開始只是為了掩飾屍斑或陰慘的膚色，在化妝過程中，他開始發現替屍體化妝有一種異常的樂趣。他成了這世界上面對屍體這塊畫布，描繪出妖豔裸像的不可思議畫家，囁嚅著種種愛語，乘輿在冰冷的畫布上，甚至一邊親吻，一邊忘我地上色。

不久，完成彩妝的屍體，很奇妙地，酷似過去在S劇場見過的莎樂美裝扮。素顏的芙蓉雖美，但全身畫上邪毒彩妝的她比起生前更適合自己，具有一股難以言喻的魅力。想不到被腐蝕、早已回天乏術的屍體竟然蘊藏著如此駭人的生氣，而且比生前的姿態更撩人，柾木很驚訝。

在那之後的三天，屍體並無重大變化，所以柾木除了每天三次的用餐時間會下樓以外，其餘時間都窩在倉庫。為了這段走投無路的最後之戀，他對著沒有明天的戀人屍體，彷彿精神錯亂般時而哭喊、時而狂笑。對他而言，這就像世界末日。

這段期間，發生了一件有點怪異的事。某天下午，疲憊不堪的柾木正躺在屍體旁沉睡，突然聽到煮飯婆在倉庫門口拉扯用來代替鈴聲的驅鳥器（註）而醒來。只有訪客上門時，煮飯婆才會使用這東西，因此他嚇了一跳，擔心東窗事發，立刻跳起來，以棉被將芙蓉的屍體蓋妥，悄悄下樓，站在門口集中精神聆聽了一陣子，接著放膽開門。結果，煮飯婆就站在門口告

註　在繩子上繫綁數片木板，拉動繩子即可發出聲響的一種裝置。通常設於田裡用以驅趕鳥獸。

知：「少爺，池內先生來訪。」他一聽是池內便放了心，但下一瞬間又想到，「啊，這傢伙終於開始懷疑我了，是來試探的吧？」於是問：「妳跟他說我在家？」煮飯婆深怕自己做錯事，忐忑不安地回答：「是的，我是這麼說的。」柾木當下心一橫，便說：「沒關係，妳只要告訴他，妳以為我在家但找不到人，大概又外出了，請他回去就好。然後這陣子不管誰來都說我不在。」說完就這樣關上了門。

但是，隨著時間經過，他開始後悔沒跟池內見面了。要是當時鼓起勇氣見他，至少還能了解狀況，心情反而能平靜下來，也不至於像現在無從揣測池內的想法，終日惶惶不安。他在寂靜的倉庫二樓，在沉默的屍體面前思考。這種不安有如鬼影般逐漸擴大，變成一股令人動彈不得的恐懼，他為了消除這恐懼，以一種在青樓流連的浪子般，自暴自棄地瘋狂愛撫那閃耀著邪毒色彩的屍體。

十二

持續了三天的平靜，恐怖的破滅靜候著他。這段時間，屍體並未出現特別的變化，雖然靠著不可思議的化妝術，但那具屍體呈現前所未見的妖豔，就像風中殘燭於燃盡前的最後一刻異常明亮。那些討厭的蟲子在屍體表面平靜無事，實際上卻在裡面以數億極細微的嘴喙一點一滴地將五臟六腑侵蝕殆盡。

某日，由漫長睡眠中醒來的柾木，見到芙蓉的屍體產生了劇烈變化，由於太過恐怖，他差點慘叫出來。

躺在那裡的，再也不是昨日以前的美麗戀人，而是像個相撲力士般的白色巨人，那軀體像顆皮球般腫脹，身上裹的白粉就像相馬燒（註），無數的……從脈絡之間露出恐怖的褐色肌膚。那張臉也像個巨嬰般天真無邪地膨脹，由空洞的雙眼、半張的嘴唇中……柾木曾在相關書籍中讀過屍體膨脹的現象。看不見的細微有機物成群結隊地貫穿腸胃，侵入血管與腹膜，產生氣體，分泌使組織液化的酵素，此一氣體的膨脹力十分驚人，不只會使屍體的外貌腫脹變大，還能將橫隔膜推至第三肋骨附近，同時產生體內深處的血液被推至皮膚表面、那個傳說吸血鬼的血液會在死後循環的奇特現象。

註　由福島縣相馬市中村的窯中所生產的近代陶器。

最後一刻來臨了。屍體膨脹到極致，接下來便是分解，皮膚與肌肉全部化為液體，逐一流出。柾木像個嚇壞的孩子，睜大了濕潤的雙眼，忐忑不安地看著四周，彷彿快哭出來似地表情扭曲，發愣了好長一段時間。

不久，他彷彿想起什麼似地，倏地起身，疾步走到書櫃前，找出一本舊書。書背上寫著《木乃伊》。明知這種東西如今已不具任何效用，但一想到付出性命的戀人如今正一分一秒地受到侵蝕，便焦慮得快發瘋。他專注地翻著頁面，終於找到如下一節：

「最高價的木乃伊製作方法如左。首先，深入左側肋骨的下方做出切口，由該處將內臟悉數取出，僅保留心臟與腎臟。另外，以彎曲的鐵器從鼻孔插入，將腦髓逐一取出。接著將已成空殼之頭蓋骨與胴體以棕櫚酒洗淨，再從鼻孔灌入沒藥（註一）等藥材至頭蓋骨，以乾葡萄等物填充腹腔後，再縫合傷口。之後將身軀浸泡於蘇打水中，七十日後取出，以接合用之麻布作爲護膜，施以綿密包卷即成。」

他反覆閱讀同一段文章，不久便將書本丟下，叩叩叩地敲著後腦杓，眼神空虛，像個失憶者般叨念著：「記得好像有什麼……是什麼啊……到底是什麼啊……」接著又像是想起什麼急事般，突然下樓，大步走出玄關。

一出門，他疾步走在隅田堤上。大河的濁水看起來就像無數隻蟲子交疊的洪流，行經的土地似乎被匐匍的微生物覆蓋著，連個落腳處也沒有。

「怎麼辦？該怎麼辦啊？」

他一邊走一邊將內心的苦悶化作語言說出來，有時候還得把即將脫口而出「救救我吧」的衝動壓抑下來。

他也不知道自己走了多遠，大概走了三十幾分鐘，由於專注在內心世界裡，以至於走路不甚留意，踩到小石子應聲跌倒。他一點也不覺得痛，此時內心產生了奇妙的變化。他沒有站起來，反而壓低身子，在地上爬行。不管遇到誰，都向對方恭敬地行禮。

由於有一名奇怪男子在人來人往的大街上鞠躬行禮，很快就引起群眾的圍觀，也吸引了一位正巧經過的警官注意。那位警官很親切，扶起了柾木，並詢問其住址。或許以為他是個精神

註　源自於中東一帶的藥物，由橄欖科的沒藥樹的樹脂提煉而成。具有鎮痛、止血等作用，亦經常用於屍體防腐。

異常者，便要送他到吾妻橋附近。柾木與警官同行時，嘴裡說出了奇妙的話語。

「警察先生，您知道最近發生了一件殘酷的殺人事件嗎？至於為何說是殘酷？那是因為啊，被殺害的女性有如天使般純潔無瑕、不帶一絲罪惡；而殺人的男子也是個善良的大好人。很古怪吧？姑且不論這些，我知道那女人的屍體放在哪裡喔，要我告訴你嗎？要我告訴你嗎？」

然而，這些話不管他重複了幾次，警官也只是笑笑地，不當成一回事。

又過了幾天，由於柾木已經連續兩天沒有下樓吃飯，煮飯婆擔心了起來，便通知屋主，屋主向警察提出申請，在警方的協力下，破壞了始終深鎖的倉庫大門。昏暗的二樓（在嗆鼻的屍臭與無數的蛆蟲中），地上有兩具屍體。其中一具的身分很快就判定是主角柾木愛造，另一具卻是過了很長時間才被鑑定出是失蹤的人氣女星木下芙蓉。若問為何，那是因為她的屍體不僅幾乎腐爛，腹部還受到殘忍地摧殘，潰爛的內臟醜陋地裸露出來。柾木愛造（經法醫鑑定，他乃是因吸了芙蓉的屍毒而喪命）將臉部埋進芙蓉裸露的腸肚中而死。恐怖的是，他那醜陋而扭曲的手指頭，一直到最後，仍執拗地摳抓著戀人的腐肉。

〈蟲〉發表於一九二九年

鬼

斷臂

那年夏天，推理小說家殿村昌一回到故鄉長野縣的S村省親。

S村是個群山環繞，僅靠梯田維持生計的寂寥小村，這種陰鬱的氣氛卻讓推理小說家欣喜不已。

比起平地，這裡的白晝僅有半天左右，晨間朝霧瀰漫，接近中午時總算見到陽光，轉眼間又已近黃昏。

呈鋸齒狀切入山間的梯田上，有著無論多勤勉的農民也無力開墾的深邃森林及宛如濁黑觸手般向外延伸的千年巨木。

在梯田之間構成的田溝間，有兩條與這座太古山村極不相稱的鐵路，好像奇怪的大蛇般蜿蜒通過。每天有八次，彷彿要掀起地震般，那黑色蒸氣火車夾帶著轟隆巨響，在上坡路段喘息，啵啵啵地吐出駭人的黑煙。

山村農家的夏天早已過去，今晨已感受到彷彿秋天氣息的沁涼空氣。該是回城的時候了。

與這陰鬱的山嶺、森林、梯田及鐵路又將短暫告別。青年推理小說家行走在這兩個月來每天經過的鄉間小徑上，懷著不捨的心情向路上的一木一草一一道別。

「接下來又要孤單了，你什麼時候走啊？」

一起散步的朋友大宅幸吉的聲音從背後傳來。幸吉是村中首富大宅村長之子。

「明後天吧，總之待不久了。雖說回去沒美眷等我，但工作可是不等人的啊！」

殿村一邊回答，一邊手持女竹（註一）製成的手杖無意識地掃弄沾上朝露的雜草。

小徑沿著鐵路的土堤，穿越梯田的邊緣及昏暗的森林，一直通往遠方村落外圍的隧道看守小屋為止。

由距此地五哩外的繁華高原都市N市出發的火車駛進山地，第一個碰上的就是這個隧道。從此地開始，山脈逐漸險峻，還有好幾個隧道等著。

殿村與大宅平常散步時總是走到隧道出口，與看守小屋的仁兵衛爺爺閒聊一會兒，再走進隧道五、六間（註二）距離大吼大叫一番後，又晃回村子裡。

註一　竹子的一種。比一般竹子更柔韌，因此在日文中又稱為軟竹、女竹等。

註二　一間等於一・八一八二公尺。

看守小屋的仁兵衛爺爺二十年來擔任相同的職位，看過聽過種種可怕的火車事故。例如蒸氣火車頭的大車輪輾死人，上面還沾著死者血肉模糊的肉片，無論怎麼洗都洗不掉；遭輾壓的屍體四分五裂，斷裂的手腳各自痙攣抽動；在漫長的隧道中遇過死者的冤魂等等，他腦袋中有數不清的驚人鐵路奇談。

「你昨晚去N市嘛，回來時已經很晚了？」

殿村似乎有些不便啟齒似地發問。道路從灰暗森林底下穿過。

「嗯，有點……」

大宅彷彿遭人戳中痛處似地，身子抖了一下，但故作鎮定地回答。

「我昨晚一直聽你母親說你十二點才到家，她很擔心你耶。」

「嗯，沒搭上公車，只好慢慢走回來。」

大宅強辯地答道。

聯絡N市與S村僅有一輛破舊公車，一過晚上十點司機就下班回家了，而N市本身算是山間小都市，僅有四、五輛計程車，一旦全部出車就沒有對外聯絡的交通工具了。

「難怪氣色那麼差，昨晚沒睡好吧。」

「嗯，不，倒也不至於。」

大宅撫摸著異常鐵青的臉，像是掩飾害羞般地笑了。

殿村約略知道情況。大宅不喜歡同村已與他訂婚的另一戶有錢人家之女，繼續與住在N市的祕密愛人幽會。根據大宅母親所言，他的愛人是個「不知打哪來的流浪漢所生的蠻婆子」。

「還是讓你母親安心一下吧。」

殿村一邊擔心讓對方感到羞辱，小心選擇言詞當作惜別之禮般地送他忠告。

「嗯，我懂。但是，麻煩你別多管閒事，我搞出來的事我自己會解決。」

大宅像個彈簧般彈跳起來，以不愉快的口吻回答。殿村閉了嘴。

兩人沉默地在昏暗潮濕的森林中行走。

隱約可見鐵路，可知尚不是什麼深邃的森林，但鐵路對面是深不可測的連綿高山，接連並排的樹木株株皆是一、兩人環抱的老樹，兩人有一種踏入大森林的錯覺。

「喂，慢著！」

突然間，先行的殿村吃驚地大聲制止大宅。

「前面有危險，回去吧。我們趕快回去吧。」

殿村彷彿受到極度驚嚇，就連在昏暗森林中也看得出他的臉色迅速鐵青。

大宅感受到友人非比尋常的態度，也倉皇地反問：

「怎麼了？前面有什麼？」

「看，你看那個！」

殿村做好逃跑的準備，指著五、六間前方一株大樹的樹根附近。

大宅迅速一瞥，在巨大的樹幹背後，有一頭非比尋常的怪物正虎視眈眈地望向這裡。

狼？不，這裡就算是偏僻的山村，也不至於有狼，想必是山犬。但是，牠的嘴是怎麼回事？嘴唇、舌頭到白亮的利牙，全都染上了腥臭的鮮血，閃耀著赤紅的血光。全身上下的褐色獸毛沾滿了褐黑色血斑，臉孔也被污血染黑，綻放著燐光的銅鈴大眼直盯著這裡。而下顎甚至還有血珠一滴一滴地掉落。

「山犬，大概在獵捕土撥鼠吧。最好還是別逃，逃了反而更危險。」

不愧是住慣山村的人，大宅似乎習於應付山犬。

「嘖嘖嘖……」

他咂嘴發出聲響，緩步靠近怪物。

「什麼嘛，這隻狗我認得啊，經常在這附近晃來晃去，很溫馴。」

狗兒似乎也認識大宅。不久，渾身浴血的山犬從樹蔭緩緩走出，聞了大宅的腳兩、三次後，奔向森林深處。

「但，你不覺奇怪嗎？就算是在獵捕土撥鼠也不可能搞得這樣滿身是血吧？」

殿村似乎驚魂未定，臉色依然發青。

「哈哈哈……你也真膽小。在這種地方怎麼可能有吃人猛獸嘛。」

大宅彷彿聽見很可笑的笑話似地，乾笑了幾聲。但，殿村很快就從笑聲中感覺到他也認為事有蹊蹺。

他們離開森林，走向雜草叢生的小徑時，草叢中又窸窸窣窣地冒出一頭渾身是血的大山犬。或許是受到驚嚇，迅速奔竄逃離。

「喂，這隻跟剛剛那隻的毛色不同啊，該不會這村子的狗都喜歡吃土撥鼠吧？」

殿村撥動方才狗兒鑽出的草叢，戰戰兢兢地尋找底下是否有大型動物的屍骸。但沒有找到任何類似猛犬啃食過的殘骸。

「真教人噁心，我們回去吧。」

「嗯，但是回去前你再看看，那邊又來了一隻。」

約一丁（註）遠的前方，又出現了另一隻與躲在草叢裡的那隻狗毛色不同的傢伙，沿著鐵路走了過來。由於在草叢的遮蔽下若隱若現，無法看清楚全貌，看起來就像一頭巨獸；或者令人覺得不是犬類而是別種更可怕的生物，極為恐怖。

道路早已遠離村落，四周乃是無人之山中，兩側逐漸逼近的黑色森林夾著窄隘的草原，如兩道利劍般的鐵軌，遙遙可見之隧道出口，昏暗而死寂、有如夢中場景。而且，在那草叢中，緩緩迫近的妖犬姿影……

「喂！這傢伙……嘴裡好像咬著什麼？沾血的白色東西。」

「嗯，真的有。到底是什麼？」

他們停下腳步，仔細一看，隨著山犬的接近，嘴裡叼的東西也明晰了起來。是個像白蘿蔔的物體。但如果說是蘿蔔，顏色又有點古怪，那東西宛如鉛一般青白，色澤難以言喻。啊！前端似乎有許多分叉，蘿蔔有五分叉嗎？那是人手啊，是人類的斷臂啊。是一條很不甘心想抓住天空般的鉛灰色手臂。肘關節以上的部分已被啃蝕殆盡，末端殘留著幾塊紅色棉花般的肉屑。

「啊，畜生！」
大宅大聲叫喊，撿起石塊，朝山犬猛然拋去。
汪汪汪——吃人山犬發出慘叫，如箭矢般迅速逃離。小石子準確地命中了。

無臉屍

「果然沒錯，是人類的屍體。由手指頭的樣貌來看，應該是年輕女性。」
大宅靠近妖犬捨棄的物體，驚魂未定地觀察後如此判斷。
「應該是某個女孩被咬死了吧，還是飢餓的山犬挖墳翻出屍體來啃？」
「不，這村子應該沒有剛死的年輕女人。不過山犬攻擊活人並咬殺，如此荒唐之事應該不可能發生。喂，阿昌，果然如你所說的，事情有點蹊蹺。」
連剛才故作鎮定的大宅，如今眼神也變了。

註　一丁為六十間，約一〇九公尺。

「你看，獵殺土撥鼠應該不會搞得渾身是血。」

「總之，我們去調查看看吧，有一隻手必定就有身體的其他部位。一起去看看吧。」

兩人在極度緊張下，感覺自己彷彿變成了推理小說中的人物，朝方才妖犬出現的方向趕去。

隧道張開怪物般的漆黑大口，彷彿要吞沒兩人般逐漸逼近。他們也看到了看守小屋中正在做編織物的仁兵衛爺爺。

仔細一看，看守小屋約半丁前方，在鐵路的堤防旁一片較深的草叢中，有三根或黑或白如牛蒡般的東西正精神抖擻地晃動著。真是難以言喻的光景，身軀雖隱藏在草叢中無法看清，不過那三根牛蒡正是一心一意享用大餐的山犬。

「看那裡，那裡肯定有問題。」

大宅依照慣例，拾起兩、三顆小石朝該處扔去，三隻狗兒從草叢中一齊舉頭，以嗜血的六隻眼睛瞪向這邊。血滴從牠們利牙怒張的血紅大口中，正一滴滴掉落。

「畜生！畜生！」

見到牠們可怖的形貌，兩人又拿起小石扔去。於是，不敵石塊威力的山犬，終於依依不捨地拋下大餐逃離。

兩人隨後奔到草叢，撥開亂草一看，一具爛紅的人體倒在草叢濕濡的底部，頂著一團雜亂的黑髮、身上鮮豔的銘仙和服（註）前襟敞開。

只消一眼便知這是六隻巨犬的傑作。陳屍未久的屍骸露出肋骨，臟腑散落一地，臉部已被啃蝕得不成原形，僅留下一片紅色爛肉，宛如小茶杯般的眼珠子瞪視著虛空。

殿村與大宅有生以來未曾見過如此滑稽又可怖至極的物體。

從尚未遭到犬齒肆虐的肌膚看來，十分豐腴，應該不是病人屍體。除了山犬叼來的斷臂以外，其餘肢體及頭部尚在，由此可知應該也非輾死屍。如此說來，這六隻山犬咬殺了一名健康女性嗎？不不不，這是不可能的。人類遭到咬殺，所引發的騷鬧聲沒道理不會引起附近看守小屋的仁兵衛爺爺注意；而他聽到慘叫聲也不可能不前往救助。

「你認為呢？我想狗兒應該不是活活咬死一個女人，只是大啖早已被殺害的屍體吧。」

大宅幸吉久久才迸出這句話。

註　一種傳統絹織物，堅固耐用而花樣豐富，為當時相當時髦的衣物。

「我也這麼認為，正想這麼講呢。」

青年推理作家回答。

「也就是說……」

「也就是說，這是一樁可怕的殺人事件。我想應該是某人殺害了這女子，例如以毒殺、絞殺等方式，然後，將她運到杳無人跡之境，悄悄藏在草叢中。」

「嗯，這種情況最有可能。」

「服裝看來有點土氣，我想應該是這附近的居民。這個村落沒有車站，也不太可能有旅客誤闖。你看過這女子嗎？我想她應該是S村的人吧。」

殿村問道。

「你問我有沒有看過，問題是看不出什麼吧？臉都沒了，只留下一團血肉糢糊的屍塊啊。」

頭部雖在，足以稱為臉孔的部位只剩一片血紅。

「不，我是問衣服或腰帶什麼的。」

「嗯，但我對這衣服實在沒印象。我一向對女性衣物不怎麼留意。」

「好吧，我們去問問仁兵衛爺爺吧。他住得這麼近，卻好像沒注意到哪。」

於是，兩人跑到隧道入口的看守小屋，叫出揮旗人仁兵衛，然後把對方拖到事發現場。

「哇！這是什麼？太殘忍了……南無阿彌陀佛，南無阿彌陀佛。」

爺爺一見這血紅屍塊，嚇了一跳，驚惶地說道。

「這女人在被狗啃蝕前就已經死了。加害者把她運到這裡來丟棄。爺爺，這幾天你有沒有注意到什麼怪事？」

大宅問道。爺爺歪著頭沉思了一會兒。

「我什麼也不知道，如果知道就不會放任山犬吃屍體了。真是怪事！少爺，這肯定是昨晚發生的。因為，我昨天多次經過這一帶；傍晚掉了一個東西，對，就在這附近繞來繞去尋找。要是有這麼一具屍體藏在這裡，沒道理沒注意到。我想這肯定是昨晚發生的。」

仁兵衛十分斷定。

「或許真是如此。就算這裡人煙稀少，一群狗兒聚集不可能一整天都沒人發現。對了，爺爺，你見過這衣服嗎？我想她應該是村裡的人。」

「我看一下……會穿衣料這麼柔軟的女人，村裡也只有四、五個吧……啊，對了，我叫我家阿花過來看看，好歹她也是個年輕姑娘，肯定比較留意年紀相仿的女孩穿的衣服。喂，阿花啊……」

聽到仁兵衛的叫喊，女兒阿花回應：「阿爸，什麼事？」然後從看守小屋跑了出來。她一見到屍骸，便發出尖銳的慘叫，拔腿就跑。但在父親的制止下，戰戰兢兢地望向衣物的下襬，立刻認出衣物的原主。

「哎呀，這花樣，是山北鶴子小姐的衣服呀。村裡只有鶴子小姐有這種花樣的衣服。」

聽聞此言，大宅幸吉立刻臉色大變。這也不足為奇，山北鶴子就大宅最討厭的、從小與他訂下婚約的未婚妻。說巧不巧，就在兩家因婚姻問題起爭執的現在，鶴子竟然以如此慘烈的方式死去。大宅臉色發青也不奇怪。

「妳確定嗎？要仔細想過再說喔。」

聽到仁兵衛爺爺的叮嚀，女兒也壯起了膽子，仔細看過屍骸全貌後說：

「肯定是鶴子小姐。這條帶子我也看過，而地上那個鑲有玉石的髮夾也只有鶴子小姐才有啊。」

阿花斷定地說道。

不在場證明

眾人透過阿花的證詞，得知慘死的死者乃是富農山北家的大小姐，便立刻奔至山北家通報。腳踏車疾馳至派出所，報案電話鈴聲響徹雲霄；家家戶戶以嚴肅的表情成群結隊地趕至現場。不久，滿載警官的警車由本署抵達此地，總算暫時平息了這場騷動。

警方在經過綿密的現場勘驗之後，將屍體運至N市醫院解剖。為了偵訊相關人士，臨時借用了村中小學的接待室。於是，鶴子雙親山北夫婦、山北家的傭人、發現者大宅與殿村、仁兵衛爺爺及女兒阿花等相關人士一一被召喚。

偵訊花了很長一段時間才結束，但除了被害者母親所提出的一封信，警方並無問出其他線索。

「這是我在女兒抽屜裡發現的，很像才放進去的，就擺在最上面，肯定是她出門前剛拿到的。那是男人寫的傳呼信。」

母親說完，便拿出一封沒貼郵票的信。

「這是託人送來的吧？妳有沒有問過傭人是誰拿這封書信過來的？」

預審法官國枝溫柔地問道。

「有，我已經四處問過了。怪的是，沒人知道這件事。說不定是女兒出門時，對方親手交給她的吧。」

「嗯，也是有可能。只不過話又說回來，妳對於寫信的人有沒有什麼線索？」

「不，由我這個做母親的說出來似乎不妥……但我家鶴子絕對沒有荒淫亂搞的行為。至於寄出這封書信的男子，也絕非事先相識的人，我相信對方是靠著高明的邀約文把我女兒騙出去的。」

這封傳呼信的內容極為簡單，如下：

K敬上

今晚七點，在神社石燈籠旁等妳。請妳一定要來，絕不能告訴任何人。我有非常非常要緊的事要告訴妳。

「見過這筆跡嗎？」

「沒有印象。」

「聽說鶴子小姐與大宅村長之子幸吉訂婚了，是嗎？」

國枝法官對此事似乎有點在意。寄信人為K，恰好與幸吉的第一個字母一致（註一）。女孩子接到未婚夫署名的信件，立刻赴約並不奇怪。

「是，我們夫婦倆一開始也這麼認為，剛剛問過小幸是否屬實，但他表示自己不可能做出這種事，因為他當時在N市。同時他也說自己寫的字並沒有這麼醜。況且，如果真想見我們家鶴子，大可直接過來找她，用不著這麼麻煩。法官大人，我在想，這信應該是壞人偽裝小幸寫的，好騙出我們家鶴子吧。」

法官與被害人母親之間的問答除此之外並無特別的進展。因此，國枝覺得有必要再傳喚第一個接受偵訊的大宅幸吉。同座的警察署長等人也表示贊同。

大宅幸吉看到那封傳喚信，做出與方才鶴子母親所轉述類似的回答。

「你說昨晚到N市，這是明確的不在場證明。但能否告訴我們，你在N市拜訪了什麼人？並非懷疑你，畢竟事關重大，所有疑點都必須先行釐清。」

預審法官不經意地發問。

「我沒去拜訪誰，也沒跟任何人碰面說過話。」

幸吉痛苦地回答。

「所以說，你是去買東西囉？好歹店家老闆還記得你吧？」

「不，我也不是去買東西，只是突然想離村到外面透氣，在N町的熱鬧大街上晃一晃就回來了。若說唯一有買的東西，頂多在路過的菸草店買了一包蝙蝠牌香菸（註二）。」

「嗯……這就麻煩了。」

國枝懷疑地猛盯著他，思考了一會兒，彷彿剛察覺似地以很有精神的聲音說：

「算了，這只是小問題。你應該是搭公車到N町的吧？這麼說來，司機應該看過你。我只要問問這個司機就知道了。」

法官鬆了一口氣似地說道。這次，換幸吉臉色發青，露出狼狽的表情，突然開不了口。

法官嘴角泛著異樣的微笑，眼神卻銳利得像要刺穿對方的心，定定地看著幸吉的表情。

「偶然，真是可怕的偶然。」

幸吉小聲嘟囔著奇妙的話語，以求救似的眼神望向國枝預審法官身後的人物。

站在後面的正是幸吉的好友兼推理小說家殿村昌一，他以同情的眼神靜靜地看著。若問他為何列席，且位於調查團的那一側，是因為昌一與國枝預審法官乃是高等學校時代的同學，現在仍經常以書信往來。作者為避免故事情節遲滯，故省略了兩人偶遇的場面。

由於這兩人的關係非比尋常，對法官而言，有殿村在場或許較方便詢問；對殿村而言，這是見到犯罪事件實貌的絕佳機會。基本上，他是以事件證人的身分接受預審法官友人的詢問，結束之後並未離席，在眾人的認可下繼續留在現場。

至於方才大宅幸吉的態度，在被問到往返N市的公車時，從臉色大變並開始自言自語的行為看來，殿村不由得猛然驚覺。他大致推測到幸吉痛苦的立場了。昨晚，他肯定是到N市私會情人。幸吉為了隱瞞這件事，連自己的不在場證明也只好犧牲了。

「你該不會想說……連公車也沒坐吧？」

國枝感覺對方的猶豫很可疑，便帶著諷刺的語氣催促道。

註一　幸吉的羅馬拼音為「Koukichi」，故稱之。

註二　「黃金蝙蝠」（Golden Bat）牌的俗稱。為日本香菸產業社（相當於臺灣的菸酒公賣局）發售的香菸。亦是日本最老的香菸牌子，二〇〇六年時正式滿一百年。日本庶民香菸的代表性牌子，價格便宜，味道參差不齊。亦有許多文學家（如芥川龍之介、太宰治等）喜歡這個牌子，故日本文學作品中亦常見此名登場。

「說老實話，偏偏剛好沒搭上。」幸吉很痛苦地說道，且不知為何滿臉通紅。原本鐵青的臉突然變得潮紅，令在場者紛紛吃了一驚。

「或許各位聽起來會覺得我在撒謊，但這是事實。很偶然地，我昨晚偏偏沒搭上公車。因為走到村裡的車站時，前往N市的最後一班公車剛開走，再也沒有其他班車了，所以我只好走路。不同於搭車，抄近路的話只需一里半的路程。」

「你剛才說到N市並沒有任何目的，只是想到鬧區走一走。沒有任何目的，就算只有短短一里半的路程，卻特地走路過去，這不是挺奇怪的嗎？」

法官的追問益發急迫。

「是的，那是因為對我們鄉下人來說，一里、兩里的路程實在算不了什麼。村民假如有事要去N市，較節省的人多半走路過去。」

但幸吉是村長家的大少爺，實在看不出能毫不在乎地走上一、二里。

「那，回程呢？該不會連回程也是用走的吧？」

「事實上真的是用走的。回去時已經很晚了，沒有公車，本來打算坐計程車，不巧的是計程車全都發車了，我只好放棄，走路回來。」

這件事讀者已經從幸吉與殿村在早上發現鶴子屍體前的那段對話中得知。

「嗯……所以，這麼一來，你的不在場證明就完全消失了。在凶手犯案的當晚，你人不在S村的證據一個也沒有啊。」

法官的態度逐漸變得嘲諷。

「連我自己也覺得很奇妙，至少在往返的路上能遇到一個認識的人就好了，偏偏就是沒遇到。」幸吉彷彿悲嘆自己不幸地說道。「就算我沒有不在場證明，總不會因為一張偽造信就有嫌疑吧？哈哈哈……」

他很不安，手足無措地勉強擠出笑聲。

「雖然你說這是偽造的，但沒任何證據證明這是假的。」

法官冷淡地反駁他的說法。

「雖說與你的筆跡不同，但刻意改變字體來書寫並非不可能。」

「開什麼玩笑，我何必改變字體？」

「不，我沒說你改變字體，我只是說只要你願意，也能改變字體……好吧，請回去吧。但是回家後請盡量別外出，或許還有事情要問你。」

幸吉離開以後，國枝與警察署長不知在小聲交談什麼。接著，一名便衣在署長的命令下離開了。

稻草人

「殿村，這樣就算結束了。跟小說不一樣，一點也不有趣吧！」

偵訊工作告一段落的國枝預審法官邀同學兼推理小說家的殿村到走廊上交談。

「結束了？你打算這麼說然後趕我走嗎？別說結束，案情正要開始呢！」

「哈哈哈，不，不是這樣。我的意思是今天的偵訊已經結束了。接下來等明天的屍體解剖結果出爐，事件才正要開始。我在N市的旅館訂了房，這兩、三天打算通車往返村子。」

「真熱心哪，沒幾個人會這麼做吧？交給署長負責不就得了？」

「嗯，但我覺得這事件倒是挺有趣的，所以想積極一點，留下來看看案情發展。」

「你似乎懷疑大宅……」

殿村為了朋友，打算試探一下法官的想法。

「不，我不是懷疑他。你是寫推理小說的，相信也了解這個道理。先入為主是很危險的。如果要懷疑，所有人都很可疑，就連你也是啊。」

法官開玩笑似地說道，拍拍殿村的肩膀。

「如果現在有空，有個東西想給你看看。要不要一起散步到隧道旁的看守小屋？」

殿村無視於對方的玩笑，把一直想說的話說了出來。

「你是說仁兵衛老先生的看守小屋嗎？那裡有什麼？」

「有稻草人。」

「咦？你說什麼？」

國枝吃了一驚，望著殿村過於認真的臉。

「警方調查現場時，我也對你提過這件事，不過你並不是很在意。你說稻草人偶與案情無關。」

「這樣啊。我倒是一點印象也沒有，那，那個稻草人又怎麼了？」

「唉，總之你跟我去一趟就知道了。說不定這是解決這起案子的關鍵哪。」

國枝對於這個唐突的邀請並沒有放在心上，但也沒有理由婉拒殿村的熱心。於是他嘟囔著

「小說家就是這點麻煩」，便跟著殿村走出了小學校門。

兩人抵達看守小屋後，剛剛才被傳喚過的仁兵衛父女擔心又要被問訊，惶惶然地迎接他們。

「叔伯，能不能讓我們看看那具稻草人？」

殿村說完，仁兵衛帶著奇妙的表情說：「啊，要看那個嗎？」於是帶著他們進入後面的置物間。

打開嘎吱作響的木板門，在堆著柴火、木炭的置物間黑暗角落，有一具約略成人大小的稻草人，很有威嚴地站在那裡。

「什麼嘛，不就是普通的稻草人嘛（註）。」

國枝失望地說道。

「不，這不是普通的稻草人。田裡用的稻草人豈會做得如此漂亮。這個人偶相當重哪，應該是咒術人偶之類的東西吧。」

殿村非常認真地說道。

「好吧，這個稻草人偶又跟這次的殺人事件有什麼關聯？」

「有什麼關係嘛，我也還不知道。但我能確定絕不是毫無關係。叔伯，能請你再描述一次發現這個人偶的情形嗎？」

於是，仁兵衛爺爺向預審法官微微彎腰致意之後，開始述說當時的情況。

「那是五天前的事吧。我有事到村裡一趟，在那個大彎……啊，就是鶴子小姐陳屍的鐵路轉彎處，我們都管那裡叫『大彎』。那天，我經過那裡時，發現這個稻草人就躺在鐵路旁的草叢裡。」

「恰巧就是鶴子小姐陳屍的地方嘛。」

殿村插嘴。

「是的。但是，鶴子小姐是倒在鐵軌土堤的正下方，而這個人偶倒在離軌道相當遠的草叢中。」

「而且胸部還有刺傷。」

「是的。就是這裡，在稻草人的胸部附近，直挺挺地插了一把匕首。」

註　在原文中，殿村說的是「藁人形」，國枝法官則是說「案山子」。前者指的是一種以稻草紮成人形的物品，常用於咒術中；後者則是一般田裡用來驅鳥的稻草人。

老爺爺走進小屋，把那具稻草人抱出來。一看，原來如此，胸部一帶的稻草遭到亂刀砍斷，一把白鞘小匕首像是要挖出心臟般直挺挺插進胸口。

「果真是咒術人偶……而且，還是命案發生的四天前被拋棄在命案現場附近，應該有什麼意義吧。」

「嗯……原來如此。」

國枝也無法忽略這兩起殺人事件（人偶與活人）之間不可思議的一致性。不，更令他無法忽視的，是被挖取心臟的稻草人所帶來的那種難以言喻、教人不寒而慄的感覺。

「然後你怎麼做？」

「嗯，我以為是村裡小鬼頭的惡作劇，沒放在心上，原本打算當柴火燒了，便放進小屋裡，那匕首也忘了拔出來，於是就變成了這樣子。」

「那麼，關於稻草人的事你應該沒跟任何人提過吧？」

「是啊，因為我實在沒想到會演變成這起大事件的前兆。啊，對了，只有一個人看過這個人偶。不是別人，正是鶴子小姐本人。大小姐恰巧就在我撿到人偶的隔天突然來訪，我女兒告訴她這件事，她便要求看一下，於是我女兒才讓她看。或許是有什麼孽緣吧。大小姐恐怕也沒想到自己會遭遇到與人偶一樣的下場吧。」

「喔？鶴子小姐來你家？……她經常來嗎？」

「不，幾乎不曾來過。那天好像是要給我女兒阿花什麼禮物，久久才出這趟遠門。」

偵訊暫時告一段落，國枝說不久會派警察過來帶走稻草人，於是先拜託仁兵衛妥善保管，便離開了看守小屋。

「真是偶然的一致性。恐怕正如老爺子所說的，是村中孩童的惡作劇吧。因為凶手在殺人之前先用稻草人做實驗很奇怪，而把人偶丟在相同現場也一樣愚蠢。」

務實的預審法官無法同意喜好神祕事物的推理小說家之意見。

「如果這麼想，或許真的看不出與犯罪事件有何關聯。但也不能說沒有不同的思考方式。我感覺好像能看穿事情的真相，特別是鶴子小姐看稻草人偶這一點相當有趣。」

「她並不是為了那個而來吧？」

「不，恐怕正是如此。從老爺子的語氣看來，鶴子小姐並沒有什麼重要大事，她來拜訪阿花的真正目的，恐怕就是來看稻草人吧。」

「你的想法太天馬行空了。實際問題可不像戲法一般啊！」

預審法官對殿村的妄想一笑置之。究竟是不是妄想，要不了多久即將揭曉。

恐怖的陷阱

第二天，國枝法官帶著警察署長前往設於小學的臨時搜查總部。當他進入特設的調查室時，各項重大證物在刑警徹夜的奔走下均已備妥。

隨著證物的發現，案情急轉直下，事件彷彿在五里霧中已真相大白。恐怖的殺人凶手已罪證確鑿，非同小可的證據出現了。

隨即，大宅幸吉被叫到調查室的桌前，與昨日一樣和國枝法官相對而坐。

「請你說出真相。當天，你根本沒去N市吧？就算真的去了，也是在七點以前回來。之後便一直躲在村中的某個角落吧？你當晚回家時，大約是十二點左右，在那之前，你一直躲在某神社的境內或森林中，對吧？」

預審法官不同於昨日，以充滿確信及沉著的態度展開偵訊。

「不管您問幾次都一樣。我是直接從N市走路回家的，並沒有躲在神社或森林裡。」

幸吉沉穩的回答無法掩飾發青的臉色及內心的苦悶。因為他察覺到預審法官手中握有證物。對於那非同小可的證據該如何答辯，這下子讓他焦急得像隻熱鍋上的螞蟻。

「啊，對了，有件事非得先告訴你不可。」法官從完全不同的角度切入。

「鶴子小姐的死因是心臟遭細長刀刃刺傷，凶器應該是一把匕首。這是剛出爐的解剖報告。因此，這場犯罪很血腥，被害者流出大量的血而死。因此，我們推測加害者的衣服自然會沾有血跡。」

「是…是這樣嗎……果然是他殺啊……」

幸吉以絕望的表情喃喃自語。

「但是，如果加害者身上真的沾了血跡，又該如何處置？如果是你，你會怎麼做？」

「夠了！」

幸吉大聲叫喊，這突如其來的反應讓人懷疑他是否瘋了。

「別再以這種方式逼問我了。我知道，我看到刑警在我房間的地板下（註）爬進爬出。

註　日文為「縁の下」。日式建築的地板是架空的，由許多矮柱支撐，因此地板與地面之間尚有一段空間。而與庭院相接的外側走廊稱「緣側」，其底下便是「縁の下」。

雖然我什麼印象也沒有，但我知道地板下必定有什麼東西。就請您明說吧！請您直接拿出來吧！」

「哈哈哈……你還真會演。你說不知道藏在房間地板底下的東西是什麼？好，那我就給你看吧。就是這個。當然，我們早就查出這是你常穿的浴衣。看，這血跡是什麼？你說，這難道不是鶴子小姐的血嗎？」

法官充滿威嚴地說道，接著從桌子底下取出一件皺巴巴的浴衣，遞到幸吉面前。一看，浴衣的袖子與下襬均附著黑色的斑斑血跡。

「我什麼都不知道。這種東西為什麼會在我的房間地板下。那浴衣的確是我的，但我不知道上面為何會有血跡。」

幸吉像一頭被逼急的野獸，兩眼血絲密布，忘我地嘶吼著。

「可別以為說不記得就沒事了喔。」法官冷靜地說：「第一是署名K的傳呼信，第二是不可思議的不在場證明之不成立，第三就是這件浴衣。你沒有一點能夠反駁的，不是嗎？證據如此充分，你又無法辯解，幾乎可說是罪證確鑿了。以我的立場，也只好依法以涉嫌殺害山北鶴子的罪名拘提你了。」

法官說完，立刻以眼神向署長示意，兩名警官的腳步聲喀喀響起，走到幸吉身旁，由左右兩側欲捉住他的手。

「慢著！」

幸吉以駭人的瘋狂表情狂嘯。

「慢著！你們收集的證據不過是偶然相符，我怎能被這些假物證陷害入罪！況且，我根本沒有動機啊！為什麼得殺害與我無冤無仇，甚至還是我未婚妻的少女呢？」

「動機？別說笑了！」署長按捺不住發起脾氣來。「你不是有個情婦嗎？就是因為你拖拖拉拉不想分手，跟未婚妻的婚期才會一延再延，不是嗎？但你已經陷入再也無法延期的狀況了。由於你的家族與山北家的關係複雜，這場婚禮已經進入一種無法再拖延的狀態。如果這場婚姻最後以不成立告終，山北家當然不用說，你們一家將無顏面對全村民。你處於狗急跳牆的困境，還說沒有動機！我們早就把你摸得一清二楚了。」

「啊啊，這是陷阱！我被陷害，落入恐怖的陷阱中！」

幸吉一時之間無話可說，只能在半狂亂中揮舞著手足。

「阿幸，振作一點。你忘了嗎？既然到了這個地步，乾脆說實話吧。你不是有個絕佳的不在場證明嗎？請你住在N市的女友替你作證不就得了？」

殿村昌一從眾人背後一躍而出，大聲呼喊。友人的苦悶他再也看不下去了。

「沒錯！法官大人，請調查N市X町X番地。我的愛人就住在那裡，在事件發生當晚，我一直待在那裡。我說去散步是謊言，我的愛人名叫絹川雪子，請問問雪子我是否說謊吧！」

幸吉終於無法繼續隱瞞愛人的姓名了。

「哈哈哈……說什麼傻話，情婦的證詞豈能信？那女人搞不好還是你的共犯。」

署長笑道。

「不，取得那女人的證詞不算什麼。既然你這麼說，我就以警用電話聯絡本署，請他們立刻調查並給予答覆，如何？」

在國枝的仲裁下，決定對雪子這名女性展開調查。畢竟，雪子也是要進行調查的人物之一。

經過一個小時的漫長等待，一名刑警帶著回覆從派出所奔向臨時搜查總部。

「絹川雪子的回答是，大宅前天並沒有來，或許是哪裡搞錯了吧。後來，又問了她好幾次，答案都一樣。」

刑警向國枝報告。

「那，雪子當晚一直在家嗎？」

「根據我們向雪子的房東婆婆調查的結果，雪子當晚的確一直在家。」

如果雪子當晚外出，她便也有殺害鶴子的嫌疑，因為她也具備與幸吉相同的動機。但是，她既然沒有外出的跡象，又對愛人幸吉做出最不利的證詞，雪子恐怕不知情。說她完全置身於此事件之外也不為過。

國枝再次呼叫幸吉至他的面前，轉達刑警的報告。

「好了，我能為你做的都已經做了，我想你也沒有其他意見了吧？連情婦都不肯替你做不在場證明，我看你還是死心吧。」

「騙人吧！雪子不可能這麼說，讓我見她！請讓我跟她見面！她沒有道理說出如此愚蠢的話。一定是你亂說什麼，想陷人入罪。快，帶我去N市，讓我跟雪子對質！」

幸吉用力跺腳，大聲喧嚷。

「好好好，你要見面就讓你們見面。我會讓你們見面，你也冷靜一下吧。」

署長帶著沉著的表情，以安撫的聲音說著，一邊以銳利的眼神指示部下。

兩名警官抓住搖搖晃晃的幸吉，粗暴地將他拖到門外。

大宅村長的大少爺幸吉，果真是恐怖的殺人魔嗎？或是受到什麼人的陷害而落入動彈不得的陷阱中？那麼，真正的凶手究竟躲在何處？推理小說家殿村昌一在此事件中究竟扮演什麼角色？他認定很重要的稻草人到底又代表什麼意義？

雪子的失蹤

S村村長之子大宅幸吉被警方以謀殺未婚妻山北鶴子的罪名拘留。

幸吉堅稱自己無罪，但警方又握有毋庸置疑的染血浴衣，而他犯罪當晚的不在場證明並不成立，甚至還具備了殺害未婚妻的動機。

幸吉極端討厭鶴子。他在N市有個名叫絹川雪子的愛人，兩人為了持續這段戀情，向幸吉逼婚的未婚妻鶴子成了最大的妨礙者。此外，幸吉家對於山北家還有不得取消婚約的俗世因素。要是幸吉沒有接受這樁婚事，父親大宅得拋棄村長一職，離開S村。

另一方面，山北家則是高舉這些威脅，如箭矢般毫不留情地逼婚。因此，大宅氏夫妻半哭半罵地勸說幸吉。瘋狂熱戀的年輕人陷於這種境地，若說會憎恨、詛咒未婚妻，終至引發殺意，豈不是極有可能嗎？這就是預審法官及警方的看法。

有動機，有證據，沒不在場證明。幸吉有罪似乎已無人能翻案。

但是，除了幸吉的雙親以外，尚有一人相信他無罪。那就是幸吉的好友，回S村省親途中恰巧碰到此事件的推理小說家殿村昌一。

昌一自幼年時代便是幸吉的好友，熟知他的心性，不管怎麼思考也無法相信幸吉竟會因迷戀雪子而殺害無辜的未婚妻鶴子。

昌一在此事件中一直有一個不可思議的想法。那就是在命案發生的四天前，在幾乎相同的地方，一具等身大小的稻草人同樣被匕首刺入胸口的事，讓他展開唐突至極的幻想。他很清楚，若是將此想法忠實說出，只會被國枝法官等人一笑置之，認為那僅是小說家的空想，因此他從來沒說出口。然而，好友幸吉如今主張自己無罪卻還是被捕，為了拯救好友，他必須基於這個幻想，好好推理一下。

那麼，該從何處開始呢？沒有經驗的他一時找不到方向，但覺得必須先從拜訪N市的絹川雪子開始。

幸吉主張自己在犯罪當晚去找雪子，而雪子卻對警方否認這件事。這奇妙的矛盾究竟從何而來？他認為釐清這一點將是最優先處理的問題。

因此，幸吉被捕的隔天早上，他搭上前往N市的公車。他與雪子自然是第一次見面，由於幸吉在好友面前也不曾談論過情人的事，別說是S村的村民，就連幸吉的雙親也不認識雪子，直到預審法官調查時，幸吉才把一切說出來，雪子的地址與姓名總算公諸於世。

殿村抵達N市後，立刻前往位於車站附近的雪子住處。那是一間夾在小工廠之間的髒污二樓長屋（註）。

敲了敲門，一名六十餘歲的阿婆揉著惺忪睡眼出來。

「婆婆您好，我來拜訪絹川雪子。」

告知來意，阿婆以手掌搭在耳朵上，伸長了脖子問：「啥？你是誰啊？」

看來眼睛不好，耳朵也有點重聽。

「有位名叫絹川雪子的小姐住在這裡的二樓吧？我想來拜訪她，我姓殿村。」

殿村把嘴巴湊近阿婆耳邊大聲叫喊。

或許是聲音傳到了二樓，從玄關可見的樓梯上，露出了一張蒼白的臉孔。

「請上來吧。」

對方說道。看來，這名女性就是絹川雪子。

殿村爬上漆黑的階梯，二樓有兩個房間，分別是六疊大與四疊半大。六疊大的那間應該是雪子的房間，整潔乾淨，布置得很有女人味。

「突然來訪，十分抱歉。我是S村大宅幸吉的朋友，我姓殿村。」

打過招呼後，雪子很有禮貌地點了頭，說：

「我是絹川雪子。」

或許是害羞吧，雪子說完便一直低著頭，一語不發。

仔細一瞧，雪子的長相令殿村十分意外。他原本想像，能讓幸吉如此愛戀的女子肯定是個大美人，但眼前呆坐的雪子別說是稱不上美人，整體甚至給人一種娼婦的感覺。

她梳綁著西式髮形，而且紮法非常拙劣，額上的瀏海彷彿為了掩蓋眉毛般垂落下來，臉上塗了厚厚的白粉、胭紅等化妝品；而且牙齒也不太好，右臉頰貼了一張極大的止痛藥布。

註　一種外觀呈長形的大雜院。

殿村不了解幸吉的喜好，懷疑他怎麼會愛上這麼奇怪的女人。總之，還是先將幸吉被捕的經過向雪子仔細說明，並再次詢問，幸吉在案發當天是否真的沒有來找過她。

但，多麼冷漠的女子啊！聽到愛人被捕一事，雪子一點悲傷的表情也沒有，回答得有一句沒一句，僅淡淡地述說幸吉當天並沒有來訪。

殿村在與雪子談話的過程中逐漸感覺怪異。他覺得雪子這女人若非無情，就是像人造人之類的怪物，不由得感到一種異樣的恐怖。

「因此，我想請教妳對於此事件有何看法？妳認為大宅會殺人嗎？」

殿村有點不滿，以斥責的語氣問道。但對方依舊以極冷漠的態度回答：

「我認為他應該不是會惹出那種大麻煩的人……」

這回答非常曖昧不明。

這女子究竟是因為羞恥而壓抑情感，還是真正的冷血動物？抑或，她就是唆使幸吉殺害鶴子的元凶，如今因過度害怕而變成了這副德性？有如無底洞令人捉摸不清，感覺十分不可思議。

但她確實是表現得非常害怕。這間長屋後方恰巧位於火車站內部，火車往來之聲不絕於耳，且尖銳的汽笛聲時常從窗外傳進來。每每傳來這些聲音，雪子就受到驚嚇般顫動一下。

雪子租下這間長屋獨居，從房間內的用品擺設看來，多少予人一種職業婦女的氣氛。

「請問曾經在哪裡高就過嗎？」

殿村開口試問。

「有的。之前曾任某位先生的祕書，現在就……」

依舊是曖昧不明的回覆。

殿村試圖以各種話題來引出她的真心話，最後均以失敗告終。雪子始終保持沉默，殿村無法突破她的心防。她總是低著頭，垂下眼簾，即使開口說話時也不正眼瞧殿村，彷彿說話對象是榻榻米似的。

他終究無法應付雪子執拗的沉默，只好暫時撤退，向女主人告辭。下樓時，雪子仍低著頭坐在客廳，也不肯下來送客。

殿村來到玄關前的泥地，阿婆出來送行，殿村為了慎重起見，將嘴巴湊近她耳邊詢問：

「從今天算起的三天前，也就是大前天，是否有男性客人來找過絹川小姐？跟我差不多年紀的男子。」

他一邊留意避免被二樓的雪子聽見，一邊重複了兩、三次之後，阿婆回答：

「這我也不清楚啊！」

仔細一問，原來一樓雖為阿婆獨居的住所，二樓包租給雪子，但由於阿婆行動不便，無法一一接待來客，因此雪子的客人通常都直接上樓；即使到了夜晚，客人晚歸時，也是由雪子自行下樓關門。這裡的一樓與二樓就像是兩間完全獨立的公寓，就算當天幸吉確實來找過雪子，阿婆也毫不知情。

殿村極度失望地離開了，接著陷入一陣沉思，低頭看著腳尖走路。

「嗨，你也來啦？」

突然有人叫喚。

他嚇了一跳，抬頭一看，原來是在S村小學臨時偵訊室見過的N警署的警官。雖覺得碰上了麻煩人物，但也不好說謊，便老實告知前來拜訪雪子。

「那麼說來，她現在在家囉。這倒好，其實接下來要偵訊那女人，我正要過去帶她。趕時間，先走一步了。」

警官說完，頭也不回地朝雪子下榻的長屋方向走去。

不知為何，殿村覺得不該就此離開，於是佇立在原地一會兒，守望著警官的身影消失在格子門後。

帶著些許好奇心，期待被警官帶走的雪子將會顯露何種面容；但格子門再度拉開時，警官出來了，身後卻不見雪子的姿影。不僅如此，警官一見到殿村還在原地，立刻很生氣地說：

「你這傢伙，亂講話會造成我們很大的困擾啊。絹川雪子根本不在家嘛！」

「什麼？不在家？」殿村覺得莫名其妙，「怎、怎麼可能！我剛剛才跟她見過面啊，我才走了五、六間的路程，她不可能在這段時間外出啊。真的不在嗎？」

殿村一副不可置信的模樣。

「真的不在。我問過那裡的阿婆，問半天對方也搞不清楚狀況，所以我直接上二樓一看，連個貓影子也沒有。說不定從後門出去了！」

「不知道。只不過說後門嘛……，這房子的後半部恰好在火車站的站內……總之，我也一起去看看吧。她不可能不在。」

於是，兩人再度打開那房子的格子門，詢問阿婆、進行住家搜索等等，得到的答案就只有雪子像一股煙般消散得無影無蹤。

方才警官進來時，阿婆才送走殿村不久，仍然站在玄關處，而且還是樓梯口附近。就算視力聽力再怎麼不好，也不可能沒發覺雪子下樓。

兩人還很慎重地檢查鞋子，卻發現不僅雪子的鞋還在，就連阿婆的鞋一雙也沒有消失。

雪子並未外出，這是毋庸置疑的事實。因此，兩人打算再上二樓調查，這次連壁櫥及天花板都檢查過，完全沒有躲人的跡象。

「恐怕是從這個窗戶爬出去，沿著屋頂逃走了吧。」

警官望向窗外，喃喃自語地說道。

「逃了？她為什麼要逃？」

殿村驚訝地問道。

「如果那女人是共犯，聽到警察來訪的聲音難保不會逃啊。只不過，話又說回來……」

警官環視附近的屋頂。

「這裡的屋頂確實沒有逃走的空間啊，而且底下的鐵軌附近又有許多工人。」

窗戶底下是車站內部的一部分，有好幾條並列的軌道，其中一條軌道似乎正在進行修繕，四、五名工人齊聲協力拿著鶴嘴鋤施工。

「喂，請問剛才有沒有人從這扇窗戶跳進鐵軌上啊？」

警官大聲向工人們詢問。

工人紛紛驚訝地抬頭望向那扇窗。不過，雪子不可能從這麼顯眼的地方跳下去，工人也表示什麼都沒看到。同時，就算雪子想沿著屋頂逃跑，工人也不可能沒察覺，因此這個可能性也消失了。

也就是說，那個像妖怪塗得滿臉白粉的女孩子，除了像氣體蒸發以外，毫無理由地消失得無影無蹤。

殿村的心情就好像被狐狸精惡整，陷入夢境般，以空虛的眼神望著窗外。

腦海裡閃現無數片段，這段期間，胸前刺了一把匕首的稻草人、雪子有如粉牆般的死白臉龐、血肉模糊的爛臉，掉出眼眶的眼珠子等等……種種景象快速閃現又消逝。

接著，腦袋裡彷彿陷入黑夜般，一切事物均失去了輪廓。在這片黑暗中，有個異樣的影子緩緩浮現。這是什麼？像個棒狀物；綻放鈍重光芒的棒狀物，而且是兩根並列而立。

殿村痛苦不堪地試圖捕捉這棒狀物的實體。

突然間，腦袋裡大放光明，謎團解開了。彷彿奇蹟般，所有的謎團都解開了。

「是高原療養院（註）！我懂了，喂，我知道凶手目前在哪裡。國枝兄在嗎？在警察署嗎？」

殿村如狂人般大叫，警察莫名其妙地望著他，但還是老實回答，國枝預審法官目前正好在N警察署。

「太好了。那麼請你馬上回去替我轉達，請他等我一下。我會親自把殺人凶手交給他。」

「咦？你說凶手？凶手不是大宅幸吉嗎？你在說什麼傻話啊？」

警察吃驚地大喊。

「不，不是，凶手是另一個人，我一直到剛剛才了解，這種邪惡令人無法想像。啊——多可怕。總之，請你向國枝兄轉達，我會立刻趕過去說明。」

警官雖然不了解狀況，但在殿村不斷地拜託下，還是慌慌張張地返回署裡。畢竟殿村是國枝法官的好友，他的請託難以怠慢。

殿村與警官道別後，立刻衝進火車站，抓住一名站員，詢問一些奇怪的事。

「今天早上九點發車的載貨上行列車，是否載了木材？」

站員嚇了一跳，莫名其妙地望著殿村，但還是親切地回答：「有，我記得那班列車確實有三節無加蓋的車廂載著木材。」

「好，那麼那班列車會不會在U站停車？」

U村位於與S村的反方向，是過了N市的下一站。

「是的，會在那裡停車。一部分的貨物裝卸通常在U站進行。」

殿村聽了這些情報以後，立刻奔出火車站，來到站前的自動電話亭打電話到位於U町近郊知名的高原療養院，詢問一些入院患者的細節。不久，他似乎獲得了滿意的答案，一結束通話，立刻奔向警察署。

國枝獨自坐在署長室，而殿村在沒有告知的情況下突然闖入，嚇了他一跳，於是他慌忙起身。

「殿村兄，你的瘋狂行徑真教人無所適從啊。專業就交給專家處理吧，小說家想冒充刑警是不可能破案的。」

國枝很不高興地訓斥殿村。

註　該院為了讓肺結核患者安靜療養，建立於空氣新鮮的高原上。在本篇登場的院長兒玉博士應該是以在長野縣經營富士見高原療養院的正木不如丘為藍本。正木曾發表過〈紅色標籤〉（大正十五年）等推理小說。昭和八年，橫溝正史亦曾於本療養院養生三個月。

「不，不管我是冒牌警察還是什麼，了解事實真相卻隱瞞不說，那才是真正的罪惡。我已經發現真正的凶手是誰。大宅是清白的。」

殿村由於太興奮，顧不了場合，大聲叫嚷了起來。

「請你安靜一點。我們雖然是朋友，但若是被其他同事看到我如此放任你總是不好。」

國枝萬分困擾地安撫發了瘋似的殿村，說：

「好吧，那你所謂真正的凶手，究竟是怎麼回事？」

「這就有勞你親自走一趟，親眼目睹真實情況了。只要到U町走一趟就行了，凶手目前是高原療養院的患者。」

殿村的話教人越來越摸不著頭緒了。

「是病人嗎？」

國枝吃了一驚，反問殿村。

「嗯，算是吧。雖說凶手打算裝病避禍。但無庸置疑地，凶手是個無可救藥的精神病患，是個狂人。若非如此，怎能思考出如此恐怖的殺人方式，就連寫小說的我都很驚訝，想必你也能認同吧。」

「究竟發生了什麼事？我還搞不清楚哪……」

國枝甚至擔心起殿村會不會是真的瘋了。

「你當然無法了解，因為，不管是哪個國家的警方紀錄中都沒有這種先例啊。聽好，你們的推理犯下一個很嚴重的錯誤。如果這起案子就這樣繼續審理下去，你將會在職務上留下一個無法挽回的污點。你就當作被我騙了，跟我去一趟高原療養院吧。如果信不過我，你也可以放下法官的身分，以個人名義過去。就算我的推理錯誤，你的損失也只是短短兩個小時。」

經過一連串互不相讓的爭執，國枝終究不敵老友的熱誠，就當作是老友的監護人，與他一起去高原療養院。當然，這件事並沒有向任何同事透露，而是以私人拜訪為藉口，請警署替兩人備車。

真凶

前往高原療養院，如果走國道需要大約四十分鐘。除了殿村先前在雪子家搜索，浪費了一個多小時，再加上說服國枝法官所花的時間，兩人抵達療養院時已經過了中午。

療養院就在車站前方不遠處，位於美麗山丘的山腰地帶，是一棟詩情畫意的白牆建築。兩人驅車進入後，向接待室說明來意，接著被帶往院長室。

院長兒玉博士除了具備專業的醫學知識，對文學也很有研究，與殿村等人亦有所相識。他接到殿村方才的來電，立刻答應要求，等候兩人大駕光臨。

「剛才，你在電話中描述的婦人以北川鳥子的名義住院。我們按照你的要求，派人在暗中監視。」

寒暄剛結束，院長立刻切入正題。

「那女人進來時大約是幾點？」

殿村問道。

「這個嘛，今天早上九點半左右吧。」

「那，請問其病狀？」

「嗯，應該算是神經衰弱。她好像受到某種打擊，顯得極為亢奮。雖然情況還沒嚴重到必須住院，但如您所知的，這裡與其稱為療養院，更接近溫泉旅館，只要本人有意願，我們隨時歡迎……請問那位婦人做了什麼事？」

院長什麼都不知道。

「她是殺人犯。」

殿村壓低聲量說道。

「咦？你是說殺……殺人犯？」

「是的，就是S村殺人事件的凶手，你也聽過吧。」

院長相當驚訝，似乎受到不小打擊，連忙呼叫員工，請他們把殿村等人帶到北川鳥子的病房。

國枝與殿村站在病房前，面對即將打開的房門，感覺心跳加劇，異常緊張。

於是，他們下定決心，用力打開房門。絹川雪子就站在眼前，以飽受驚嚇的眼神，彷彿撕裂眼眶般瞪大了眼睛呆然而立。北川鳥子不是別人，正是絹川雪子。不，應該說，是不久前自稱絹川雪子的女人。

她不可能忘了今早才見過的殿村。即使不認識站在他背後的國枝預審法官，如此慌忙闖入的訪客想必來者不善。剎那間她已領悟了一切。

「啊，住手！」

殿村突然衝向雪子，搶下她手中的藍色小玻璃瓶。那東西不知從哪裡弄來的，那是她以防萬一所準備的毒藥。

被奪走毒藥的女子失去了最後的力氣，整個人癱軟在地上，瘋狂哭泣。

「國枝兄，想必你已聽說絹川雪子今天早上在住處失蹤的事吧。這名女子從住處的房間消失，迅速住進了這間療養院。」

殿村說明。

「等等，等一下，這也太奇怪了吧！」

國枝似乎難以釋懷，看著趴在地上激動哭泣的女子說：

「絹川雪子於犯罪當晚一次也沒外出，而且被害者山北鶴子也算不上她的情敵，因為大宅的心完全屬於她啊。她到底有何理由必須殺人呢？實在太奇怪了。這女人，難不成是神經衰弱產生什麼奇妙的幻想嗎？」

國枝一臉狐疑。

「是的，問題就出在這裡。這正是最大的錯誤，你落入了凶手巧妙的詭計中。打從一開始，你便認定凶手是大宅幸吉，這是錯誤的。你認定被害人是山北鶴子，亦是大錯特錯。你對於凶手及被害人可說是一點也不了解。」

殿村開始講出一些莫名其妙的話語。

「咦？咦？你說什麼……」

國枝驚訝地跳了起來，大嚷著。

「被害人不是山北鶴子？那究竟是誰？」

「那具屍體在被山犬啃咬之前，臉部恐怕早就遭到嚴重的傷害，被摧殘得不成原形，後來才被穿上鶴子的衣物及飾品，然後棄屍在那裡的。」

「但是，你又怎麼解釋行蹤不明的鶴子？鄉下姑娘與雙親失聯，三、四天沒回家實在很不正常啊！」

「那是因為鶴子小姐有絕對不能回家的理由啊。我聽大宅說過，鶴子很喜歡看推理小說，也經常收集歐美的犯罪學書籍，想必也讀遍了我寫的小說吧。她絕不是你所想像的單純鄉下姑娘哪。」

殿村提高音量，彷彿正在對其他人述說。

國枝更丈二金剛摸不著腦袋了，反問：

「怎麼你的話聽起來好像在責備鶴子小姐？」

「責備？豈止是責備！這女人殺了人啊，是個罪大惡極的殺人魔啊！」

「咦？也就是說……」

「沒錯，山北鶴子並非你認定的被害者，反而是加害者；不是死者反而是凶手哪！」

「殺……殺了誰？」

預審法官受到殿村情緒激動的影響，慌忙詢問。

「當然是殺了絹川雪子。」

「喂喂喂，殿村兄，你在說什麼鬼話。絹川雪子不正在我們面前放聲大哭嗎？啊，還是說，難道妳是……」

「哈哈哈……你懂了吧。站在這裡的正是扮成絹川雪子的山北鶴子本尊。她深愛著大宅，還煽動父母向大宅逼婚。因此，她詛咒占有大宅的絹川雪子，憎恨完全背棄她的大宅幸吉，實在不難想像。於是，她想出了同時針對這兩人的恐怖復仇方法。她殺死情敵雪子，替屍體穿上自己的衣物，並設計陷害大宅涉有重嫌；對於這兩個仇人，一個予以殺害，另一個冠上殺人犯的罪行，這是多麼完美的復仇啊！她所使用的手段既複雜又巧妙，真不愧是推理小說及犯罪學的研究者。」

此時，殿村走近哭泣的鶴子，拍拍她的肩膀對她說話。

「鶴子小姐，妳也聽到了吧！我說的有錯嗎？想必沒有。我是個推理小說家，十分了解妳的詭計。今天早上在絹川雪子的房間裡遇到妳時，被妳巧妙的變裝所騙，一時不察。但在與妳道別之後，我才猛然想起。那醜陋的西式髮形、過厚的妝粉底下，曾於S村短暫交談過一次的山北鶴子面容清晰地浮現了。」

或許鶴子早就放棄了，一邊啜泣一邊聆聽殿村的話語。她所表現的行為似乎印證了殿村的推理沒有誤差。

「所以說，鶴子殺了絹川雪子，再喬裝成被害者？」

國枝勉強掩飾驚愕的表情，插嘴問道。

「正是，正因為有此必要。」殿村接著回答：「好不容易破壞雪子的臉，結果雪子本人失蹤，只會引來更多揣測。不僅如此，鶴子若要偽裝成已遇害，必須隱匿自己的去向。因此，鶴子扮成雪子便能同時解決這兩個難題。此外，她也必須偽裝成雪子來否定大宅的不在場證明，再使其涉嫌。這真是非常漂亮的詭計啊！」

原來如此，原來如此。當初就認為雪子否認愛人的不在場證明很奇怪，這麼一來一切都說得通了。

「此外，」殿村繼續說明，「雪子的住處恰好提供了絕佳的條件；樓下住著一個眼盲耳聾的老太婆。只要鶴子不外出，易容的模樣便不會曝光。即使被人發現不是雪子本人，也沒有人會想到她就是慘遭殺害的山北鶴子。畢竟在廣大的N市，認識鶴子的僅有寥寥幾人。

也就是說，這女人寧可一輩子隱姓埋名，與父母斷絕親子關係，也想一報遭情人背叛的仇恨。當然，她不可能永遠化身為絹川雪子。我相信她肯定在等候大宅罪證確鑿以後，便隱身遠走高飛。啊，多麼深刻的仇恨哪。愛情多麼可怕啊！愛情讓這個年輕女孩變成了狂人。不，是惡鬼；受妒火灼燒的一隻惡鬼。這場犯罪絕非人類所為，乃是從地獄深處登爬而上的惡鬼之業啊！」

但無論如何訓斥，可悲的鶴子僅趴伏在地上，如石頭般一動也不動。看來似乎是受到過大打擊喪失了思考能力，渾身麻痺，動彈不得。

國枝對於小說家的推想竟然一一命中，感到非常驚訝，甚至有一種莫名的恐懼。但他對某些疑點仍感到不解而無法釋懷。

「殿村兄，這麼一來，大宅幸吉不就沒有必要說謊，或者他根本沒說謊？但是請你回想一下，大宅主張案發當晚一直在絹川雪子住處待到很晚才離開。也就是說，雪子當晚十一點左右人還在N市。然而，事實上當晚她卻在遠離N市的S村遇害，這完全不合邏輯啊！即使她坐計程車，一名年輕女子在深夜前往深山荒野，實在很奇怪。再怎麼糊塗的老太婆，雪子出門前也會告知一聲吧，總不至於忘了吧？但是，那個阿婆卻表示雪子當晚並未外出。」

不愧是國枝，立刻將矛頭指向重點。

「對，就是這一點，這就是我所謂無論哪一國的警察紀錄中都沒見過的前例啊！」

殿村彷彿正在等候這個問題似地，迅速回答。

「這是個異想天開的詭計。若非殺人狂絕對無法想出如此驚人的方法。前一陣子，我曾經提醒你必須注意仁兵衛老爺爺撿到的稻草人；就是那個胸前插了一把短刀的人偶。你想，那是什麼東西？那就是凶手為了替自己的突發奇想所做的實驗道具哪。也就是說，這個稻草人如果放在貨運列車上，到底會被甩到何處。」

「咦？你說什麼？貨運列車？」

國枝又不得不再次大吃一驚。

「掐頭去尾地說，也就是這個意思——凶手嗜讀偵探小說，她很清楚關於犯罪不論多小心，依然會在現場留下某些線索。因此她想盡辦法策畫一個詭計，避免讓自己親臨現場，卻能把屍體留在現場。

鶴子是如何想到如此巧妙的方法？這女人靠著對情人的敏銳觀察，找到了絹川雪子的地址，趁雪子不在的時候，進入二樓的住處。我說得沒錯吧？鶴子小姐。同時，她發現了驚人的事實。一如你所知，雪子的房間剛好面對火車站站內，而貨運列車的專用軌道正巧經過窗戶底下。由於貨運列車軌道的基盤較高，貨櫃車廂與窗戶相隔了不到一尺的高度，與雪子小姐的房間擦身而過。我今天走進這個房間，親眼目睹這個情況。此外，由於在站內，列車為了換裝車廂，有時候恰好停在雪子房間的窗外。鶴子小姐，妳也注意到了吧。所以才會下定決心執行這次的犯罪計畫。」

殿村有時候朝向趴伏著哭泣的鶴子，繼續進行複雜的說明。

「因此，這女子利用雪子不在時，將那尊稻草人帶進房間，趁著無頂蓋貨車恰好停在窗戶底下，沿著屋頂將稻草人輕輕放在積載的木材上（行經這一帶的無頂蓋列車都會積載木材）。由於車廂無頂蓋亦無捆綁，人偶在火車的震動下勢必會被甩落。她想藉著實驗確認人偶究竟會被甩落何處。

由於貨運列車很長，而且在S村的隧道前有一段爬坡，車速非常緩慢，人偶十分不容易被甩落。但是抵達該隧道的入口附近時，坡度趨緩，速度逐漸加快，而且又剛好經過俗稱『大彎』的彎道。列車劇烈震動，人偶自然掉落地面。

一旦發現人偶掉落的地方恰巧是S村郊外杳無人煙之處，更堅定了犯人行凶的決心。於是，她等候大宅去找雪子，並跟蹤其後，直到大宅與雪子道別之後，她便闖入二樓房間，趁雪子不注意時將之刺殺，再將屍體毀容，換上自己的衣物，等候事先調查過的夜間貨運班車停靠至窗戶底下的時刻到來，沿著屋頂將屍體推落至車廂上。這就是行凶過程，我應該沒說錯吧？鶴子小姐。

果然，屍體一如預期中被列車甩落於隧道旁。不僅如此，碰巧附近的山犬還將屍體啃蝕得體無完膚。另一方面，凶手鶴子繼續待在雪子的房間，改變髮形，臉上塗抹白粉，臉頰再貼上藥布，換上雪子的衣物，佯裝雪子的聲音，完全化身為雪子。

國枝兄，這是你們這些重視實際的人完全想像不到的空想。但對於這個年輕的推理小說狂而言絕不止是空想。她成功地執行了這個輕率的詭計，這是成年人做不到的大膽之舉。

接著，她今天消失於二樓的祕密，我想無須對你說明了吧！她依舊使用了相同的方法，只不過這次是搭上了與S村反方向的無頂蓋貨車。好了，鶴子小姐，假如我的推理有錯誤之處，尚請妳訂正一下。只不過，我想是沒有必要了。」

殿村說完，再次靠近鶴子，把手搭在她肩上想扶起她。

就在那一瞬間，原本趴伏在地的鶴子，突然像觸電一般，激烈地顫動了一下，接著發出毛骨悚然的慘叫聲，整個人彈跳而起。起身後，突然狂亂地跳起舞來。

不管是殿村還是國枝，見到這種情形不由得驚叫，後退了好幾步。

鶴子因淚水沾濕了臉上厚厚的白粉，以至於粉塊剝落，雙眼布滿血絲，頭髮倒豎糾纏。看哪，她的嘴唇就像夜叉般裂至耳際，咬合的齒縫間，迸發出如湧泉般的鮮血，唇齒間染上了一片惡毒色彩。血糊化成網絡狀流至下巴，啪答啪答地滴落在鋪有亞麻油布的地板上。

鶴子咬斷了舌頭，咬舌自盡了。

「喂，來人啊！不得了啦，她咬舌自盡啦！」

碰上這意外的結果而顯得有些狼狽的殿村，奔向走廊，大聲呼救。

×　×　×

S村殺人事件就這樣落幕了。咬舌自盡的山北鶴子居然沒死，成了療養院的長期包袱。即使傷口痊癒了，人依舊瘋癲，變成一個終日自言自語、瘋狂大笑的精神異常女子。

以上為後話。當天，兩人先將試圖咬舌自盡的鶴子交給院長，打了一封電報給鶴子家，在返回N市的火車上，國枝預審法官向好友殿村詢問了以下的事——

「但是，話說回來，我還有一些疑點無法釋懷。我知道鶴子靠著躲進無頂蓋貨車逃脫，但你如何推測她的目的地是高原療養院？」

好不容易破案的喜悅被鶴子的自殺騷動澆熄了，殿村板著一張苦瓜臉回答：

「那是因為，我知道上午九點發車的班車恰好因調度上的問題，必須在療養院前稍作停留。若是一直躲在木材縫隙間進入U站，很可能被裝卸工人發現。鶴子小姐無論如何都得在抵達U站前跳車。那麼，在療養院前停車不正是最佳時機嗎？而且醫院這種地方，對於犯人來說乃是絕佳的棲身之所哪。身為推理小說狂的鶴子小姐不可能沒注意到這點。我就是這麼推測的。」

「原來如此。經你這麼分析，都是一些沒什麼了不起的小事。但是對我或警方來說，這些小事卻是一輩子想像不到的。嗯……此外，我還有一個疑問。靜子在自家抽屜裡留了書信。這封署名K的邀約信自然是鶴子偽造的，但是另一個證物，也就是在大宅兄家客廳的地板下發現的染血浴衣，似乎比較難以解釋啊。」

「這也沒什麼。鶴子小姐與大宅的父母很親近，即使大宅不在，她也可以在府上自由來去。趁著去玩的時候，伺機將大宅的舊浴衣偷走並不難。接下來，只要將浴衣抹上血，揉成一團，趁犯案前一天將之放回地板下即可，一點也不難。」

「原來如此，原來如此，不是犯案之後，而是犯案之前先留下證據是嗎？原來如此，原來如此。但是，大量的血液又是從何取得？慎重起見，我曾經請人分析過那些血痕，的確是人血。」

「關於這點，就算是我也無法正確回答你。但若只是取得這些血量，一點也不困難。例如，只要一支針筒，從靜脈也能抽取一茶杯的血量。只要將這些血液均勻地塗抹在浴衣上，便能毫不費力地完成一件血衣。不信的話，可以去檢查鶴子小姐的手臂，那針孔恐怕還留著。總不可能去偷別人的血，我猜八成是如此，這種手法在推理小說中也經常使用。」

國枝十分佩服，連連點了好幾次頭。

「我必須向你道歉。我曾經藐視你的推理是小說家的妄想，看來我錯了。我已經了解像這次有如空想般的犯罪，我們這些注重實際的人反而拿它沒轍。今後，即使遇到實際問題，我也會更尊敬你的。同時，從今天起，我也打算成為推理小說的愛好者。」

預審法官天真地脫下帽子。

「哈哈哈……還真是感恩哪。這麼一來，喜愛推理小說的讀者又多了一個啦。」

殿村也以不遑多讓的天真無邪，開朗地笑了。

〈鬼〉發表於一九三一年

石榴

一

很久以前，我便習慣寫手記，並將之取名為《犯罪搜查錄》。裡面詳細記錄了我多年來生活中大大小小的推理事件。接下來要介紹的「硫酸殺人事件」，雖然是一起相當獨特且有趣的案子，但不知為何我卻未記錄在搜查錄中。可能是負責的案子太多了，以至於忘了這個奇特的小案子。

然而，最近我又得以仔細回想「硫酸殺人事件」，著實是一個不可思議的「機緣」，關於這件事我稍後再敘。總之，令我回想起這起事件的是我在信州S溫泉認識的豬股紳士。正確地說，是他的一本英文推理小說讓我想起來的。那本藍黑色布質封面因手垢而髒污的推理小說，今日回想起來，著實隱含著多種意義。

我在昭和某年的初秋撰寫本篇。同年夏天，也就是一個月前，我獨自前往信濃山間的S溫泉避暑。S溫泉位於由信越線的Y站搭乘私營電車至終點站後，還得轉搭公車，一路上搖搖晃晃兩個小時才能抵達的偏遠地方。該溫泉旅館的設備既不完善，提供的料理也很難吃，可說是完全沒有休憩的氣氛。不過，遠離人跡的深山幽谷美景倒是無話可說。從旅館出發，前進三丁（註）左右有一道極為壯觀的瀑布；旅館後方的山上時而有山豬出沒，總會在後院徘徊。

我住的翠巒莊是S溫泉附近唯一一家像樣的旅館，店名氣派，格局十分寬廣，但整體而言十分老舊，屬於山宅式的古老建築。再加上，館內的女服務生連臉上的胭脂也不會塗，店家提供的浴衣還上過漿、又硬又難穿等等，完全與現代化都市風情脫節。旅館位於深山中，時值盛夏，約有八成房客滯留，其中有半數是來自東京、名古屋等大都會的客人；與我在此相識的豬股亦是其中之一，他是東京的股票證券商。

而我，本職雖為警官，不知為何卻是個狂熱的推理迷。我的情況應該是，一名推理小說的忠實讀者對於現實的犯罪事件產生興趣，進而從地方刑警轉入警視廳搜查課，最後在推理事業貢獻了大半生，可說是不同於一般人的經歷。像我這樣的警察，一旦來到溫泉區，與其留意遊客中是否有可疑人物，不如物色能與我進行推理小說論戰的同好。

當今，推理小說在日本也算是一股潮流，一般人平時喜好在娛樂雜誌上閱讀推理小說，而

註　一丁約一〇九公尺。

隨身攜帶本格推理小說的讀者卻少之又少，此般情況總令我失望。這次不同，在投宿翠巒莊的這段期間，我喜獲了盼望多年的聊天對象。

此人早已過了青年的歲數，對方自稱長我五歲，是個四十四歲的中年人。雖為中年，其行李箱中裝的盡是推理小說，而且英文多於日文，是個十分罕見的推理迷。無須多言，此位中年紳士正是豬股。與豬股的相識，起源於某次我不經意瞥見他坐在旅館二樓走廊的藤椅上閱讀的一本推理小說。我也不是主動接近，只是不知不覺，我們倆的交情已經進展到隔日相互表明身分的程度。

不知為何，豬股的風貌特別吸引我，年紀雖不大，但頭頂已童山濯濯，像顆漂亮的水煮蛋；他有一雙極淡卻高雅的亂眉，臉上戴著一副黃色鏡片的無框眼鏡，鏡片底下是一雙深邃的大眼；他的鼻子如希臘人高挺，從鬢角至下巴的落腮鬍修剪得很整齊，予人一種不似日本人的俊美形象。就算穿上略嫌小的浴衣，只要領口收攏妥當，腰帶繫好，說他像一位行為嚴謹的大學教授也不為過，絲毫沒有證券商的市儈氣味。

後來得知，這位紳士最近遭逢喪妻之痛，想必深愛著妻子吧，這股深沉的悲痛清晰地刻畫在他的眉宇之間。不經意的觀察，我發現他多半鎮日待在房間裡閱讀推理小說。但縱使是喜愛的小說，好像也無法使他忘卻悲傷。我常看到他把讀到一半的小說拋在榻榻米上，拄著臉頰，一臉空虛地望著走廊外的青翠山巒，表情充滿了悲傷。

在我住進翠巒莊第三天的中午過後，我穿著浴衣及捺上烙印的木屐，從旅館後門走到名為翠巒園的雜樹林溜達，當作是飯後散步。我瞥見同樣穿著浴衣的豬股正靠在對面的大樹幹上，沉迷於閱讀。大概是推理小說吧，不知今天讀的是哪一本？於是我好奇地走向他。

聽到我的招呼聲，豬股猛然抬頭，微笑回應我，將手上的小說翻過來，露出書背上的燙金字，上頭寫著：

TRENT'S LAST CASE E.C. BENTLEY.（註）

三段式的歌德字體印刷。

「想必您一定看過這本吧，這是我第五次讀了。您看，這書被我翻得這麼破爛，實在是一

註　英國的E・C・班特萊於一九一三年發表的長篇小說，多譯作《褚蘭特最後一案》。內容描述業餘偵探褚蘭特解決曼德森殺人事件之經過及與曼德森夫人之間的戀情。本作雖以諷刺福爾摩斯之流的超人偵探為主軸，結果卻成為開啟克莉絲蒂、克羅弗茲等本格推理長篇黃金時代的先驅。最早引進日本的是以《活著的死美人》為題之抄譯本，一次揭載於昭和七年七月號的《偵探小說》雜誌上。讀了本篇的亂步非常佩服，曾於昭和二十一年親自向雄雞社的推理小說叢書購買版權，也著手進行翻譯，但最後因無法取得翻譯權而放棄。

本相當出色的推理小說。我認為這恐怕是世上最傑出的推理小說之一。」

豬股摺下讀到一半的書頁做記號，在手上把玩著，充滿熱情地說道。

「班特萊嗎？我很早以前讀過，不過故事細節幾乎忘光了。只記得某本雜誌的某篇評論把這本書與克羅弗茲的《桶子》（註）並列為英國當代最優秀的推理小說。」

後來，我們又針對國內外的推理小說述說自己的感想，豬股在得知我的職業以後突然說出底下這段話：

「長期以來，您也遇過不少怪案吧？就算是在下我，看到報上轟動的大案子也會一一剪貼，針對案情進行門外漢的推理；但除了這些大案子，即使是不曾公開的小事件，應該也有不少有趣的案例。您在經手過的案子中，有沒有我沒聽過的特殊案子呢？當然，新案恐怕不能公開吧，不過，就算是過了時效的舊案也沒關係……」

這是剛認識的推理迷經常出現的對話。

「這個嘛……我參與過比較有趣的案子多半會記錄下來。不過，這些事件通常在報上都詳細說明過了，對您來說恐怕一點也不特別吧……」

我邊說邊望著豬股手上把玩的班特萊推理小說。不知為何，穿破我腦中層層迷霧，有如初十五的皓月般浮上檯面的，便是前述的「硫酸殺人事件」。

「實際的犯罪事件很少靠純粹推理破案，可說是幾乎沒有。因此，對推理迷來說，真正的犯罪並不有趣。比起推理，偶然與實地探訪才是破案的更重要因素。克羅弗茲的推理小說又被稱為『行腳推理小說』，偵探比起用腦更重視雙腳，四處探訪最後破了案，因此與現況較為接近，不過也並非沒有例外。我現在想起來了，有一樁十年前的怪案『硫酸殺人事件』，這起案子發生在大都會以外的地區，我記得東京、大阪的報紙幾乎沒提及。然而，事件雖小卻格外有趣。由於實在太久遠了，一不小心便忘了它，但因您方才的一番話勾起了我的回憶。如果您不嫌麻煩，我願意依循記憶告訴您這個故事。」

「嗯，請您務必這麼做。如果可以，愈詳細愈好。光是聽到『硫酸殺人』這幾個字，不覺得十分有趣嗎？」

豬股的眼神像個孩子般因期待而閃閃發亮，興奮得彷彿就要撲了過來。

註　指F・W・克羅弗茲的小說《桶子》（《The Cask》，一九二〇年出版）。內容敘述一個從巴黎寄到倫敦的桶子裡，藏了一具屍體，屬於運用了不在場證明詭計的古典名作。英國評論家H・道格拉斯・湯姆森於《偵探作家論》（一九三一年出版，昭和二十一年被引介到日本）中，將本作與《褚蘭特最後一案》並列譽為「英國推理長篇的兩顆閃耀明星」。

「如果可以，希望能好好地聊一聊，老是站著聊也不是辦法……但話說回來，客房周遭又太吵。從這裡往瀑布方向走，應該有個地方很適合聊這個話題，不知您意下如何……」

聽到豬股如此一說，我的情緒也逐漸高亢了起來。我有個怪癖，在撰寫《犯罪搜查錄》時，照例要求聽眾將事發經過詳細聽過一遍。我在述說的同時，原本曖昧不明的記憶也隨之鮮明了起來，而前後經過也能銜接，這對執筆過程有相當大的幫助。另外，我對於座談十分有自信，將充滿推理小說風味的犯罪事件盡可能按照有趣的順序為聽眾詳述是我的興趣之一。一想到今天似乎能盡興談論，連我自己也像個小孩般興奮地答應了他的邀約。

我們爬上了雜草半掩的彎曲小道之後，走在前頭的豬股已經站在那裡等候，說：「就是這裡。」原來如此，虧他還能找到如此適切的地點；一邊是長滿茂密大樹的急陡斜坡，另一邊是深邃山谷。從高處往下俯瞰，腳下就是深不見底的斷崖，谷底潛伏著異樣靜謐的漆黑深淵。稍微偏離窄道之處，有一顆巨大的岩石如屋簷般往斷崖延伸，可從上方俯瞰深淵，岩石表面十分平坦，面積約有一張榻榻米大。

「這裡豈不是聽故事的絕佳場所嗎？稍一不慎失足，轉瞬間便送了命，這裡恰好具備了推理小說的魅力，不是嗎？在屁股發毛的地方坐著，談論恐怖的殺人案，多麼適切啊！」

豬股得意地說道，突然一腳踏上岩石，在可俯瞰深谷的位置一屁股坐下。

「這地方真可怕。如果你是壞人，這地方我恐怕連坐也不敢坐了。」

我笑著在他身旁坐下。

天空微陰，此刻的天氣雖令人微微發汗，但非常涼爽。隔著山谷的對面山脈也因天陰而顯得黯沉。放眼望去，除了兩人之外別無生物之氣息，就連平時嘈雜的鳥鳴，如今也不聞其聲，只聽見遠方河川上游的瀑布傾洩聲，伴隨著地鳴響遍這一帶。

正如豬股所云，此情此景的確最適合說我的推理故事。於是，我的興致也隨之高昂，開始講述起「硫酸殺人事件」。

二

這起事件發生在距今大約十年前，大正某年的秋天，地點在名古屋市市郊的一處G新興住宅區。現在的G町與市區別無二致，是個住宅與商家櫛比鱗次的熱鬧市鎮。不過，十年前卻是個空地比建築物還多的荒涼小鎮。一到晚上便籠罩在黑暗中，謹慎一點的人外出還會打燈籠。

事件發生在某夜，管區的一名巡查在人煙稀少的街道上巡邏時，突然注意到一棟廢棄的空屋透出赭紅色的幽光——那是一棟建於空地正中央的半毀空屋，將近一整年窗戶一直蓋著遮雨板，難以相信短期內有人入住。此外，在透出幽光之前，似乎有什麼東西正蠢蠢欲動。既然見得到光，那就表示原本緊閉的門被打開了。到底是誰打開的？又為了何種目的進入這棟空屋？巡查認為事態可疑。

巡查躡手躡腳地走近空屋，從半敞的木板門悄悄窺視屋內情況。首先，映入眼簾的是，在覆滿塵埃的地板上，倒放著一個水果箱，上面似乎插著四根粗大的西式蠟燭。

在蠟燭前方，豎立著一具腳架般的東西，有個人影坐在腳架前，正對著某個物體蠢蠢晃動。仔細一看，以為是腳架的東西原來是寫生用的畫架，一名長髮的年輕男子正勤快地揮動畫筆作畫。

擅闖空屋，正藉著燭光以什麼對象作畫？就算是藝術青年的怪癖，這也太過分了。在三更半夜，藉著燭光究竟在畫什麼？巡查感到好奇，仔細觀察在水果箱前的東西。

那東西——藝術青年作畫的東西並非站立著，而是平躺在充滿塵埃的地板上。因此，巡查一時之間無法辨識那東西的真貌，於是挺直了背，想把水果箱前面的那東西看清楚。結果，他發現那東西雖穿著衣服，模樣卻不像人，反倒像是無以名狀的怪物。

巡查以「炸裂的石榴」來形容，當我親眼目睹時，我的感想也與那位巡查一樣，現場的物體就像爛熟的番石榴落地，果肉四溢。當時，地面上只見一顆裹著黑色和服的破裂大石榴。當然啦，相信您懂我的意思，那是一顆被嚴重毀損、沾染血污的人頭。

巡查一開始還以為是個化上特殊彩妝的男性模特兒。因為，正在作畫的青年實在過於悠然，甚而欣喜愉悅。此外，美術科的學生難保不會做出這類超乎想像的行為。這名巡查深深了解這一點。

就算是模特兒好了，巡查認為他們突然闖入空屋中的行為也已犯法，便抓住青年盤問一番。沒想到，這名長髮藝術青年竟然毫不驚慌，反倒還責怪巡查礙事，破壞他高昂的興致。

巡查不理會青年的抗議，先檢視水果箱前方的怪物。很快發現，這怪物是一具人體，絕非透過化妝術扮成的，既沒呼吸也沒脈搏，此人是遭到一種慘不忍睹的手法殺害的。

巡查心想，這可不得了啦。一旦遇上平日渴望的大事件，受到情緒亢奮的驅使，巡查不管三七二十一便將青年拖到附近的派出所，也應管區警員之請求，打電話向本署通報。當時，接到他興奮莫名的電話的人，自然就是在下我了。想必您已經發現了，當時我人在故鄉名古屋，尚是個隸屬於M署的警察新鮮人。

我接到電話時，已經過了晚上九點。除了值夜班的警員，其他人都下班了，因此我花了不少時間。向檢察廳及警部報告後，最後是署長親自出馬檢證，我也得以與資深前輩一同抵達現場，了解情況。

根據警醫勘驗的結果顯示，被害者應該是年約三十四、五歲的健康男子，體形中等，身上並無明顯特徵，當時所穿的並非襯衫而是綢質長襯衣，外罩以結城紬這種絹布製成的暗色花紋裌衣，腰間纏裹著綢質兵兒帶。但不管是裌衣或長襯衣或腰帶都皺巴巴的，由此可知此人的生活條件絕對稱不上優渥。

被害者的雙手雙腳均被粗繩綁住，生前似乎激烈掙扎過，胸口或手臂等處均留下大量抓痕，想必上演了一場格鬥戰。之所以無人發現，誠如前言，這棟空屋位於寬廣空地的正中間，屬於獨門獨棟的建築物。

被害者是在遭到綑綁後才被潑硫酸，他的臉部無論眼耳鼻口甚至頭髮，均遭到嚴重灼傷而血肉模糊，可怖的形貌令人反胃。光是現在跟您提起，當時的光景又歷歷在目。那可怕的模樣，就算到了現在，要我描述得多麼詳細也沒問題……唉，您也討厭這個話題嗎？那麼這部分就略過吧……接下來，關於男子的死因，就算被潑硫酸頂多也只是臉部嚴重灼傷，還不至於立刻死亡。因此，我與醫師檢查屍體上是否還有被潑硫酸之前的毆打傷或勒頸痕跡，然而除了不會危及生命的抓傷之外，並無類似傷痕。

不過，我們很快就發現可怕的事實。警醫突然說出底下的結論：

「凶手使用硫酸的目的並非潑灑在臉部，會灼爛得如此嚴重其實只是偶然的副作用……請看死者的口腔。」

說完，他以鑷子翻開死者的嘴唇，露出口腔內部。裡面的情況比起臉部有過之而無不及，著實只能以悽慘來形容。紅色濕黏的不明物體充塞於口腔中，舌頭到哪裡去了？遍尋不著。醫師接著又說：

「已經滲入地板所以看不出來，當時可能吐了滿地。臉上的硫酸縱使流入口中也不可能到達胃囊，很明顯是被迫喝下的。首先，凶手綁住他的手腳，以左手捏住他的鼻子，用右手將溶液從張開的口中倒入。你看，不是只能做如此推測嗎？但就算被綁住，肯定掙扎得很激烈。想必被害者瘋狂地搖頭，不想喝下硫酸。因此溶液無法順利倒入口中，而是灑在整張臉上。」

唉，多麼可怕的推想啊。但是再怎麼可怕，這個針對凶手犯行的想像讓人覺得分毫不差——因為，隔天法醫在解剖那具屍體之後，證實了警醫的說詞——凶手以暴力灌食硫酸來殺人，這實在是超乎常理的瘋狂行為，或許是精神異常者的行為吧。若非如此，就是嫌輕易殺死對方太便宜了他，對被害者有深仇大恨才想得出如此殘酷的手段。被害者的死亡時間當然無法正確推斷，但醫師推測應該是當天下午至傍晚，更精確一點，是下午四點至六點前後。

像這樣，殺人方法多半能想像，但若問「是誰」、「為什麼」而殺害「誰」的話——這麼說或許很古怪——卻難以推測。當然，那位長髮藝術青年已被留在本署的偵訊室中徹底調查過了。但他堅決表示自己不是凶手，也不認識被害者，於是案情陷入膠著。

這名青年在G町的鄰鎮租屋生活，該怎麼說呢，他是個貨真價實的美術系學生，目前在頗具規模的私立學校上課，名叫赤池。警方質問他既然發現屍體，為何不立刻報警？實在太亂來了，而且竟然能在慘死屍面前若無其事地寫生，究竟是怎麼回事？就算被視為凶手也無話可說嘛！聽到警方的說法，赤池的回答如下：

「我從以前開始便對那間長年無人居住、如鬼屋般的空屋很感興趣，過去也曾經偷偷潛入好幾次。門鎖早已朽壞，只要有心，誰都進得去啊。在漆黑的空屋中進行種種幻想來消磨時間，對我而言是無比的快樂。今晚，原本也是基於這種心態潛入，結果竟然發現一具屍體。當時天色已暗，我點了根火柴觀察屍體的模樣，開始覺得這具屍體很美妙。若問為何，這就是我長久以來夢想的情景。那屍體彷彿在黑暗中綻放的鮮紅花朵般，充滿了魔力，那是美妙的血之藝術。我朝思暮想的就是這幅光景啊！真是天上掉下來的完美模特兒。我立刻飛奔回家，帶著畫架、畫具及蠟燭回到空屋。接著，直到被那個該死的巡查打擾之前，我一心一意地執筆作畫。」

我不太會形容，赤池當時的言語中，充滿了一種狂熱的情感。在我聽來，他的話語就像惡魔的詩歌般可怕，我不認為他是個完全的狂人，但至少肯定他有病態心理。這種人無法以常規來規範，即使說話時表情誠懇，搞不好說的都是謊言。面對血腥的屍體還能若無其事地作畫，或許殺人也毫不在意吧。不論誰都會如此認為。特別是M署的署長一口咬定他就是凶手，即使他的辯解成立，卻不放他回家，將他關在拘留室裡，並以極為激烈的手段偵訊他。

就這樣，整整過了兩天。我學起推理小說中常見的模式，像隻狗似地趴在空屋地板及地面上仔細找了一遍，但是沒找到裝硫酸的容器，也沒發現腳印或指紋，可說是沒有半點線索。另外，我也訪查過附近鄰居，但畢竟連最近的鄰居也離現場有半丁之遠，因此這方面全部以徒勞告終。另一方面，唯一的嫌犯赤池，連續兩天受到警方嚴厲的偵訊，但訊問得越嚴厲，他的瘋狂程度越來越囂張，警方反而對他束手無策。

最令人困擾的是，警方對於被害人的身分沒有半點頭緒。被害者臉部就如同方才所形容的，像一顆爛熟的石榴，身體亦無明顯特徵，唯一的線索乃是身上的衣物，只有靠推理來查明身分。首先，警方找來了租屋給赤池的理髮店老闆，請他看看這件衣物。但老闆表示沒見過此衣物，附近鄰居也無人有明確答案。至此，警方可說是一籌莫展。

但是，在命案發生的大後天晚上，從意想不到的方面，傳來了有關於被害人身分的消息；同時也得知死狀悽慘的男子，正是家道中落的老字號店鋪老闆。我的故事講到這裡，總算開始像推理小說了。

三

當晚，警方針對這起案子召開了像是搜查會議的討論會，當時我留在署裡，大約是晚上八點吧，有一位名叫谷村絹代的女士打電話來，說有要事想見我一面，不知我能否過去一趟。所謂的要事，正是關乎眾所談論的硫酸殺人事件。但是，她希望我能親自跑一趟再詳談，並請我別知會署內其他員警，最後催促我盡快過去。總之事發突然，絹代女士的聲調在電話中聽起來異常高亢，似乎基於某些因素顯得很亢奮。

說起谷村，或許您也有所聽聞。那就是名古屋的名產貉饅頭（註一）本鋪；與東京的風月堂或虎屋匹敵的老字號糕餅鋪。這家店無人不知無人不曉，從舊幕府時代傳承至今。取名為貉這個字實在很奇怪，但據說有個不得了的起源，從以前就這麼稱呼了。我與店東萬右衛門的交情甚好……萬右衛門這名字聽起來很像老頭子，但這是谷村家代代相傳的名號。當時的萬右衛門，只不過快四十歲，受過大學教育，是個明理的年輕紳士。他曾經喝過一點文學墨水，所以與喜歡小說的我十分聊得來。啊，對了，我與此人也論戰過推理小說。年輕貌美的絹代女士就是這位萬右衛門的嬌妻。既然接到友人妻的緊急電話，自然不可能放著不管。於是我胡亂編了理由後離席，火速趕往谷村家。

貉饅頭店位於名古屋特別顯眼的T大街上（註二），外觀像一座古樸倉庫，是町內著名的建

註一　不同於中式饅頭，是一種以餅皮包裹豆沙的甜點。
註二　位於名古屋繁華地帶的T大街應是指太閣大街。太閣大街為建設於大正二年的縣道名古屋津島線之一部分，街名來自於豐臣秀吉。靠近名古屋火車站，為商店、銀行聚集之繁華地帶。

築。一家人則住在M署管轄內的郊區住宅。由於不算遠，我在黑暗的街道上邁步前進。突然想到，發生命案的G町空屋，與谷村家的住宅有如眼鼻之距，僅相隔三丁之遠。從地緣來看，絹代女士在電話中的那席話蘊含了更深遠的意義。

我一見到絹代女士，平時氣色紅潤的她，沒想到臉色像紙一般蒼白。她顯得很焦躁，漫無目的地晃來晃去，一見到我，立刻抓緊不放，連連問我該如何是好。究竟發生了什麼事，仔細一問，原來她丈夫萬右衛門失蹤了。而且時間說巧不巧，就發生在硫酸殺人案的次日早晨。當時，萬右衛門全心投入糕餅公司成立事宜，前往東京與一家M製糖公司的重要幹部會面，搭上凌晨四點發車的急行列車。當時尚未有特急列車（註），若想在中午過後抵達東京，就得搭上如此早的班車——有件事必須事先說明，萬右衛門當然是從近郊的自宅出發的。當天，萬右衛門依然為了公事正在處理一些棘手問題，整天躲在書房裡直到深夜——第二天傍晚，M製糖公司突然急電給絹代女士，表示谷村先生並未依約出現，詢問是否出了什麼問題。由於十分緊迫，對方也等得有點不耐煩。絹代女士接到這通意外的電話，大吃一驚，回答說丈夫的確是搭上凌晨四點的火車出發了，不可能繞道至別處。但對方又表示，今天已問過預定下榻的旅館，然而萬右衛門並未去，他也不可能到別家旅館留宿，因此十分反常。於是，這通電話就在莫名莫名其妙中結束了。

第二天的一整天，也就是直到我去拜訪谷村家的這段時間內，製糖公司自是不用說，絹代女士打電話向東京的旅館、友人住處，靜岡的生意夥伴等處詢問萬右衛門的下落，但毫無結果。整整兩天，谷村萬右衛門杳然無蹤。平常，這種情況倒也不用擔心，絹代女士說道。但，就在丈夫出發的前晚剛好發生如此可怕的事，因此覺得胸口有些悸動……她說到這裡就再也說不下去了。

所謂如此可怕的事，當然指的就是硫酸殺人事件。或許絹代女士知道關於被害者的事情。我突然驚覺，便膽戰心驚地問她，結果她支吾其詞地回答：

「是的，說實話，我看到晚報時，立刻就知道了。可是太可怕了，遲遲不敢報警……」

「是誰？在空屋裡被殺的到底是誰？」

我不由得追問。

「就是那個啊，我們長期以來的死對頭，另一家貉饅頭店的老闆，琴野宗一先生啊。報上

註　最早的特急列車始於大正元年新橋、下關路段。從昭和四年九月十五日起，東京、下關間的特急列車被一般人暱稱為「富士」、「櫻花」。另外，東京、神戶之間的特急列車「燕」開始行駛是在昭和五年十月一日。

公布的衣服款式也很像，不僅如此，還有一個更確實的證據呢。」

一聽到此，我似乎了解了一切。絹代女士之所以認識被害人卻遲遲不敢報警，雖然擔心得不得了，卻不敢報警搜尋萬右衛門先生的原因，一切都說得通了。絹代女士其實有一個駭人的疑惑。

當時，在名古屋的T大道上有兩家幾乎相鄰的貉饅頭糕餅鋪；一家是與我有密切往來的谷村萬右衛門先生的店，另一家則是琴野宗一所開，也就是絹代女士認為的本事件被害者。由於兩家都是傳承好幾代的老字號，哪一家才是真正的元祖，我也搞不清楚。不管是谷村還是琴野，均互不相讓地以金字招牌寫著「元祖貉饅頭」，裝飾在店頭；於眼鼻之近的距離長期上演著元祖之爭。東京上野K町有兩家緊臨的黑燒屋（註）以激烈爭奪元祖封號而聞名，想必您應該聽過吧。這裡的情況也一模一樣。

既然是爭奪元祖封號，無須多言，兩戶的感情也不怎麼融洽。但以爭奪貉饅頭元祖地位而言，這兩戶的鬥爭似乎過了頭。好幾代祖先的鬥爭甚至留下種種傳說，可見一斑。琴野家的糕餅師傅偷偷潛入谷村家的工作場，將沙土混入饅頭餡料中；谷村家請來咒術師詛咒琴野家沒落；兩家的十幾名師傅在市中心大打出手，現場血跡斑斑；萬右衛門的曾祖父與琴野家的當家拿起武士刀對決等等……認真細數可說是無窮無盡，兩戶好幾代累積起來的敵意著實可怕，而這般詛咒的血液如今在萬右衛門及宗一兩位當家的體內旺盛燃燒吧。兩家的反目到了這一代，激烈程度可說是有過之而無不及。

這兩人在孩提時代，雖年級不同，但還是就讀同一所小學，不管在校園還是通學途中，只要一見面立刻吵架，聽說有時候也會演變成流血鬥毆。這股鬥爭隨著各年齡層不斷地演變成各種模式，直到現在。孽緣深重的兩人，在感情生活中竟也有超乎尋常的鬥爭。也就是說，谷村先生與琴野宗一當初同時爭奪一位美嬌娘，彼此互不相讓。

在此先行省略錯綜複雜的過程，最後那位姑娘較心儀谷村萬右衛門，因此由谷村先生獲勝。在命案發生的三年前，兩人盛大地舉行了婚禮。這位姑娘，自然就是絹代女士。

這場敗北注定了琴野家的沒落。宗一先生打從心底愛戀絹代女士，失戀後一直悶悶不樂，開始自暴自棄，對於生意毫不在意，終日在煙花界廝混。就算不是這個原因，在大規模製餅公

註　黑燒是一種藥材，將動植物進行燜燒處理所製成，黑燒屋即為這種藥材的專賣店。黑燒的種類有鹿角霜（鹿角黑燒）、亂髮霜（人髮黑燒）、猿頭霜（猴子頭黑燒）、土龍霜（土撥鼠黑燒）、反鼻霜（蝮蛇黑燒）、蝗蟲黑燒、茄蒂黑燒、黃柏黑燒等。兩家進行元祖之爭的上野K町指的是位於不忍池東南的上野黑門町。昭和二十二年被劃分為台東區之一部，三十九年改為上野二丁目之一部。

司的壓迫下，老式糕餅鋪早就陷入經營困難的窘境，迅速沒落，舊幕府時代以來的老字號就這樣拱手讓人了。

宗一的糕餅鋪沒落後不久，雙親相繼過世，而他失戀以後也一直單身，膝下無子嗣，此刻成了真正的孤獨者，靠著親戚救濟勉強度日。從此，他開始做出一些卑劣、不顧羞恥與他人觀感的行為。到處向過去的同業者乞討，就連世仇的谷村家也頻繁登門拜訪，總在吃過晚飯後才回去等等。由於琴野宗一先搖尾乞憐，谷村先生一開始也不好意思趕人，只好擺出友人姿態款待。很快地，他便發現宗一之所以頻繁拜訪，為的是見絹代女士一面，聽聽她美妙的聲音。最後是絹代告訴萬右衛門，覺得琴野宗一的行為有點恐怖，希望他別再上門了。某天，萬右衛門先生與宗一之間發生了激烈口角，差點大打出手，在那之後宗一就再也沒踏進谷村家一步了。同時，他也開始逢人就說谷村先生的壞話。更過分的是，他經常捏造一些令人懷疑絹代女士貞操的謠言，並且吹噓自己就是謠言中的男主角。

就算是謊言，間接聽到這些謠傳，久而久之，萬右衛門先生也免不了開始產生一些疑惑。我妻子與絹代女士很要好，經常拜訪谷村家，受到他們諸多照顧。所以，這一類事情自然很容易傳入妻子耳中。她常說谷村夫婦最近很奇怪啦，有時高聲爭論啦，谷村太太真的很可憐等等。

就這樣，祖宗八代延續下來的世仇血恨，在谷村萬右衛門先生與宗一的胸口逐漸翻騰。最後，琴野宗一開始寄出充滿詛咒的挑戰書。谷村先生平時是個知書達理的紳士，不過卻隱含著稍有不如意便宛如惡鬼般暴戾的激烈個性。這恐怕是祖先遺傳下來的好戰基因所造成的業障。

硫酸殺人事件，便是在兩人的鬥爭氣氛達到最高點時發生的。宗一被前所未聞極盡殘酷的方式所殺害。隔天，萬右衛門搭上火車後便下落不明。無怪乎絹代女士會如此膽戰心驚。

好，讓我們再回到故事，從絹代女士告訴我，琴野宗一正是被害者的當晚繼續說下去。絹代女士表示不僅衣物的花樣相同，還有更進一步的證據。她邊說邊從腰帶間取出一張摺得很細的紙片，打開來給我看。似乎是一封書信，大致內容如下：

某月某日——如今已想不起來正確日期，總之是命案曝光的當天。某月某日下午四點，在G町的那間空屋（既然說「那間」，表示這封信的收信人萬右衛門應該早就知道這間空屋了），在那裡等你，請你務必過來。我想在那裡清算這幾年來的恩怨。你該不會看了這封信以後就嚇得躲起來吧？

總之，煞有介事地寫了上述的事情。寄信人自然是琴野宗一，而文章最後還蓋上琴野家的商標，一個圓圈裡有一個宗字。

「那麼，萬右衛門兄在那段時間到過那間空屋嗎？」

我驚訝地問道。萬右衛門是個一旦情緒激動，難保不會做出這等蠢事的人。

「關於這一點，我實在無法說什麼。外子一看到這封信立刻臉色大變，您也知道那人的怪癖，一氣起來太陽穴的動脈都會隱隱跳動，我想這樣下去不行，不能讓外子跟那個瘋子起衝突，所以一直好言相勸……」絹代女士說道。同時，如前所述，萬右衛門從當天下午一直到深夜，都窩在書齋裡撰寫次日要帶去東京的計畫書，所以絹代女士才放了心。但是，如今仔細一想——萬右衛門終究不是未交代去向，就離家一整晚的人，何況他已經兩天不見蹤影，或許當時一整天窩在書房只是讓絹代女士安心的手段。萬右衛門的書房位於和式房舍面向庭院的房間，只要從側廊離開，打開木條門，就能自由進出。倘若作最恐怖的猜想，當天他偷偷離開書房，到附近的G町赴約，然後又若無其事地回到書房，這也絕非不可能。

萬右衛門絕不可能帶著殺意到空屋赴約。捨棄百年傳統的家族名望、放棄美麗的妻子，與早已敗北的琴野宗一拚命，這實在沒道理。就算他當時真的赴約，想必也只是想當面辱罵琴野卑劣的做法，賞他一頓拳頭罷了。但是在空屋裡等待的對手，剛才也說過，是個詛咒世俗，彷彿精神異常者的宗一，不管他懷有什麼陰謀都不稀奇。如果宗一當時手中握有硫酸瓶，準備將對方的面容毀去呢？這只是想像，但你看，這不是非常適切的想像嗎？對宗一而言，萬右衛門是個再怎麼憎恨也不為過的情敵。讓情敵的臉孔變得像癩痢病患者那樣醜陋，難道不是絕佳的復仇方式嗎？讓奪走愛人的男子，變得像殘廢一樣，一生痛苦不堪；同時，讓背棄自己的女子，也就是絹代女士一生隨侍在醜陋的丈夫身旁，可說是一舉兩得。至於赴約的萬右衛門先生嘛，若先看穿敵人的陰謀，場面將會變得怎樣？他真能克制勃然大怒的情緒嗎？幾代祖先遺傳下來的憎惡血流，難道真能理智地控制情緒嗎？恐怕不難想像，在此上演超乎常規的打鬥。同時，就在一發不可收拾的情況下，敵人備妥的毒藥立刻成了即時武器，引發了如此可怕的結果。這樣想來，似乎毫無不合理之處。

絹代昨天一夜沒睡，在心中不斷地描繪著上述的妄想。實在受不了了，便下定決心，聯絡平時交情不錯的我，訴說這些恐怖的疑惑。

「但是，就算他再怎麼激動，夫人或許不知道，琴野先生不止被潑硫酸，而是被迫喝下啊。古時候有切斷犯人背脊，灌入鉛液的刑罰，但這恐怕是不輸給酷刑的殘忍犯行吧。萬右衛門兄有可能做出這麼殘酷的行為嗎？」

我沒有多想便照實說出。結果，絹代女士卻不好意思地低頭抬眼望著我，而且滿臉通紅。我隨即領悟了。萬右衛門先生在某方面的行為相當殘酷。不久之前，妻子曾伴隨絹代女士到笠置溫泉遊玩，當時，妻子發現絹代女士身上有許多奇怪的傷痕，絹代女士要妻子保密，並向她解釋這些傷痕的來由。萬右衛門先生在某方面有虐待傾向，絹代女士想到這一點，不由得面紅耳赤了起來。

但是，我假裝沒看見，繼續安慰她說：

「我想，妳太杞人憂天了。怎麼可能發生這種事？妳先生外出只過了兩天，說他失蹤似乎嫌太早。就算被害者是琴野先生，我們已經在現場逮捕了一名叫赤池的青年，此人似乎精神異常。如果他沒有任何確切的反證，很有可能被視為嫌犯。因為，他竟然在屍體前冷靜作畫，就算要逼人喝下硫酸也不是不可能啊！」

總之，我先將所想到的安慰話語統統說出來，但相信直覺的絹代女士似乎沒有聽進去。因此我只好說：不管現在再怎麼吵也無濟於事，就當我今天什麼都不知道，再等個一、兩天看看？別擔心了，說不定谷村先生這幾天就會現身啊！只不過被害者是琴野宗一這點，畢竟我是警察，無法放任不管，就算不提谷村先生及夫人的名字，從其他方面也能確認死者的身分。當然，我打算在當晚以被害者是琴野宗一的新線索，前往他寄宿的住戶拜訪，確認他是否下落不明。但是，一離開谷村家，回到了M署之後，我不在的這段期間似乎發生了什麼事，署內的氣氛彷彿有些騷動。司法主任齋藤警部補——此人在當時被譽為縣內屈指可數的名偵探——突然拍拍我的肩膀，對我說：

「喂，被害者身分已經查出來了。」

仔細一問，原來在我離開後不久，兩名糕餅鋪老闆來到警署，表示想確認一下硫酸殺人事件被害者的衣物。幸虧衣物還留在警署，待他們看過之後，立刻異口同聲地說：沒錯，這肯定是豬饅頭店的老闆琴野宗一。這件結城紬是琴野先生飛黃騰達時期特地向織品業者訂製的特殊款式，在名古屋也找不到第二件。最近，琴野先生也穿過這件體面的衣服到我們店裡遊玩，絕對不會錯。兩人做了如上的證言。而署內為了確認，也派人前往琴野寄宿之處調查，果不其然，琴野自前天起便不知去向，至今尚未歸來。

也沒什麼好懷疑的，被害者確定是琴野宗一了。至少在被害者方面，絹代女士的直覺很可怕地命中了。照這樣下去，加害者或許真如她所想像的，還是那個人。我不得不被這種不吉利的預感所威脅。

「既然知道被害者是琴野，看來另一家糕餅鋪也有必要調查。總歸而言，這兩家是出了名的競爭對手。啊，對對對，我記得你跟那家糕餅鋪的谷村家往來密切嘛，能不能麻煩你去調查一下？」

司法主任毫無意識地說道，聽得我膽戰心驚。

「這……我實在……」

「嗯，交情太好反而不容易調查嗎？好吧，那我親自出馬，順便把其中的謎團一一揪出來吧！」

號稱名偵探的司法主任舔了舔嘴唇，如此說道。

四

齋藤警部補不愧是名偵探，調查工作進行得極為順暢。當天晚上，他已經查出谷村先生下落不明，第二天又親自出馬或派遣手下，前往谷村家或店鋪，以及與萬右衛門有交情的同業家中逐一查訪。很快地，我從絹代女士口中聽來的消息全都查得一清二楚。不，甚至還查出更重大的事實。而且，這個事實幾乎確定凶手就是萬右衛門先生。

剛才也說過，谷村先生正準備設立一家新的製餅股份有限公司。只不過這裡所謂的股份，倒也不是公開募集，而是傳統糕餅業者在新式製餅公司的壓迫下，為了尋求生路，各自調撥資金，打算合資興建頗具規模的製餅工廠，待公司成立以後，再由谷村先生擔任常務董事。針對這一點，購買工廠用地及其他創設資金，各家糕餅業者將合資約五萬圓的現金交由谷村先生保管，暫時以活期存款存在名古屋市區的N銀行。

警部補從兩、三名糕餅業者的口中問出如上的情報，立刻質問絹代女士存簿的下落。絹代女士表示存簿應該放在丈夫書房的小型保險箱裡。打開一看，小額存簿還在，唯獨存有五萬圓的那本不翼而飛。警部補立刻詢問N銀行，那筆五萬圓恰巧在命案發生的隔天早上，銀行開始營業不久，便被人依照規定手續領走了。只不過當時的櫃檯人員並不認識谷村先生，難以判斷提款者是否就是萬右衛門。但是由此看來，谷村假裝搭上凌晨四點的上行快車，其實至少到銀行開始營業的時間為止人都還在名古屋。光是這項事實，就足以證明谷村萬右衛門是嫌犯。

縱使因一時衝動，犯下了殺人罪，但隨即出現在眼前的就是恐怖的斷頭台。萬右衛門決定能逃多遠就逃多遠，這不也是人之常情？既然決定逃亡，迫切的問題就是金錢。只要有一筆金額不小的盤纏，便能以任何手段逃過追緝網。萬右衛門在犯下如此殘虐的罪行後，還能若無其事地回到自宅，一方面或許想見絹代最後一面；但另一方面，更重要的目的恐怕就是從小型保險箱中取出存有五萬圓的儲金簿吧？

此外，我還知道一件事，那是檢察廳及警察署都不知道的怪事，是我妻子從絹代女士口中問出來的。谷村萬右衛門在即將離家前往東京的當晚，也就是殺人事件曝光的當晚。他在臥房裡表現得不同以往，簡直就像跟妻子永別似地，萬般不捨地對她進行少見的愛撫，時而像精神異常者般狂笑，時而激動哭泣，熱淚滴在妻子的臉頰上，連妻子都以為是自己在哭。萬右衛門這個人，如同前述，平常對妻子示愛的行為不同於一般人。因為他是如此奇特，所以絹代女士對於他當晚的反常舉止只當作是平時的性癖，倒也沒放在心上。後來一想，這些行為果然別具深意。絹代女士事後憶起丈夫當晚的行為，越想越覺得這真的是萬右衛門想對她表達的別離之情。

就這樣，萬右衛門的犯行已經罪證確鑿了，但除了這些證據，尚有一個更確實的證據，那就是經過十幾天以後，谷村先生依然音訊全無。當然，警方早就將通緝犯的肖像畫分送至全國各警署，並要求各單位嚴密搜索。即使如此，至今仍無任何消息。這就表示萬右衛門使盡一切手段刻意躲藏，除此之外沒有其他解釋。到了此時，警方總算將赤池這位藝術青年釋放。此人在事件一開始即擔任了相當重要的角色，想來也是十分可憐。聽說後來真的變成了瘋子，還被送進瘋人院。

就這樣，舊幕府時代的兩家名古屋貉饅頭糕餅鋪，不知是否有何因緣，紛紛以極為悽慘的方式結束了營業。最可憐的就是絹代女士了，丈夫一失蹤，親戚立刻蜂擁而來清算財產，結果發現谷村先生為何必須以那種方式發起製餅公司、四處奔走。表面上光鮮亮麗，其實背地裡欠下一屁股債，連一毛錢也沒留給絹代女士。T町的百年老店抵押了三次，土地及建物也成了抵押品。十幾個衣櫃與幾十件衣裳，則是留給夫人的唯一財產。絹代女士不得不帶著這些衣物哭著返鄉尋求庇護。

好，事情發展至此，或許您以為硫酸殺人事件已告一段落，我們也深信不疑。然而，後來發現並非如此。此事件彷彿推理小說的劇情，採用了精心設計且怪異至極的詭計。那就是指紋。沒想到僅靠一枚指紋竟能使事態完全逆轉。或許是有點老王賣瓜……，發現這枚指紋的，不是別人正是在下我。當時的我，僅靠一枚小小的指紋，便看穿了犯人卓越的詭計，還獲得部長的誇讚，哈，似乎太爽快了些。

就在命案發生的半個多月以後。某天，絹代女士決定搬離住處，正在指示女傭整理房間時，我恰巧去拜訪，協助她一邊整理，一邊在萬右衛門先生的書房閒晃時，突然發現一本日記。當然，那是萬右衛門的日記。我感慨萬千地想，此人究竟躲在哪裡？想必正受到自己犯下的過錯而悔恨不已吧……於是我順手翻閱那本日記，從最後的記載頁開始翻起，逐篇追溯過去，日記簿本身並無特別之處，頂多在頁面各處寫下詛咒琴野宗一的惡言惡語罷了。但是當我讀到某晚的紀錄時，突然注意到在書寫欄以外的空白處，捺上了一個很明顯的拇指印。想必是萬右衛門在寫日記時沒注意到手沾到墨汁而在翻頁時不小心留下的吧。

一開始我不甚在意地看著，隨即一驚，直盯著這枚指紋瞧，看到紙張快穿孔了。或許是我臉色發青吧，呼吸也異常急促。絹代女士注意到我驚恐的模樣，出聲詢問怎麼回事。

「夫人，這……這個……」我結結巴巴地指著這枚指紋問：「這枚指紋是妳先生的吧？」

我以近乎質問的語氣問道。絹代女士回答：

「嗯，是啊。我先生絕不讓別人碰他的日記，這肯定是他的指紋。」

「那麼，夫人，是否有什麼……妳先生平時常用的，而且容易留下指紋的物品嗎？比如說漆器或銀器之類的……」

「有個銀質菸盒。此外，我先生碰過的東西我就不清楚了。」

絹代很訝異地回答。我立刻拿起菸盒檢查，那東西的表面擦拭得很乾淨，什麼痕跡也沒留下。但掀開盒蓋看內部，在平滑的銀板表面留下了幾枚指紋，其中一枚與日記簿上的指紋一模一樣。

您一定想問，光靠肉眼真能分辨嗎？但對於我們幹這一行的人來說，就算不用放大鏡，僅憑肉眼仔細觀察，大體上就能分辨指紋的紋路。當然，為了慎重起見，我還是到書房的書桌抽屜裡取出放大鏡，充分檢視，那絕對不是我過度猜想。

「夫人，我發現了一件很嚴重的事。妳先坐下，接著好好回答我的問題。」

我興奮不已，恐怕連眼神都變了，對絹代女士表現出十分強勢的態度。或許是受我影響，絹代女士一臉蒼白，不安地在我面前坐下。

「呃，第一個問題，在那天晚上，也就是妳先生出發的前一天晚上，他在家裡吃晚餐吧？能否針對當時的情況詳細描述一下？」

想必我問得太唐突了吧，絹代女士瞠目結舌地望著我，回答：

「您要我詳述，但真的沒什麼好說的啊！」

之所以如此回答，是因為谷村先生當天都窩在書房裡，全心全意查資料，就算到了晚餐時間，也是由絹代女士把晚餐端進書房，並沒有服侍他用餐就將紙門拉上，回到了客廳。接下來也只是觀望時機，到書房將用過的餐盤收回去罷了，實在沒有值得一提之事。這是谷村萬右衛門的怪癖，一旦熱中於書寫或讀書，往往從早到晚都窩在書房裡，不讓家人靠近。就連喝茶，也是將銀瓶擱在書桌旁的火缽上，自己裝水倒茶，簡直像個有潔癖的藝術家。

「那，妳先生當時有無異狀？是否對妳說過什麼？」

「沒有，哪會說什麼。那時候，就算我去找他說話，也會挨罵呢，所以，我當然是默默退下。外子一直背對著我吃飯，看也不看我一眼。」

「啊，果然如此……接下來有件事稍微難以啟齒，不過很重要，所以我還是硬著頭皮問妳。關於當晚，聽說妳先生直到半夜一點多還待在書房，後來才上床睡覺，想請問一下關於睡覺時的情況……慎重起見還是問一下，夫人當然是跟他同房吧？」

絹代面紅耳赤地垂下了頭——她是個經常臉紅的女人，而且臉一紅看起來更嬌美。到現在我還記得這位美麗太太的姿影——表現出很害臊的模樣。但我一臉正經地催促，她熬不過我，只好回答：

「我們在裡面八疊大的地板鋪床睡覺。當天外子弄得太晚了，我先去睡。正當我迷迷糊糊之際，對了，那時候剛好凌晨一點多，外子就進來了。」

「當時，房間的燈開著嗎？」

「不，我們習慣關燈睡覺……不過走廊上的燈光照著紙門，還不至於一片漆黑。」

「那，妳跟妳先生說了什麼？不，無關的事不用回答也沒關係，我想問的是，當晚在臥室裡，是否跟妳先生聊些生活上的瑣事等等。」

「沒特別聊什麼……這麼說來，那天還真的連一句像樣的話都沒講呢。」

「後來，他四點前就醒來了吧？當時的情況是……」

「我不小心睡過頭，所以不知道外子已經起床了。當天早上碰巧電燈故障，外子藉著燭光穿西裝，一直到他在化妝室換好衣服之後我才發現。接著，昨晚預約的人力車來了，女傭和我一起拎著燭台，在玄關目送他出門。」

我用說書的方式交代案情經過，但這絕非實況，而是為了讓整件事的脈絡更明確。如果拖泥帶水地交代實況只是浪費時間，所以我真的是挑重點講，不過，也不可能憑著簡單的對話就把我想查的事情統統問清楚。當時，我們的對話幾乎花了一個小時。

也就是說，當天早上萬右衛門沒吃早餐便出發了。說起秋天的凌晨四點，幾乎等於半夜，不吃早餐也很合理。總之，我該問的都問了。當時，我心跳加速、手心冒汗地持續進行奇妙的質問，懷著扔骰子的心情來檢測我所拼湊的妄想是否正確。但是，結果呢？當晚的情況使得我的妄想逐漸接近現實。

「也就是說，夫人您從那天傍晚到隔天早上的這段期間，始終沒看清楚您先生的臉孔，也沒有進行像樣的對話？」

我提出最後的質問。絹代一聽到我的問題，頓時無法理解而發愣了一陣子。不久，臉上的表情逐漸變了，變得很可怕，像是見了鬼似地。

「啊——您在說什麼？您這話到底是什麼意思？請、請說明一下啊！」

「所以說，夫人妳自己也沒把握吧！沒辦法確定對方是不是妳先生吧？」

「啊——可是，再怎麼說，這種事……」

「妳也沒仔細看過對方的臉，不是嗎？而且妳先生為何在那天晚上變得如此沉默寡言？從傍晚到隔天早上，豈有如此沉默的一家之主？窩在書房裡也就罷了，接下來會有幾天不在家，至少在出發前對妳說幾句話吧，不是嗎？」

「這麼說來，他真的非常安靜，以往不曾在出發前如此沉默的。啊——我該怎麼辦？這到底是怎麼回事？我快瘋了，請您快說出真相吧，求求您……」

此時，絹代女士有多麼驚慌恐懼，想必您也想像得到吧！就算是我也無法深入詢問，而絹代女士也不願意提及；如果當晚的男子不是萬右衛門，絹代女士可說是遭到了身為女性的極大恥辱。之前也提過，透過我妻子得知的，萬右衛門當晚的行為與平常不一樣。他不是突然大哭又大笑嗎？而且熱淚還沾濕了絹代女士的臉頰。一直以來，我們均斷定那是因為谷村先生殺了人，所以精神備受打擊，那淚水則是對妻子的訣別之淚。但如果說那個人不是萬右衛門呢？那執拗的擁抱、狂笑、哭泣，全都衍生出截然不同、極度駭人的意義。

如此荒唐的事情真有可能發生嗎？您或許會這麼問吧。但是一直以來，行為異常的罪犯往往輕易執行看似不可能或被認為不可能的事情，也因此才能在犯罪史上留下惡名，難道不是嗎？

絹代女士的立場，除了不幸，別無其他字句能形容，即使產生如此的誤認，也不是她的錯。僅因為罪犯的點子太病態、太脫離常規罷了。如同一切物質受到慣性與惰性等奇妙力量的支配，人的心理也受到近似的力量牽引。坐在書房裡調查資料的男人，假如服裝一樣、背影相似的話，很容易誤認成是自己的丈夫。進入書房時確實是丈夫本人，只要沒發生意外……但此時的確發生了意外，只不過要等到最後才知道——離開書房的自然也是丈夫，會這麼想也沒什麼奇怪之處。接下來，在臥室睡覺、在早上出發，一切都受到錯覺的影響。這個膽大包天的惡徒同時又如此細心，甚至還使出電燈故障這種微妙的詭計。根據絹代女士所言，事後找來燈具行的人檢查，電燈根本沒故障，只不過是電源箱的蓋子被打開，裡面的開關被關上罷了。也就是說，惡徒只要等大家都入睡以後，偷偷將紙門框上的電源箱蓋子先打開即可。一般家庭通常不會注意到電源箱，想必對方早已計算到在慌忙出發之際，女傭們不可能注意到如此細節之處。

「那麼……那麼……您說那不是外子，究竟是誰？」

過了一段時間，絹代女士才又帶著泫然欲泣的聲音，膽戰心驚地問道。

「請別驚訝，如果我想得沒錯，不不不，不止是想像，應該是毋庸置疑的事實。對方就是琴野宗一。」

聽聞此言，絹代女士那美麗的臉龐立刻像哭泣的小孩般扭曲變形。

「不、不可能。您究竟在說什麼？您在做夢嗎？琴野先生不是被人以極殘酷的手法殺死了嗎？您不是說他遇害的時間就是那天傍晚嗎？」

絹代女士就像連稻草也想攀附的溺水者般，拚命否定這個恐怖的想法。

「不，不是這樣。我不知該用什麼話來安慰妳，但被殺的不是琴野先生……而是穿上琴野先生衣服的谷村先生，是妳丈夫啊！」

我終究得說出口。絹代女士實在很可憐，就算谷村先生下落不明也好，至少他還活在這個世界上的某處，總有一天還會再相遇；但事實並非如此，假設谷村先生是真正的被害者——遭到殘忍的手法殺害，變成一具宛如爆裂石榴的屍體，就算對於丈夫不是恐怖殺人魔這一點稍微寬心，但悲痛之情肯定更切實吧。而且在這之上，更殘酷的是……此人對於谷村家來說是世仇，是丈夫萬右衛門痛恨的對象。不，其實無關緊要，真正恐怖的是，此人就是殺害萬右衛門的凶手——強迫萬右衛門喝下硫酸的真凶。身為女性，身為妻子，再也沒有比這個事實更難以忍受了。

「我……我還是無法相信。關於這一點，您有什麼確實的證據嗎？請您說清楚，我已經做好了心理準備。」

絹代女士以完全失去血色的乾燥嘴唇幽幽地說道。

「嗯，我很同情妳的遭遇，但我有個確實的證據，那就是這本日記簿及菸盒中的指紋。我剛才也跟妳確認過，這確實是妳丈夫谷村先生的。而這枚指紋與G町空屋裡遇害男子的指紋一模一樣。」

當時，愛知縣還沒有指紋索引設備。不過，由於這起案子的被害者臉部遭到嚴重毀損，不易判別身分，警方考慮到死者可能是在東京的指紋索引中登記有案的前科犯，所以事先採集了指紋。當時，我還是初出茅廬的刑警，而且還是個推理迷，對於指紋向來有濃厚興趣，曾經依照漢堡指紋法（註）一一比對被害者的指紋。雖說不可能記住所有細小紋路的形狀，但這名被害者的右拇指很特別，叫做乙種蹄狀紋——也就是蹄狀的流紋從小指右側開始，最後又回到了右側。這種乙種蹄狀紋外側與內側之間的紋線恰好只有七條，索引值是3。但是，僅有這些特徵還算不上特別，重點在於七條流紋上有一條極細的斜向傷痕。很難想像，這世上有兩枚一模一樣的乙種蹄狀紋，具有同樣的索引值及相同的傷痕。也就是說，這枚指紋足以證明G町空屋的男性死者不是琴野而是谷村。

當然，我後來也縝密地比對過日記簿上的指紋及M署建檔的被害者指紋，確定兩者沒有分釐差異。

不用說，我立刻將這個驚人的發現向上級長官進行詳細的報告。由這枚小小的指紋，竟然能將原本的推斷完全逆轉過來；別說是當局者，連當地的報社記者也嚇了一大跳。當時尚且年輕的我，竟然立下了如此偉大的功績，那心情簡直是興奮得飛上了天。

這麼說來，或許您認為被害者並非琴野宗一不是打從一開始就知道了嗎？為何警方從未懷疑過凶手為何要用硫酸毀容？嘲笑我們的粗心大意。關於這一點，檢察廳與警察同仁其實一開始就懷疑過了。然而，凶手準備了一個讓我們曾經一度懷疑卻又馬上忘記的重大詭計，那就是在谷村家的書房中，假冒被害者的詭計，徹底騙過了被害者之妻，讓對方以為萬右衛門至少在命案發生的隔天早上還活著，讓我們完全相信萬右衛門絕不可能是被害者。透過絹代女士的證詞，我們不難想像那天傍晚，谷村與琴野在那間空屋相遇。如果谷村還活著，考慮整件事的前後經過，被害者不就除了琴野以外不作他想了嗎？這兩人的體形幾乎完全相同，髮形也都是五

註　又稱為漢堡系統或羅歇系統，為德國漢堡警察總監羅歇所發明。日本最早於明治四十一年在監獄中採用，明治四十四年以後，日本警方也開始採用。現在採用的則是綜合漢堡系統及英美亨利系統的日本指紋法。

分頭，只要交換服裝，毀去臉部，幾乎無法分辨。而在這之上的證據又顯示萬右衛門還活著，所以不必擔心絹代女士會親自到現場認屍——想必凶手最擔心這一點。這真是鉅細靡遺、非常周詳的詭計。但是若是用推理小說的慣用句來說，凶手唯一的失誤，就是難得費心毀容，卻忘記毀去比臉孔更具有鑑識效力的指紋。套一句某推理作家的話（註），在這起案子中，指紋成了琴野的盲點。

但是話又說回來，這是多麼深思熟慮的犯罪計畫啊！琴野一舉將歷代祖先的宿敵，以所能想到最殘酷的手段——雖說愈殘酷愈能排除嫌疑——送入地獄中，同時又能與長年愛慕的戀人……沒想到這也是隱瞞犯行的最重要手段，多麼完美的計謀啊！如果我的分析沒錯——第三，那筆從保險箱偷出來的錢，還能讓原本赤貧的自己搖身一變成了大富翁。可說是一箭三鵰，其手法之精采，可媲美童話故事裡的魔法師哪！

如今想來，琴野在犯罪的稍早之前，彷彿忘了平日仇恨、不知羞恥地進出谷村家，目的並非只是想看絹代女士，肯定是調查谷村夫婦的生活習慣、住家的格局、保險箱的開啟方式、印鑑及電源箱的所在之處吧。他等候創社基金放進保險箱、谷村又恰巧準備上京的絕佳時機，選擇當天傍晚行凶。

關於琴野的犯罪經過，對您而言想必是畫蛇添足吧，若依照推理小說的手法，簡單交代一下即可。首先，他準備一只硫酸瓶，在空屋內埋伏，等到谷村進來以後，立刻偷襲並綁住其手腳，然後以殘虐至極的手法殺害對方。接著，將繩索解開，替換衣物，再將屍體縛上繩索。扮成谷村的琴野將硫酸空瓶藏在某處，小心翼翼地從預先探勘過的木條門潛入谷村家的書房。接下來的過程前面已說明過，我想應該沒有贅述之必要了。

硫酸殺人事件的故事到此結束。不小心說得太長，真是不好意思，您或許聽得十分不耐煩吧。不過，我在述說這個故事的同時，當時的記憶也隨之鮮明了起來，接下來也該寫入我的《犯罪搜查錄》當中了。

五

「唉，怎麼會不耐煩，反而非常有趣哪！您不止在推理方面相當有才華，談話技巧也極端

註　相信應是指江戶川亂步短篇〈恐怖的錯誤〉（大正十二年）之「腦髓的盲點」，以及《孤島之鬼》（昭和四～五年）中的「盲點的作用」。

出色。感謝您讓我度過一段近來少有的愉快時光。只不過故事雖然條理分明，卻唯獨一件事沒交代。就是那個名叫琴野的真凶，最後有沒有被捕？」

豬股在聽完我的故事後，過度讚美了一番，接著問了上述的問題。

「關於這點嘛，很遺憾的，警方並沒有逮捕到凶手。不止肖像畫，我們也複製了大量的照片發布給全國主要警署。但是，凶手只要有心躲藏，似乎還是辦得到。距今也快十年了，警方還是找不到凶手。說不定琴野已經在警力不及的某處默默地死去了吧。縱使還活著，連當時親身經歷過此案的我幾乎都忘了，恐怕已經逮不到他了。」

聽見我如此回答，豬股笑瞇瞇地直盯著我說：

「所以說您還沒聽過凶手的自白吧。因此上述的故事，也僅是您這位優秀的偵探所做的推理囉？」

這句話，隨著詮釋方式似乎也能視為諷刺之言。

我感覺莫名的不愉快，因此保持緘默。豬股似乎也在思考什麼，一直望著眼前藍黑色的深淵。時間已近黃昏，陰沉沉的天空越來越昏暗，沉默壓迫著大地的萬物。前方的群山如今近乎全黑，望向山崖處，升起一層薄紗般的暮靄。舉目所及的萬物靜止不動，像是來到了死亡世界。遠方傳來瀑布傾洩而下的水聲，彷彿某種不吉利的前兆，配合著我的心跳一陣陣地傳了過來。

不久，豬股抬眼，頗具深意地望著我。那有色鏡片倒映著鈍重的天空而閃閃發亮，透過鏡片可窺見那雙眼皮的圓眼。此時，我突然注意到他的左眼從剛才一次也沒眨過，肯定是顆義眼吧。原來，視力正常卻戴著那副有色眼鏡是為了隱瞞義眼。我毫無意義地思考這些問題，回頭望著對方。豬股突然說出了奇妙的事——

「您知道小孩子玩的猜拳遊戲吧。我很擅長玩這種遊戲，想不想一較高下？保證能打敗您。」

我被他突如其來的發言搞得莫名其妙，暫時保持沉默，但愈想愈覺得受到對方像小孩子般的挑釁很不愉快，便伸出右手接受他的挑戰。剪刀、石頭、布、剪刀、石頭、布、剪刀、石頭、布……成年人的破鑼嗓子響徹了靜謐的山谷。經過一番交戰後，豬股果然很強。一開始還沒什麼，幾輪下來以後突然變得很強，不管我多麼不甘心，就是贏不了，最後總算認輸。豬股笑著說：

「怎麼樣？贏不了吧！就算只是猜拳遊戲，也不能小看它哪。這個遊戲裡有無限的奧妙。原理與數學理論同等深奧。一開始您是出『布』輸掉了吧？最單純的小孩子認為既然出『布』

輸掉，那麼下次就出能贏過『剪刀』的『石頭』。這是最幼稚的想法。稍微聰明一點的小孩子則是認為，既然出『布』輸了，敵方一定以為自己下次會出『石頭』，所以打算出『布』應對。因此，自己只要出能贏過『布』的『剪刀』即可。這是普通的想法。可是更聰明的小孩子會這麼思考：一開始出『布』輸掉了，所以敵方會認為自己將出『石頭』，故以『布』來應對，所以我們只要出『剪刀』即可。不過，想必敵人連這一層也考慮到了，所以最後會選擇『石頭』，於是我們就用『布』來應對。就像如此，只要永遠比敵人多想一層，必能在猜拳遊戲中獲勝。同時，這也不限於猜拳，我認為這個道理能夠應用在人情的糾葛。只要比對方所設想的更深，便能經常獲勝。犯罪不也正是如此嗎？犯人與偵探永遠像在玩猜拳遊戲。非常優秀的罪犯總是縝密研究檢察官或警察的思考模式，並執行更深一層的計謀。這樣才能確保他們永遠不會被逮捕。」

豬股此時稍作停頓，看著我微微一笑。

「我想，您也一定知道愛倫坡的作品〈失竊的信〉。作者在這篇作品中寫了關於小孩玩骰子猜單偶數的遊戲。主角後來向擅長猜單偶數的聰明小孩詢問訣竅，小孩回答：不管對方是聰明還是笨，是善還是惡，想知道他正在想什麼，盡可能讓自己的表情與對方一致。當兩者的表情一致時，好好感受一下自己當下的心情即可。杜邦（註一）認為這孩子的回答比起馬基維利或康帕內拉（註二）等人在哲學上的思考方式更具有深遠的意義。話說回來，您在調查硫酸殺人事件時，是否曾試著與假想的犯人做出同樣的表情呢？恐怕不曾吧？就算現在與我猜拳，你也完全沒把這件事放在心上……」

我對於對方曖昧不明又意有所指的說話方式開始感覺很厭惡。此人究竟想說什麼？

「聽您所言，似乎想說我對硫酸殺人事件的推理有誤，凶手所想的比我更深一層，您是否對於我的推理有不同的高見？」

我終於忍不住以譏諷的語氣反問。於是，豬股又笑咪咪地回答我說：

「是的。對於經常思考更深一層的人而言，推翻您的推理易如反掌。如同您從一枚小小的指紋將之前的推理完全推翻一般，我想，僅靠著一件小事也能完全逆轉您的推理。」

註一　愛倫坡筆下的神探。同時也是世界第一個推理小說中出現的名偵探。登場於《莫爾格街凶殺案》、《瑪麗・羅傑命案》、《失竊的信》等作品中。

註二　兩人都是義大利文藝復興時期的人物，尼可洛・馬基維利（Niccolo Machiavelli，1496-1527）為佛羅倫斯的外交官、政治理論家。著有《君主論》，該書的主張成了為達政治目的不擇手段的「馬基維利主義」之語源。托馬索・康帕內拉（Tommaso Campanella，1568-1639）為哲學家。代表作為《太陽之都》等。只不過愛倫坡在《失竊的信》中杜邦的台詞並非是「比……更具有深遠的意義」，而是「與……相同」（深町真理子譯）。另外，亂步也在《綠衣鬼》中讓偵探應用過這個聰明孩子的猜數理論。

我一聽聞此言，立刻火了上來。對於十幾年來，在偵探之路努力走過來的我來說，這是多麼失禮的說法啊！

「我倒是很想聽聽您的說法。看您如何以一件小事來推翻我的推理。」

「嗯，如果您想聽的話……真的只是一件沒什麼了不起的小事。我想問的是，您真能百分之百信賴日記簿及菸盒上的指紋嗎？您完全相信那並非人為刻意捺上去的嗎？」

「人為刻意捺上去的？」

「我的意思是，在理當只有谷村會留下指紋的地方，刻意讓谷村以外的人捺上指紋。難道這種情況不會發生嗎？」

我緘默了。一時之間，我還無法完全理解對方的真意，但我已察覺他的話語裡隱含了一種令我驚懼的意義。

「您恐怕不知道，谷村是有計畫地刻意在隨身物品上——例如日記簿或菸盒，您似乎只注意到這兩種，如果繼續找，說不定在其他物品也可以發現他事先準備好的指紋——留下他人的指紋。如果那個人經常進出谷村家，要實行這個計畫並非難事。」

「這件事或許做得到，但你所謂的『那個人』究竟是誰？」

「當然是琴野宗一。」豬股的語氣絲毫沒有變化，繼續說：「琴野不是有一陣子經常出入谷村家嗎？谷村避免讓對方起疑，暗地裡讓琴野的指紋留在家中各處，這一點也不困難。同時，谷村也找出每一樣有可能留下自己指紋的光滑物品，小心翼翼地擦掉，自是無須多言。」

「那是琴野的指紋……這種事有可能成立嗎？」

我陷入異常的暈眩，問起現在回想起來十分丟臉的愚蠢問題。

「當然成立……您陷入了錯覺，受到『在空屋裡遇害的人是谷村』的信仰所影響。如果那個人不是谷村，而是如同一開始的推想是琴野的話，警方從屍體上採集的指紋，自然是琴野自己的。這麼一來，即使日記簿上刻意留下的指紋也是琴野的，這不就十分合理了？」

「那麼凶手又是……？」

我終於受到影響，只能連續捉出愚蠢問題。

「能讓琴野在日記簿等物品留下指紋的人，當然就是谷村萬右衛門。」

豬股以一種宣告的語氣說道，彷彿這是無可動搖的事實，如同他在現場親眼目擊般。

「相信您也知道，谷村急需用錢。貉饅頭店已破產，他早就走投無路了，幾十萬的負債僅靠處理掉不動產根本不夠。與其忍受這種不體面的情況，還不如帶著五萬圓現金逃亡幸福多了。但，僅有這個理由還太薄弱。谷村並非偶然殺死琴野，而是早就訂下計畫，等待時機。除了金錢以外的動機——讓妻子遭逢如此悲慘命運仍漠不關心的動機——不消說，自然是另有女人了。沒錯，谷村戀愛了，他與別人的妻子陷入不倫之戀。反正，他的命運終究注定與外遇對象一起逃到世人之眼所不及之處。第三個動機，則是對琴野個人的怨恨。戀愛、金錢、怨恨，對谷村氏而言，這項計畫一如你所形容的，是個一箭三鵰的好計畫。

當時，在谷村的友人中，有你這麼一個熱愛推理小說、與其說是實際主義者，更像是喜歡幻想的刑警偵探。如果沒這個你，他恐怕也不會訂下如此峰迴路轉的計畫。也就是說，你這個人，是谷村唯一的目標。如同剛才所舉的小孩子玩的擲骰子遊戲，與你做出同樣的表情；又如同猜拳遊戲，想得比你更深入。谷村確立了計畫，而且一切發展都在他的預期中。了不起的罪犯需要一名優秀的偵探作為對手。有了優秀的偵探，他的詭計才能成立，他自己才能安全。

對谷村來說，這項異常的計畫具有超乎常人想像的魅力。如您所知，不，恐怕遠比您所知道的更甚，他是薩德侯爵（註）的子孫。雖然他早已厭倦妻子，但最後的演戲實在非常了不起。谷村完全投入了『扮成谷村的琴野』這個角色，小心翼翼地不說話、不讓妻子見到臉，一瞬間彷彿變成了琴野本人，或笑或哭，與自己的妻子犯下不可思議的不倫行為。

或許您也注意到谷村的另一種薩德傾向吧。那就是採用無比殘酷的殺人方法，這個方法真正展現出他獨特的虐待傾向。剛才，你以爆裂的石榴來形容那具屍體的慘狀，實在十分美妙。沒錯，谷村就是覺得這爆裂的石榴具有一股難以形容的恐怖誘惑。或者，這才是他的計畫原點吧。殺死一個人，將對方的面容徹底破壞到無法辨識，究竟有什麼意義？稍微敏銳的警察會認為這是犯人為了隱瞞被害者身分的手段。如果這名被害者所穿的衣服是琴野的，那麼犯人是為了讓死者看起來是琴野，而實際上絕對是琴野以外的人物。但是，讓人產生這種錯覺正是谷村的目的。被害者如同一開始所見的，正是琴野本人。

因此，那瓶硫酸也不是琴野帶來的，而是谷村早就買好放在空屋。當殺人工作結束後，他就把空瓶丟入路邊的水溝中，接下來就是那場戲了。谷村把自己當作『扮成谷村的琴野』，走進自己的書房時，還像潛入別人的房間般心驚膽跳。」

我對於豬股彷彿親眼見過的肯定說法十分厭煩。這男子究竟是誰？為什麼？竟能如此胡言亂語。若說是單純的邏輯遊戲，似乎又過分詳細、獨斷。由於我一直保持緘默，豬股又開始說

註　薩德侯爵（Marquis de Sade），全名為唐納蒂安・阿爾豐斯・弗朗索瓦・德・薩德（Donatien Alphonse Francois de Sade, 1740-1814年）。法國軍人、作家。因性癖好過於異常而遭到終身監禁，在牢獄中撰寫代表作《索多瑪120天》。形容施虐癖的名詞「薩德主義」即是由他而來。

起其他事。

「對了，我想起一件很久以前的往事。當時，有個非常喜歡推理小說的男子經常到我家作客。我總是與他熱烈討論犯罪話題，有時候會討論到殺人凶手最巧妙的殺人詭計是什麼，最後我們一致認為，被害者即是凶手的詭計最有趣。這個被害者即加害者的詭計雖奇特，在經過具體思考後，例如凶手患了不治之症，來日不多，乾脆進行偽裝成他殺的自殺，將殺人罪嫁禍給他人；或者在被害者多達數名的殺人案中，混入被害者之中，只有凶手自己受到不至於有生命危險的重傷——也就是說，乃是凶手自己下手的——以免除嫌疑等等。以這些類型為主，反而是些稀鬆平常的事件。但我認為不止如此，那僅是凶手不夠聰明，如果是優秀的罪犯，就算以加害者即受害者的詭計為藍圖，也一定能想出更漂亮的計謀。而我朋友也不甘示弱，他認為不管怎麼思考，如果都想不出好點子，那就表示這類型的詭計並不可行；一人主張：『不，不對，一定有！』另一人主張：『不，不可能有！』總之，最後就是一場大論戰。但是，我當時的主張現在已經實現了。也就是說，這起硫酸殺人事件中，藉由指紋的計謀與那天傍晚到隔天早上的化身詭計，使得人們長期以來相信被害者就是谷村，真相卻是我剛才所分析的情況——這肯定是正確的——很意外地，真凶不就是被害者谷村萬右衛門嗎？而這不就是被害者即加害者的詭計嗎？

不管詭計運用得再怎麼巧妙，在現實中，一個男人真有可能裝扮成他人妻子的丈夫，並與之共度一晚而不被發現嗎？這個點子運用在小說上或許相當有趣吧，而且很明顯地，你也受到了這個點子的影響……」

我在聆聽豬股說明的同時，一股幽微的記憶似乎逐漸甦醒，我似乎有過相同的經驗。然而，這位豬股是我最近才認識的。當時，我的談話對象肯定不是他，那麼，到底是誰？我彷彿見鬼了似地，一片迷霧擋在我眼前。那人絕對是個恐怖的傢伙，但令人著急的是，我總是想不起對方的真面目。

此時，豬股又開始做出奇怪的舉動，他不再說話，直望著我。有一瞬間，我覺得他的表情很奇特，只見他突然摀住嘴巴，將上下排的假牙取出。結果，失去牙齒的嘴巴變得像是八十歲老太婆一樣乾癟。亦即，鼻子以下的部位縮小，整張臉像是一只被壓扁的燈籠。

一開始我也描述過，豬股雖然禿頭，但看起來非常有智慧，配上高挺的鼻子、哲學家般的三角形山羊鬍，更添幾分風情，是個相當俊美的男子。但是一拿下假牙後，臉部立刻變形，令人懷疑人臉竟能有如此可怕的變化。那張皺巴巴的臉，既像牙齒掉光的八十歲老太婆，又像是剛出生的嬰兒。

豬股頂著那張扁平的臉，摘下眼鏡，閉上眼睛，用乾癟的嘴唇、含糊的發音說出如下的事情：

「仔細看看我的臉。首先，想像我的眼睛並非雙眼皮，眉毛比現在濃密得多，鼻子塌一點。接下來，去掉鬍鬚，加上濃密的頭髮，髮形剃成五分頭……怎麼樣？還不認得嗎？在你的記憶裡，難道對這張臉沒有印象嗎？」

他擺出「你儘管看吧」的姿態，下巴抬起，閉上眼睛，靜止不動。

在他的誘導下，我在腦海中描繪那架空的容貌，不久，彷彿照相機的焦距對準似地，一張臉竟意外清晰地浮現。啊啊啊……原來如此，難怪豬股才能說得如此武斷。

「我知道了！我知道了！你是谷村萬右衛門兄。」

我不得不大聲嚷叫道。

「沒錯，我就是那個谷村。真不像平常的你，也發現得太晚了吧。」

豬股，不，萬右衛門兄說道，接著壓低音量呵呵地笑了。

「但是，為什麼容貌改變了？變化之大，到現在我還是沒辦法相信……」

谷村先生為了回答這個問題，再度將假牙放入嘴裡，以清晰的發音說明：

「我記得那時候也跟你討論過變裝的問題，我只是將當時的想法付諸實行罷了。我從銀行領出五萬圓以後，稍微變裝，便立刻與剛才提及的友人妻遠走高飛至上海（註）。你剛才在故事中也有提及，那具所謂琴野的屍體被發現時，已經過了兩天，因此我幾乎沒有危險。當我們開始被懷疑時，早已進入朝鮮領域，在火車上展開漫長而無聊的旅行了。我不喜歡走海路，因為汽船對於罪犯來說很像監獄。

我們抵達了上海，借住在某中國人的家裡，度過了一年。我無心深入談論感情世界，但那確實是非常快樂的一年。從一般人的眼光來看，絹代確實是個美女，但與我性格不合。我喜歡像明子——就是與我一起逃亡的那個女人——像她那樣個性陰沉的妖婦。我打從心底愛著她。即使到現在，我的心依舊沒變。如果可以我也希望改變，但就是辦不到。

在上海的那段期間，我考慮到萬一的情況，嘗試了大幅度的易容。那些使用顏料、貼假鬢角或戴假髮的易容，在我看來算不上真正的易容術。為了徹底抹殺谷村這個男人，創造出另一個全新人格，我堅定地進行了徹底大改造。上海有幾家技術不錯的醫院，大多數由外國人經

註　位於中國揚子江河口的商業港灣都市。明智小五郎在《一寸法師》事件之前的書生時代亦曾長期居留過上海。

營。我盡可能從中挑選合適的牙科、眼科、整形外科醫師等等，耐心十足地一家家嘗試。首先，我除掉了濃密的頭髮。無中生有很困難，除毛就簡單多了，只要用點脫毛劑就有很好的效果。然後，我順便將眉毛削薄，再來改造鼻子。你也知道，我的鼻梁不挺，形狀也不好看，我是靠整形手術才做得出如此挺拔的希臘鼻。接下來，我打算改變臉部輪廓。其實沒什麼，這一點也不難，只要將牙齒全部拔掉，再換成假牙即可。我的下巴原本突出，齒列靠內側聚攏，而且蛀牙很多。我將牙齒全部拔除後，在瘦弱的牙齦上植入與原本齒列相反、上顎突出的暴牙。如此一來，就是你所見的外貌，完全改變了。我拿下假牙，你才認得出來。接下來就是蓄鬍，你也親眼看到了。最後，只剩下眼睛還沒動刀，眼睛在易容術裡算是最麻煩的部位。首先，我動了割雙眼皮的手術，很簡單就完成了，不過我還是不放心。原本打算佯裝有眼疾，戴上墨鏡即可輕鬆解決，但總覺得很無趣。我苦思良久，最後，想到犧牲一顆眼珠的方法，也就是換成義眼。這麼一來，即使戴上有色鏡片，也能以掩飾義眼為由，眼睛勢必也會變得完全不一樣……

也就是說，我的臉從上到下都是人工製成的，而谷村萬右衛門的生命也從我臉上完全消失了。這雖然是一張人工臉，但你不覺得有種難以割捨的美感嗎？連明子也經常拿此事來調侃我哪……」

谷村先生以平淡的語氣說明如此驚人的事實，還舉起右手伸向左眼處，將那有如倒蓋茶碗般的玻璃眼珠挖出來給我看。接著，一邊在手中把玩眼珠，一邊將空虛而凹陷的黑色眼窩朝向我，繼續說話。

「等到谷村這個人易容成功之後，我們一起回日本。上海雖然不錯，但對日本人而言，難以忘懷的還是故鄉。之後，我們遊遍了國內的溫泉，過著彷彿不同於這個世界的生活。在將近十年的歲月裡，我們的世界只有彼此。」

獨眼的谷村先生似乎很悲傷似地，望著深谷說道。

「真是不可思議呀！我完全不知道這些背景，卻在今天說出了硫酸殺人事件……這就是所謂的預感嗎？」

我突然發現這一點。如果是偶然，也太恐怖了。

「哈哈哈……」谷村先生低聲笑了起來，說：「你還沒注意到嗎？這不是偶然哪，是我讓你說出這個故事來的。你看，就是這本書。今天，在來這裡的路上，我不是跟你聊過這本書嗎？這就是我讓你說出硫酸殺人事件的手段。剛才你說忘了班特萊的《褚蘭特最後一案》的劇情，其實不是忘了，而是確實保存在你的潛意識裡。《褚蘭特最後一案》，凶手所使用的詭計，就是變裝成被害者，潛入被害者的書房，欺瞞了被害者的妻子。這個部分不是與硫酸殺人事件非常接近嗎？所以，你看到這本書的書名，潛意識聯想到這個故事，才會說出來啊……你不記得這本書嗎？你看，就是這裡。在這裡以紅色鉛筆寫上感想。你不記得這個筆跡嗎？」

我湊近書本，仔細端詳那個紅色筆跡，立刻領悟了他的話。我完全忘了，那是很久以前的往事。當時，我還是薪水微薄的刑警，就算喜歡推理小說也沒辦法立刻買下，因此經常到谷村萬右衛門先生家中向他借書，這本班特萊的小說就是之前借過的其中一本。我想起自己在看過之後，還在空白處寫上感想，那段紅色筆跡，其實就是我的筆跡。

谷村說完了一切，便沉默不語。我也沉默了起來，依然思考著那難解的謎題——谷村與我的這場計畫性相遇，追根究柢，究竟有何種意義？谷村難得費盡千辛萬苦躲避警網追緝，如今卻在擔任警職的我面前懺悔，背後究竟潛藏著什麼？啊，說不定谷村有什麼重大誤會？這項罪行尚未超過時效，該不會他算錯時間，以為時效已經過了？又或者在我擺出警察威嚴逮捕他的時候，不懷好意地嘲笑我？

「谷村先生，您為何向我告白這件事？難道您以為時效已經過了？」

我自以為戳中他的弱點說道。但谷村先生面無表情，緩緩地回答：

「不，我從未有過如此卑劣的想法，我甚至搞不懂時效的年限是多久……至於為何想跟你說這些，一切都是我體內的薩德之血在作祟。我已經勝過你了，你完完全全落入我的陷阱中，而你卻不知情，還自以為幹了一場漂亮的推理，這就是我唯一介意的。我只不過想親口對你說『怎麼樣？服了吧！』罷了。」

啊，為了這件事，谷村才會採用如此壞心眼的手法嗎？但是，這件事的結果又如何呢？我真的會慘敗，徹徹底底地輸了嗎？

「確實是我輸了，關於這一點我無話可說，但既然聽到你的告白，身為一名警官，我可不能不逮捕你啊！或許你以為打敗了我，感到十分痛快，但另一方面你也給了我一個重大功勞。因為我會把你這個前所未聞的殺人魔繩之以法呀！」

我一邊說，一邊伸手抓住谷村的手腕，谷村卻以極大的力氣甩開，說：

「不，你辦不到的。我們過去不是經常比腕力嗎？不是一直都是我贏嗎？如果一對一，我可不會輸你啊！你要到什麼時候才會察覺我選擇這個人煙稀少之地的用意呢？我連這一步都計算到了。如果你想強行逮捕我，那我會立刻將你推落谷底。哈哈哈……但你放心，我絕對不會逃的。遑論逃跑，我打算不勞煩你手，自我了斷哪。事實上，我已經對這個世界徹底失望，對於生命沒有一點不捨。因為我存活的唯一意義——明子在一個月前得了急性肺炎死去了。在她臨終之際，我與她約好了隨後下地獄。我在這世上唯一掛心的事，就是見你一面，將這件事情的真相說出。這個願望如今已經達成……那麼，永別了……」

谷村發出「永、別、了……」的聲音，如箭矢般朝谷底迅速墜落。他出其不意地跳下了深不可測的深淵。

我痛苦地壓著胸口，窺視斷崖底下。一具白色物體迅速縮小，撲通一聲落入寧靜的水面，激起一陣巨大的漣漪，化成一道道波紋擴散開來。這一瞬間，我瘋狂的視線彷彿在一層層圈狀波紋中，見到一顆非常巨大、如血色般赤紅的爆裂石榴。

不久，深淵又再度回歸寧靜，山谷間籠罩在暮靄中，舉目所及一片死寂，只有遠方的瀑布傾洩聲，以千萬年不變的規律，呼應著我的心跳。

我拍拍浴衣上的灰塵，打算離開這裡。起身時不經意注意腳邊，谷村先生的遺物留在白色的岩石上，是那本藍黑色封面的推理小說和那顆玻璃眼珠，濁白色的玻璃眼珠凝視著陰沉的天空，彷彿正要述說一個不可思議的故事。

〈石榴〉發表於一九三四年

《陰獸》解題

文／傅博

※本文涉及作品謎團，讀者先閱讀作品，然後閱讀本文爲宜。

《陰獸》為《江戶川亂步作品集》第四集，一共收錄江戶川亂步之四篇推理中篇。亂步之四十餘年的創作生活中，僅有的四篇中篇。集中於一九二八至三四年撰寫的。與其長篇或短篇的創作量相比，可說很少。但是，亂步在這四篇都充分發揮了其嗜好、感情與理想，而且都是成功的。亂步的作家本質好像在中篇。

那麼，亂步為何沒多寫中篇推理呢？原因可以說在出版界。

明治中期以後，雜誌成為發表言論，或是民眾讀物的中心。雜誌都有其使命，論述政治、經濟、社會諸問題的綜合雜誌，刊載小說、詩歌、文藝評論的文藝雜誌，供應庶民逍遣的娛樂雜誌，種類很多。但是，這些雜誌有一個共同特徵，就是內容需要廣泛，五彩八門，迎合不同嗜好的讀者，所以每篇篇幅不能太長。至今，這種編輯方針仍然依舊不變。

以一般的文藝雜誌來說，其刊載重點是小說，小說普通分為長篇連載與一次刊完的短篇。長篇考慮連載後的單行本出版，十二萬至十六萬字為多。短篇的標準字數是兩萬字。雜誌刊載中篇小說的機會不多之原因，除了在有限的頁幅內，欲多刊載幾篇短篇之外，與中篇小說本身的含義模糊有關。

長篇與短篇，雖然是以字數的多寡而區分的名稱，但是其內容是不同的。以其推理小說為例，短篇的長度適合寫一件單獨事件的始末。如果使用十萬以上的字數，要敘述一件單獨事件的話，必定會失敗。因為字數過多，故事一定是緩慢乏味。就是說，長篇與短篇各有其職。

那麼中篇的長度如何界定，功用如何？以字數來說，在日本，大約四萬至八萬字的小說稱為中篇，內容就沒有定論了。讀者最好閱讀本書收錄的四篇中篇後，自己去作結論吧！

〈陰獸〉：刊於《新青年》一九二八年八月增刊號、九月號、十月號。原文約七萬字。一九二七年，亂步對自己的創作失去信心，宣布停筆撰寫小說。翌年夏天復出，所撰的首篇小說就是〈陰獸〉。在《新青年》開始連載，即獲得很大反應，《新青年》增刊號增刷兩次（雜誌的增刷，在日本是稀有的）。

故事的重要登場人物只有三人，兩名推理小說家，一名美貌婦人。故事由「我」寒川記述，是本格派推理作家，獨身。另一名推理作家是變格派大江春泥，本名平田一郎，已婚。兩人的作品風格完全迥異。寒川的「川」、大江的「江」都取自「江戶川」。可視為兩人都是江戶川亂步的分身，前者是亂步的理想，後者為現實的亂步。另一名主角就是資產家小山田六郎夫人靜子。

有一天寒川在博物館內認識靜子。之後，兩人有書信交往，幾個月後，靜子被春泥恐嚇，求救寒川，不久六郎被殺死亡。寒川如何推理。是一篇色情、奇異、荒謬（大正期大眾文化的特徵）與推理融合為一體的本格推理小說的傑作。亂步代表作之一。

〈蟲〉：刊於《改造》一九二九年九月號、十月號，原文約五萬字。異常性格者之殺人為主題的犯罪小說。征木愛造自幼小時就患了重度的厭人症。大學時雙親死亡後，他靠父親留下來的遺產，過著非尋常的隱居生活。有一天小學時的同學，他唯一的友人池內光太郎來訪，談起小學的學妹木下文子，以木下芙蓉的藝名成為演員。四天後，池內帶征木去觀看芙蓉的舞台劇，事後三人在料理店聚餐閒談。之後，他們有機會就聚餐。

芙蓉原來是征木小學時的心中人，重逢後，征木對芙蓉的愛慕心天天遞增。但是，芙蓉所愛的是池內。征木因嫉妒而殺害芙蓉，亂步在故事前半著力描寫膽怯的征木，為了愛而如何行動，後半描寫征木如何處理屍體。

〈鬼〉：刊於《KING》一九三一年十一月號、三二年一月號、二月號。原文約四萬字的本格推理小說。

S村發生殺人事件，被害者是年輕女性，面孔被毀的屍體放置在草叢中，被發現時，屍體已被山狗咬傷，難以辨別是誰，最後，從其衣服得知死者是山北鶴子。刑警搜查的結果，認為鶴子的未婚夫大宅幸吉涉有重嫌。偵探作家殿村昌一（幸吉小學的同學）相信幸吉的清白，獨自調查，結果……。

〈石榴〉：刊於《中央公論》一九三四年九月號。原文約四萬三千字之本格推理小說。故事以「我」（刑事）講給一位在信州S溫泉認識之喜歡推理小說的紳士豬股氏聽之形式進行。十年前，「我」在名古屋當刑事時，發生一件「硫酸殺人事件」，被害者面孔被毀，一時難以判別是誰，之後從其衣服判斷，死者是饅頭店老闆琴野宗一。翌日，另一位饅頭店老闆谷村萬右衛門失蹤。事後，殺人與失蹤兩人事件同時解決，但是，逮捕不到犯人。十年後真相大白。
本篇之詭計與〈鬼〉，有同工異曲之感。

二〇一〇年一月十六日

非人的世界

文／紀田順一郎

●領域的發現

江戶川亂步在晚年是這麼想的：「深夜，心情變得很單純，若要思考推理小說史上最優秀的作家，我腦中浮現的是愛倫．坡（註一）與卻斯特頓（註二）。這兩人的作品，超越了所有作家與作品，我覺得是最高境界。」（《週四的男人》解說，一九五四）

亂步很輕鬆地如此斷定。他的推理小說，想必與愛倫坡及卻斯特頓的作品完全不像，不過這不是重點，這是結束寫作工作、回歸單純讀者身分的他，擺脫了作家的勞役和苦惱以後，成為不必負責的裁判所發出的感慨。看來，心情輕鬆也是這個原因吧。

那麼，在獵奇小說方面，亂步又認為誰最頂尖呢？這個問題，不像推理小說的答案那麼明確。最重要的是，一直到晚年，他仍然沒有自覺作品裡有獵奇小說（若按照他的說法應稱為「怪談」），這個事實就今日觀點來看，令人難以置信。《怪談入門》寫於一九四八年（昭和二十三）至翌年，他曾自述，到這個時期為止，他的怪談概念只不過是屬於江戶時代的草雙紙（註三），因此，可以看出他幾乎完全沒接觸過十九世紀末興起的歐美近代獵奇小說。原本一直將推理小說視為合理主義、將怪談歸為非合理主義的亂步，「最近，由於某些契機看了幾本英文的怪談傑作選，書中收錄的內容和我以前認定的怪談有極大差異。」並得知推理小說和怪談之間有極深的脈絡，還發現了近代怪談這個聳人聽聞（sensational）的新世界之後，製作了《怪談入門》這份報告。

「一般所謂的變種推理小說大多可稱為怪談……」事到如今才察覺這一點的亂步，心想：「哈哈哈，這麼說來，我也寫過不少怪談嘛！」想必在驚訝中也帶有幾分安心吧。所謂的安心，意指原本他自認為有責任創作注重邏輯的本格派推理小說，卻得在自我衝動及讀者的要

註一　Edgar Allan Poe, 1809-1849，美國詩人、小說家，推理小說的開拓者。

註二　Gilbert Keith Chesterton, 1874-1936，英國小說家、評論家。代表作為布朗神父〈Father Brown〉探案系列。

註三　江戶中期以後流行的大眾小說，每頁附有插圖，多半以平假名書寫。

求下寫出「變種」小說，因此備覺心虛，現在一下子得到解脫，可以說這些作品終於獲得了公民權。《怪談入門》之所以積極替獵奇小說賦予歷史定義和體系化，多少也可視為他的心情反映。

不過，這份《怪談入門》由於資料上的限制，無論就報告或入門文章來說都嫌不足。文中所使用的資料，包括Oxford Classics的《怪談集》、Thomson編輯的《Mystery Book》之怪談篇、桃樂絲・榭爾絲（註一）編輯的《偵探怪奇恐怖短篇集》之怪談篇、McSpadden編輯的《怪談名作集》、M・R・詹姆斯（註二）編輯的《拉・芬努傑作選》（註三）、洛夫克萊夫特（註四）的短篇集《當尼奇村之怪》（Dunwich）、達登社編輯的《布萊克伍德傑作選》（註五）書，再加上他以前讀過的愛倫坡與威爾斯（註六），還有日本及中國諸作（後來又追加了桑默斯（註七）編輯的《Supernatural omnibus》），在這些作家選集中，最有體系的就屬桃樂絲・榭爾絲編輯的那本。基本上，這些都是一九二〇年代到三〇年代的版品，不可否認所挑選的文章過於古典，也沒有網羅重要作家的所有傑作。原則上排除了德、法、俄的作家，以及當時正活躍的《怪譚》（Weird Tales）（註八）作家，這一點也令人惋惜。就這個角度而言，正如亂步自己所言，與其說是寫給讀者的入門書，其實是他自己的入門隨筆。

在這樣的限制下，若要根據此文推測他特別喜愛的作品，有拉・芬努的〈綠茶〉（Green

Tea）、布拉克伍德的〈柳〉（The Willows）、莫泊桑（註九）的〈奧拉〉（Le Horla）、富利茲・詹姆斯・歐布萊恩（註十）的〈何者〉（What Was It ?又譯〈那是什麼?〉）、希前斯（Robert Hichens）的〈被迷惑的古迪亞教授〉（How Love Cameto Professor Guildea）、布拉克伍德的〈老魔術〉（〈貓町〉）、J・K・傑洛姆（註十 ）的〈舞伴〉（Dancing Partner）、比爾斯（註十二）的〈莫桑的人偶〉（後面會提到，這與海克特（註十三）的〈人偶的敵人〉弄錯了）、E・L・懷特（Edward Lucas White）的〈Lukundo〉等等。相對的，亂

註一 Dorothy Leigh Sayers, 1893-1957，英國女推理作家。

註二 Montague Rhodes James, 1862-1936，英國小說家。

註三 Sheridan le Fanu, 1814-1873，愛爾蘭恐怖小說家，作品幾乎以冤魂和精神病為主題。

註四 Howard Phlips Lovecraft, 1890-1937，美國獵奇恐怖小說家。

註五 Algernon Blackwood, 1869-1951，英國獵奇恐怖小說的代表作家。

註六 Herbert George Wells, 1866-1946，英國作家，科幻小說始祖。

註七 James Summers, 1829-1891，英國的中日文化研究者。

註八 於一九二三年創刊的美國雜誌，專門介紹鬼怪、幻想、科幻小說。

註九 Guy de Maupassant, 1850-1893，法國自然主義的代表作家。

註十 Fritz James O'Brien, 1828-1862，美國小說家，今日科幻小說的先驅。

註十一 Jerome Klapka Jerome, 1859-1927，英國作家。

註十二 Ambrose Gwinnett Bierce, 1842-1914，美國作家，代表作為《惡魔辭典》。

註十三 Ben Hecht, 1894-1964，美國小說家。

步評價很低的作品，則列舉出哥德式小說（註一）和瓦儂・李（Varnon Lee）之類的古風浪漫怪談、M・R・詹姆斯之類的正統怪談。換言之，亂步對典型的幽靈故事毫無興趣，反倒迷戀描寫心理恐懼的驚悚小說、植物怪談、人偶怪談，以及以雙重人格、分身、怪病、異次元的恐怖為對象的近代獵奇小說。這一點，從他的性向看來實屬自然，不過「幽靈鬼怪就這麼直接現身的單純怪談、鬼屋、魔女等妖術」，則被他排除在入門對象之外，使得歐美獵奇恐怖小說的「主流」遭到輕視，也錯失了原本可獲得的歷史、社會展望。這是《怪談入門》最大的敗筆。

●另一種夜晚

在《怪談入門》中，被亂步視為怪談的，有〈白日夢〉（一九二五）、〈鏡地獄〉（一九二六）、〈非人之戀〉（同）、〈帶著貼畫旅行的人〉（一九二九）、〈目羅博士不可思議的犯罪〉（一九三一），更有長篇推理小說《獵奇的結果》（一九三〇）、《孤島之鬼》（一九二九）、《人間豹》（一九三四）等部分旨趣是出自獵奇小說構想的作品。

不過，就今日廣義的恐怖小說概念觀之，〈人間椅子〉（一九二五）、〈跳舞的一寸法師〉（一九二六）、〈火星運河〉（同）、〈毒草〉（同）、〈芋蟲〉（一九二九）或許也包含在內。整體而言，除了推理長篇，以上各篇基本上都算是亂步的獵奇恐怖小說。

這個數字，對一般公認為「獵奇幻想作家」典範的亂步來說，或許意外地少。不過，他的作品幾乎大量運用了獵奇小說的主題（也有像〈幽靈塔〉這樣以「平凡的幽靈和鬼屋」來吸引讀者的作品），但那只是用來表現奇特詭計和人物的手段。就小說的領域而言，依舊屬於推理小說或英國所謂的Novel of weird adventure，這一點是值得我們注意的。

這些獵奇小說的共通點，就是濃厚地反映出他在《怪談入門》展現的偏好。換言之，完全未觸及幽靈和鬼屋、魔女這類主題。不同於渥波爾（註二），亂步的「幻影城」沒有幽靈和超自然現象棲息的餘地。當然，以「浮世若夢，夜夢唯真」為信條的他，絕不是世人所謂的合理主義者，但也不能保證那樣的人會馬上成為幽靈信徒。他的夜晚，純粹在「浮世」不可能實現的合理主義貫徹到底的特殊世界裡。不是魑魅魍魎支配的黑夜，而是至今仍由理性掌控的朦朧世界。

不過，夢分成很多種，也有缺乏理性、沉默、休息所導致的惡夢，那是潛意識取代鬼魂所展現的「另一種夜晚」。那種夜晚，體現了「旋繞的極光、嗆人的香氣、萬花筒的花園、華麗

註一　Gothic Romance，十八世紀末至十九世紀初流行的中世紀神祕、幻想小說。

註二　Horace Walpole, 1717-1797，英國小說家，以哥德式小說《奧托蘭多城堡》知名）的《奧托蘭多城堡》（The Castle of Otranto）。

的禽鳥、嬉戲的人類之夢幻世界」（〈帕諾拉馬島綺譚〉），還可以在鏡子與透鏡（lens）所造成的物理魔術中約略窺見「魔界之美」（〈鏡地獄〉）。不過，下一瞬間「透過不可思議的大氣折射作用，驀然窺見凡間視野以外的另一個世界角落」（〈帶著貼畫旅行的人〉），或者引誘人愛上無生命的人偶，陷入「宛如惡夢或童話的奇異歡樂」（〈非人之戀〉）。

這些作品，想當然耳，比起符合理性邏輯的推理小說，更可以說是以自然形式強烈投射出亂步的心象、氣質、嗜好與願望。正因為在「另一種夜晚」，他才能解放自我，沉溺於真正的夢境中。

●浮世若夢

亂步在《怪談入門》中，把〈帶著貼畫旅行的人〉和〈非人之戀〉視為繪畫雕刻（包含人偶主題）的怪談；把〈鏡地獄〉視為鏡子與影子的怪談，把〈帕諾拉馬島綺譚〉的旨趣視為與異世界怪談有關；《孤島之鬼》是製造殘疾者的恐怖怪談。另外，他雖未特別點明，但〈獵奇的結果〉前半段似乎相當於雙重人格與分身怪談。至於〈白日夢〉與〈目羅博士不可思議的犯罪〉，如果按照桃樂絲．榭爾絲的分類，應該屬於惡夢、幻影的怪談。

〈芋蟲〉寫的是疾病、〈人間椅子〉是根據他隱藏的願望所呈現的「Tales of Menace」、〈火星運河〉近似心理驚悚小說。

如此看來，亂步的獵奇小說作品數量雖然不多，但除了妖魔、吸血鬼以外，幾乎包含了所有主題。剩下的正統歌德風作品，或許也可以舉〈幽靈塔〉（一九三八）為代表。

亂步自己最喜愛的，是這些作品中以人偶為主題的兩篇。桃樂絲・榭爾絲選出傑洛姆的〈舞伴〉和比爾斯的〈莫桑的主人〉（Moxon Master）（在《比爾斯選集》中的日譯名稱為〈自動西洋棋人偶〉，不過亂步在《幻影城》中描述的故事大綱，其實應該是班・海克特的〈人偶的敵人〉）為人偶怪談的代表作，但在這兩篇作品中，正如「科學怪人主題」（Frankenstein Theme）這個標題所示，人偶的個性陽剛且充滿行動力，與亂步作品中那種陰柔靜態的描述手法形成鮮明的對比。

與〈帶著貼畫旅行的人〉同年完成的隨筆散文〈人偶〉中，有這麼一句話：「人類就算無法談戀愛也能愛上人偶。人類只是浮世幻影，人偶才能永生不死。」對於深信「浮世」若夢，「夜夢」乃為唯一真實的他來說，人偶才是最寫實且日常的主題。「如果我有足夠的財力，我真想與自古以來名匠雕刻的佛像和古代人偶、能劇面具，乃至現代的生人偶（註）及蠟像等群像共處一室，避開陽光，低聲細語，針對它們居住的另一個世界，好好地聊上一聊。」他的這番話，想必不是戲言而是發自真心，但這種人偶沉溺症的本質，與近世話本及實案紀錄一脈相承，由此看來，這不僅是亂步個人的嗜好，毋寧是傳承了日本人對人偶的傳統感。

以〈非人之戀〉為例，這是根據他六、七歲時從祖母那裡聽來的怪談寫成的。題材本身缺乏新鮮感，但正如隨筆〈人偶〉也解釋過——「不可否認也攙雜了輕微的屍姦、偶像姦的心態。」這種異常心理成了作品的重要主題，等於在一篇怪談中添加了近代色彩。

比起〈非人之戀〉，〈帶著貼畫旅行的人〉的故事是活人變成僅有一尺的貼畫，若用放大鏡觀察連汗毛都鉅細靡遺，表現出「渺小微物那種纖弱的恐怖」（《怪談入門》），在獨創性方面略勝一籌。這個構想，除了M．R．詹姆斯的兩、三部作品，即便放眼海外也找不出類似作品。有些評論者甚至將之視為亂步所有作品中的最高傑作，但即便以古日本風情為出發點的戀愛怪談，這應該也是一篇足以傲視世界的作品。

●人偶、透鏡、殘虐

亂步的人偶嗜好，若是出自於熱愛而非恐懼，那麼另一方的透鏡嗜好顯然出自於恐懼。國中一年級罹患憂鬱症、終日窩在二樓斗室的他，在無意間拿著透鏡對準從遮雨窗板的小洞照向榻榻米上的陽光，只見榻榻米的紋路頓時在天花板上放大。「榻榻米表面的每一根藺草，都有一片天花板木片那麼粗，整體呈現黃色，就連綠色部分都宛如惡夢、毒癮者的夢境般映現。」（〈透鏡偏好症〉一九三六）他對這個現象產生真實的恐懼，但重點在於「從當時直到今日，我對透鏡的恐懼和興趣絲毫未減」這個事實。在〈鏡地獄〉這部作品中，主角創造的種種奇怪機關都不合乎科學原理，雖然稍嫌掃興，但幸好作者本身的恐懼充滿了寫實感才得以挽救。〈湖畔亭事件〉（一九二六）一開頭的窺視鏡機關，和前者比起來似乎合理多了，但「偷窺」嗜好比透鏡偏好更突顯，從這個發想看來，離怪談的領域甚遠。

這些取材自人偶和透鏡的作品，是亂步恐怖小說的A級作品。毋須求其共通點，他的玩具偏好已表露無遺。一般來說，越是迴避在作品中與真實人生扯上關係的作家，對於幼年的記憶和感覺越有強烈執著。即便在作家成熟後，仍能以純粹的形式保存下來吸引讀者。換言之，比起獵奇小說的完成度，這種樸實情感的流露，似乎更能激起讀者的共鳴。

註　江戶時代末期用來招攬觀眾、大小與真人一樣的寫實人偶。生人偶的展示一直延續到昭和時代。

不過，這種情感一旦通俗化，比方說人偶嗜好會朝著「把人體裹在石膏像中」這個方向脫離，獵奇性色彩逐漸勝過奇幻性。為了抓住更多讀者，這也是無可奈何之舉——

至於在其他創作領域，首先，將〈人間椅子〉的主角藏進椅子裡的構想，比起逃避現實的創作動機，更被視為是一種希望躲進子宮的表現。進而，做家具的師傅「躲在漆黑、無法動彈的皮革天地中」，全神貫注、窺探外界動靜的姿態，來自小時候捉迷藏遊戲的緊張刺激。只不過，亂步強調觸覺更甚於聽覺，因此才發展為成年人的情色官能描寫，至於構想本身倒是與出自幼年記憶的人偶嗜好和透鏡嗜好互為表裡。

接下來，〈芋蟲〉和《孤島之鬼》這兩部作品所呈現的是，疾病或殘疾者的恐怖怪談。正如亂步自己也指出，應歸類為「若是事實就是殘虐奇談，如果實際上不可能發生那就是怪談」。不過，對他來說，納入哪個創作領域根本不是問題。最重要的是鄉愁。

〈對殘虐的鄉愁〉（一九三六）這篇著名的散文中，扼要地說明了身為「現實的弱者」的他，為何會對這種殘虐樂在其中。換言之，對他來說殘虐是「遙遠的鄉愁」，只有在「夢的世界」才會出現。在本質上，「是某種遭到壓抑的太古憧憬，完全不屬於現實」。無論是雙手雙腳被切斷、變成一團黃色肉塊宛如肉蟲的廢人，或者把幼兒塞進箱中刻意造成的侏儒，一旦在他的夢中世界登場，就會變成「一臉認真又可愛的殘虐玩具」。換言之，這也是屬於亂步玩具嗜好的作品。

●非人的世界

如果換個角度來看，〈芋蟲〉和《孤島之鬼》可說是怪誕（grotesque）趣味的作品。收錄在前述隨筆集（註一）的散文〈給怪誕這種鄉愁〉中，他舉了谷崎潤一郎（註二）、廣津柳浪（註三）、亞瑟・馬欽（註四），甚至畫家村山槐多（註五）為例，讚揚怪誕這種東西的「甜美、恐怖與滑稽」。在這種情況下，怪誕被定義為「就人類而言，是對太古圖騰藝術的鄉愁；就個人而言，是對幼年時代鬼怪和猙獰獅頭面具的甜美鄉愁」。那種美，「完全脫離『現在』與現實，是夢幻與詩篇的世界」。這與近代美學對怪誕的定義——亦即透過奔放的想像力所產生的超自

註一　指《幻影城主》。
註二　1886-1965，小說家，以耽美作風開創新境界。
註三　1861-1928，小說家。
註四　Arthur Machen, 1863-1947，英國獵奇恐怖小說家。
註五　1896-1919，西畫家，詩人。

然現象、被切斷的事物之不自然結合、存在本身的疏離、誇張的諷刺畫（caricature）所造成的幽默（摘自〈怪誕之物〉，Wolfgang Kayser，一九五七）有奇妙的一致性，想必在遠超過亂步自己所想像的更深處，已經奠定了亂步文學的基調。

這種怪誕雖以四肢切斷、活著只為滿足食慾和性慾的男人，以及被這種男人挑起獸慾的女人（〈芋蟲〉）；開刀後變成連體嬰的男女，以及地獄般的戀愛（《孤島之鬼》）這種構圖到達頂點，包含通俗長篇在內的所有作品中，都伴隨著各種泛聲（harmonics）效果一再地出現。

舉例來說，在《一寸法師》（一九二六）的描述中，有這麼一段話——「十歲左右的孩童身體上，頂著像供品般成熟的成人面孔。像一具生人偶般靜靜地回看他，令人感到既滑稽又古怪……整張臉動不動還會像痙攣般抽搐，既像是因不愉快而皺起臉，換個角度看也像在苦笑。」此外，在〈蜘蛛男〉（一九二九）中，有一幕是在美女演員臉部特寫的底片上，沾染紅墨水再播放的場景。「洋子還在笑，這次，從珍珠般的貝齒間，滲出了紅色液體，眼看著溢出唇角，滴滴答答地沿著下巴滑落。洋子約有五間（註一）見方的巨大臉孔，一邊嫣然笑著一邊吐血。那張笑臉越妖豔，從嘴角不斷滑落至下巴的血河，就越令人毛骨悚然。」這種感覺，正是

「不自然的結合」、「不合理的諷刺畫造成的幽默」的範例，在亂步的作品中幾乎俯拾皆是。

獵奇小說本身，就是文學中最典型的怪誕。理由，想必是因為文中經常出現噁心的惡魔和黑夜的妖怪變身場景吧。怪誕對我們而言，是對於非日常且不可能的事物產生的恐懼及困惑表徵。

不過，印加帝國（Imperio Inca）的雕像，卻讓解釋其意義的人無法稱之為怪誕。古流涅瓦德（註二）的基督畫像，根據作者的信仰意圖解釋，腐敗肉體的寫實描繪，想必也是高次元的崇高表徵與摹寫。同樣的，對於將妖怪變化做近代解釋的現代人來說，那些東西早已喪失怪誕本身的破壞力。亂步正是那種人之一，因此他不會被「妖魔鬼怪直接現身的單純怪談」所吸引。當然，他探討的怪誕是另一種領域，等於在日常世界以外的疏離感（所謂的「夢」和「幻影」）中，透過寫實世界表象的特殊組合來呈現。

例如，奄奄一息的跳蚤垂死掙扎的景象，本身並不引人注意。但如果用五十倍顯微鏡放大，臨死前的驚悚模樣就會呈現出來（〈鏡地獄〉）。裸體像本身很陳腐，但如果把其中一部分切下來放在別處，混淆盲人的觸覺，就會變得很詭異（〈盲獸〉）。四肢健全的男體讓人提

註一　一間約為一．八一八二公尺。

註二　Grunewald，約1475-1528，德國畫家。

不起興趣，在切斷手腳的瞬間，卻產生了異樣性感的詭譎（〈芋蟲〉）。

然而，這種構想早已脫離獵奇小說的範疇。自哥德以來，獵奇小說是卓越且有理性、有信仰的。這話倒不是說那些小說描寫理性與信仰戰勝惡魔，如果我們對於這個世界的最終信賴與安心感瓦解，理性與常識遭到挑戰得以讓恐懼產生，那麼「描寫恐懼就必須先描寫理性與常識」這個逆論便是成立的。歐美的正統獵奇小說，之所以在另一方面強調神的存在也是這個緣故。不過，到了近代，開始出現某些文學作品描寫的是理性無法接受、站在人類觀點根本處理不了也無法巧妙適應的狀況，於是怪誕世界就此一變，大幅改變了獵奇小說的書寫方式。亂步這些極盡個人詭異嗜好的作品，很接近這種文學，完全無視於對市民生活有益的範疇。這些作品不具備任何指向或意義，按照他的說法是「非人」的世界與狀況，而這正是亂步一心追求的境界。因此，當〈芋蟲〉受到左派讚譽為「反戰小說」時，他自己除了困惑之外毫無感覺。

與上述相較，第四作品群〈白日夢〉、〈跳舞的一寸法師〉、〈火星運河〉、〈毒草〉、〈目羅博士不可思議的犯罪〉等篇，嚴格說來應該可以統括為心理驚悚類，屬於比較曖昧不明的領域。除了兩、三篇作品之外，幾乎沒什麼故事情節，等於是在描寫他的心象風景，就作品密度而言，〈白日夢〉與〈火星運河〉應可視為對怪誕充滿鄉愁的散文詩，擺在更高的位置。

而〈跳舞的一寸法師〉，也是以他喜愛的雜耍戲班為背景，從中發現殘虐的童話世界，營造出奇特的風味。這些都是透過不正常的神經所製造的異次元惡夢，是純粹的亂步世界。

●不祥的氣息

亂步的獵奇小說運用了各種技巧，在此就以懸疑效果無懈可擊的〈非人之戀〉為例，試著找出那種寫作技巧與他個人本質的內在關聯吧。為求方便，用來當作對比的作品，是他不太有好感的英國正統怪談名家M．R．詹姆斯的〈波殷特氏日記〉（〈The Dairyof Mr. Poynter〉，收錄於拙譯《M.R.詹姆斯全集》），分析方法則是根據潘佐德採用的方法略做修正（P. Penzoldt〈The Supernatural in Fiction〉一九六五）。

首先，〈非人之戀〉的第一章完全是導論。重要的是，作者簡潔敘述女主角的丈夫——也就是男主角——是個「驚人的美男子」（占講談社版「全集」的六行），也是個怪人（同書二行）。不過，除非讀者本來就知道作者是亂步，或對這種小說早已見慣，否則文章清淡得簡直看不出這是暗示。不過，到了第二章，出現丈夫對妻子「過於寵愛」，而且，那種寵愛的「努力」背後「其實有個可怕的理由」，這種暗示令讀者不由分說地產生了不安的期待。但

〈非人之戀〉（江戶川亂步）			
敘述 （數字為段數） 〈（）內為章〉	暗示（行）	讀者的反應	故事人物的反應
導論 A 3（一）	6+2	原本就預期是怪談的讀者，能夠理解這個暗示。	無
B 3（二）	7	預期這是恐怖故事。	還未感到恐懼。
C { 6（三） 4（四）	12 18 }	讀者知道這是恐怖故事，理解倉庫裡的怪異現象。	不安
高潮 A4（五）	10數行	上述讀者的期待成真，對高潮抱以期待。	衝擊
B10（六～八）	真相80行	讀者被意外的真相嚇到。	得知不安的原因。
C4（九～十）	悲劇結局87行	步向事先預測的悲劇結局。	採取行動。

〈波股特氏日記〉（M・R・詹姆斯）			
敘述 （數字為頁數）	暗示（行）	讀者的反應	作中人物的反應
導論 A 9	2	唯有習慣獵奇小說的讀者才能理解。	無
B 3	數行	幾乎所有讀者都理解這是妖怪故事。	主角以外的第三者感到莫名不安。
C 1	10行	讀者明確期待怪談，特別留意臥室窗簾。	主角感到不安，但無法理解原因。
高潮 A 1 B 2	10數行	讀者期待高潮，因妖怪以意外形式出現而感到驚訝。	衝擊 意外的真相

是，這個階段是雙重敘述，小說中的女主角還沒有感到切身的恐懼。

以下，如果按照附表說明，高潮（A）是自倉庫二樓傳來的男女對話，（B）是第八章發現人偶及對人偶的描寫、女主角的驚愕，（C）是自人偶的毀壞到丈夫死亡導致的結局。透過這個過程，女主角一心想追查真相的行動逐漸提高懸疑感，當她試圖解決問題並採取行動（破壞人偶）時，便形成了雙重高潮這個架構。

至於〈波殷特氏日記〉，主角前往倫敦的舊書拍賣會發現那本問題日記，兩天後那本書交易成功並送到他手上，他發現日記中貼有形似頭髮的古怪布料，這些敘述相當於導論（A）。說到暗示，伯母吞吞吐吐地對布料花紋發表感想：「好像會聯想到頭髮呢。這些一點一點的，就是蝴蝶結的結頭。這讓整體的低調色彩活潑了起來。可是好像有點……」占了兩行分量的敘述，對於早已熟悉毛髮蓬亂之惡魔的詹姆斯讀者，或者對福克納（註）的〈給艾蜜麗的玫瑰〉（A Rose for Emily）等歐美獵奇小說中「毛髮」意義敏感的讀者，想必已足以領會他的暗示。

不過，在接下來的（B）部分，插入了工人以那個花紋製作窗簾時，說出「不祥的氣息」

註 William Faulkner, 1897-1962，美國小說家，諾貝爾文學獎得主。

這句話，以及工頭把這句話轉告主角時的狐疑語調。若是一般讀者，看到這裡想必會開始期待怪談出現。接著，當窗簾做好後終於掛在臥室，主角卻感到莫名的不安，向伯母傾訴的這十行文字，讓讀者得知明顯的怪異處。高潮，就在最後真的出現了「毛茸茸」的怪物，主角雙手顫抖，遭到追逐等等的十幾行文字。這個高潮（A），當下轉為解開真相的部分（B），費了二十幾行引用古文書的內容。

撇開類型差異姑且不論，我發覺這兩篇作品在架構上完全對稱。〈非人之戀〉自導論到高潮，多少有點起伏，但基本上算是徐徐增加頁數的慢板（ritardando）節奏；〈波殷特氏日記〉卻正好相反，採取的是濃縮頁數加速前進的快板方式。這種情形，我們可以從前者在導論吊人胃口同時簡潔打住，後者卻是完全不動聲色、與主題沒有直接關係的冗長導論中看出。讀者對於詹姆斯的小說會產生焦點模糊的焦躁感，而亂步的小說則從一開頭就讓人產生異樣的期待。不過，就整體而言，亂步的文風饒舌，而詹姆斯簡潔。

詹姆斯所有作品共同的技巧，就是在日常平淡的描寫中一點一點地增加怪誕暗示，最後再以出乎讀者意表的方式讓妖怪登場。而且，那些妖怪的描寫，和他對日常生活細節的縝密描寫截然相反，是部分的、憑感覺的，而且非常簡短。因為他喜歡那種脫離現實的妖怪，如果嘮嘮叨叨地描寫反而會沖淡恐怖感，淪為滑稽，所以他早就事先計算好了。他打的主意是，不如讓讀者盡情發揮豐富的想像力。因此，高潮的章節不得不簡短結束。在那之前的過程之所以層層疊疊，也是為了烘托這簡潔的高潮而施展的手段。全篇幾乎都是從他的正職——古文學所得到的靈感，包括以寺院史及中世紀因果故事、黑魔術、魔女為主題，而妖怪本身只不過是點綴其中的景物。

對於亂步來說，妖異對象本身才是問題所在。他根本不打算寫獵奇小說，他的目的是要傾吐人偶嗜好和透鏡嗜好。以〈非人之戀〉為例，高潮的人偶描寫占了整整一章節，而且是「鮮紅充血彷彿在要求什麼的豐唇、嘴唇兩側隆起的豐頰、彷彿會說話的深邃雙眼皮、從容含笑的濃眉，而最不可思議的，是宛如用白綢布包裹紅棉、略微上色的耳朵，散發出微妙的魅力。」不僅描寫得鉅細靡遺，甚至還添上一句可能是因為人偶臉孔飽經風霜沾染了手垢，「光滑的肌膚濕潤冒汗」，這種更添性感的描寫，讀來令人陷入一種恍惚狀態（tance）。

在這篇作品中，描述人偶的魅力就是他的創作動機，因此故事本身只不過是次要問題。〈帶著貼畫旅行的人〉也一樣，故事本身毫無起伏，只是一個古老單調的因果故事。基於這樣的理由，架構也採取往下層層堆疊的方式。

以詹姆斯為首，西歐的妖怪多半充滿暴力，直接危害人類，但亂步筆下的妖怪本身是安靜的，幾乎只有對主角造成心理上的影響。因此，前者筆下的主角雖然多半是充滿行動力的社會人，卻無法對妖怪出手，小說本身也太過懸疑反而沒有實質發展就無疾而終（〈詛咒〉算是例外）。相較之下，亂步的主角運用了這點，往往出現雙重高潮。在〈非人之戀〉中，妻子在嫉妒心驅使下，將人偶四分五裂且逼死了丈夫；在〈鏡地獄〉中，敘述者用鐵鎚敲碎鏡子，展現主角發狂的衝擊性姿態。

●重返樂園

此外，兩者的小說對比極為鮮明，但尤其重要的是日期的問題。詹姆斯的作品，對於事件發展的日期幾乎非常明確。在〈波股特氏日記〉中，一開頭出現的舊書拍賣會是「某個春天」的星期三，書本交易成功是星期五，拿到書是星期六，伯母看到布料花樣很欣賞是星期天早上，看得出日期很明確。此舉成功地令讀者感到故事正按照日常節奏進行，主角既然有其社會生活，應可說是理所當然的顧慮。

反觀亂步作品的主角，卻是非社會性，徘徊在幻影之城的異人種，他們沒有日曆可言。這樣的人物，透過因果循環的身世和幼年經歷，擁有與一般人大相逕庭的宿命。這種宿命才是問題所在，而日期並非問題。〈人間椅子〉的主角擁有「舉世罕見的醜陋容貌」，同時也是「憧憬著無與倫比的甜美、奢華、各式各樣『夢境』」的椅子工匠。這樣的男人，每做好一把椅子為了測試好不好坐，想必會試坐看看吧，就在這麼預想人物的過程中，「驀然浮現一個好點子」，算是順勢而為，這個「驀然」究竟是幾月幾日星期幾已毫無意義。

詹姆斯的主角，縱使有考古癖或獵奇嗜好，也不會有異常性癖好或脫離現實的幻夢。換言之，都是缺乏想像力的平庸人。要讓這種人面臨怪異現象、產生驚愕，恐怕必須經過秩序化的手續。站在作者的立場，只能讓主角在活動圈內過著規律的日常生活，然後在過程中徐徐累積暗示。而日期，就變成了在這種情況下極為有效的模式。

毋庸贅言，詹姆斯堪稱將一生奉獻給古文學和獵奇小說的人物。他的「日常性」，與一般所謂的日常定義不同，這一點應是理所當然。不過，即便如此，他的作品中還是有世俗定義下的健全、凡庸、常識性為基礎。就算想找出一點點類似H．P．洛夫克萊夫特那種狂熱的異常性也找不到。詹姆斯堪稱是道地的英國作家。

亂步的獵奇小說，雖說比通俗長篇計算得更縝密，但他的創作本質，是一個疏離於日常生活之外、遭到幽禁的人，還原到黃金時代的幼兒期，試圖藉此證明人生意義的狂熱。在此出現的椅子、大暗室或帕羅拉馬島樂園、屋頂夾層，是他的子宮也是墓穴。唯有那裡才有最純粹的夜，由未掌握現在的時間君臨世界。他在自己的獵奇小說中所追求的，正是那種世界的建構。

本文作者簡介

紀田順一郎（きだ・じゅんいちろう）

評論家，作家。一九三五年出生，橫濱市人，慶應義塾大學經濟學部畢業後，在商社上班。之後從事近代史、書誌學、文藝、推理小說等評論活動。前神奈川近代文學館館長。日本推理作家協會會員，日本文藝家協會會員，日本筆會會員。

二〇〇八年以《幻想與怪奇之時代》獲得第六十一屆日本推理作家協會獎，著作等身，重要的有《書物・情報・書》、《本の環境學》、《開國の精神》、《牢獄の思想》、《日本の書物》、《世界の書物》、《書人の周》、《古書街を歩く》、《橫少年物語》等，推理小說有《古本屋探偵の事件簿》、《古本街の殺人》等。

陰獸 — 江戶川乱步作品集 01

原著書名：陰獸
作者：江戶川亂步
翻譯：林哲逸
特約系列主編：傅博
責任編輯：詹凱婷
編輯總監：劉麗真
事業群總經理：謝至平
榮譽社長：詹宏志
發行人：何飛鵬

出版：獨步文化
城邦文化事業股份有限公司
115 台北市南港區昆陽街 16 號 4 樓
電話 (02) 2500-7696　傳真 (02) 2500-1951

發行：英屬蓋曼群島商家庭傳媒股份有限公司城邦分公司
115 台北市南港區昆陽街 16 號 8 樓
讀者服務專線 (02) 2500-7718；2500-7719
24 小時傳真服務 (02) 2500-1990；2500-1991
服務時間 週一至週五 上午 09：30-12：00 下午 13：30-17：00
讀者服務信箱 E-mail service@readingclub.com.tw
劃撥帳號 19863813　戶名 書虫股份有限公司

總經銷：大和書報圖書股份有限公司
電話 (02) 8990-2588；8990-2568
傳真 (02) 2290-1658；2290-1628

香港發行所：城邦（香港）出版集團有限公司
香港九龍土瓜灣土瓜灣道 86 號順聯工業大廈 6 樓 A 室
電話 (852) 25086231　傳真 (852) 25789337
E-mail hkcite@biznetvigator.com
馬新發行所：城邦（馬新）出版集團【Cite (M) Sdn Bhd】
41, Jalan Radin Anum, Bandar Baru Seri Petaling,
57000 Kuala Lumpur, Malaysia.
電話 (603) 90563833　傳真 (603) 90576622
E-mail services@cite.my

封面插畫：中村明日美子／美術設計：高偉哲
排版：游淑萍
印刷：中原造像股份有限公司

2016 年 8 月初版
2024 年 8 月 30 日初版十五刷
售價：380 元
ISBN 978-986-5651-67-1

國家圖書館出版品預行編目資料

陰獸／江戶川亂步著；林哲逸譯 . -- 二版 . - 台北市：獨步文化：
家庭傳媒城邦分公司發行，2016〔民 105〕
　面；　公分 . --（江戶川亂步作品集：01）
譯自：陰獸
ISBN 978-986-5651-67-1（平裝）

861.57　　　　101004896